きよのお江戸料理日記

秋川滝美　Takimi Akikawa

ALPHAPOLIS
WEB CITY SINCE 2000
アルファポリス文庫

https://www.alphapolis.co.jp/

目次

座禅豆《ざぜんまめ》の柔らかさ

油堀沿《あぶらほりぞ》いの道を男がひとり走っている。

小銀杏《こいちょう》の髷《まげ》に濃茶の縞《しま》小紋、草履《ぞうり》が脱げんばかりの勢いで、船宿《ふなやど》の前に浮かぶ猪牙船《ちょきぶね》も、寒風に舞うしだれ柳の枝も男の目には入っていない。

時は文政六年（一八二三年）師走《しわす》、日もすっかり落ちた七つ半（午後五時）のことだ。

男はそのまま深川佐賀町《ふかがわさがちょう》にある孫兵衛《まごべえ》長屋へと続く路地に入り、奥から二軒目に飛び込んだ。

「やっと帰り着いた……」

「どうしたの、そんなに息を切らして」

家に入るなり土間にへたり込んだ男を呆れたように見たのはきよ、男は清五郎《せいごろう》という。

ふたりは三つ違いの姉弟で、きよは年が明けたら数え二十三を迎える。部屋は少々狭いが建て付けは良く、大家や近隣が善人揃いだったこともあり、姉弟はそれなりに心地よく暮らしていた。

「乾物屋さんはまだ開いていた？」

続いて訊ねるも、清五郎は息も絶え絶えの様子で言葉が出ない。どうやらずっと走ってきたらしい。

清五郎は少し前に、ぶどう豆を買いに行った。

夕食を終えてのんびりしていたところ、清五郎が不意に座禅豆《ざぜんまめ》を食べたいと言い出したためだ。すぐにでも食べたい様子だったので、それなら明日にでも煮売り屋で買ってこよう、と言ったのだが、きよの手作りがいいと言う。

正直に言えば、座禅豆を煮るのは面倒だ。座禅豆は黒い大豆であるぶどう豆を醤油や味醂《みりん》で煮て作るお菜だが、あらかじめ乾いた豆を水に浸けて戻しておかなければならないし、とにかく煮上がるのに時間がかかる。けれど、『手作りがいい』と言われれば悪い気はしない。それでは、と探したところ、ぶどう豆の買い置きがほとんど残っていなかった。

座禅豆にするぶどう豆は、長屋に回ってくる振売《ふりうり》から買っている。振売が運んでくる品は青物、魚貝、豆腐、醤油、酒、団子といった食い物から、古布、竹笊《たけざる》といった暮らしに必要な品々、子どもが喜ぶシャボン玉に飴、と人それぞれだが、ひとりで担げる量は知れているため、扱う品目は限られる。今日は豆売りが回ってくる日ではないし、そもそもこんな遅くに商《あきな》う振売《ふりうり》はいない。

仕方がない、今度にしようと言ったのだが、清五郎は諦めきれなかったようだ。油堀を抜けた先の富岡八幡宮《とみおかはちまんぐう》あたりの乾物屋ならまだ開いているかもしれない。木戸が閉まるまでにはまだ間がある。空振りを覚悟で行ってみる、と言うので、送り出したのである。

それがこれほど息を切らして戻ってくるとはどうしたことか。

乾物屋までは大した道のりではないが、清五郎は迂闊《うかつ》なところがある。気が急《せ》くあまり、渡したお金を落としたのかもしれない。そこらの草むらに転がり込めば見つけるのは難しいし、そもそも地べたに落としたところで大した音はしないから気付きもしない。

店に辿《たど》り着いてみたら懐《ふところ》にお金はなく、乾物屋に『冷やかしか！』と怒鳴られた。悔しさ半分、恐ろしさ半分で駆け戻った。せいぜいそんなところだろう、ときよは思ったのである。

ところが、話はそんなに簡単ではなかった。

「やっかいなことになった」

「どういうこと？」

とりあえずこれを飲んで落ち着きなさい、と湯飲みに入れた水を差し出すと、清五郎は一息に飲み干し、経緯を話し始めた。

「富岡さんの参道に入ったところで、小僧が雨戸を立てかけてるのが見えたんだ。いけない、閉まっちまう！　って大急ぎで駆け込んだら、あいにくそこにお侍がいて……」

「ぶつかっちゃったの……？」

「そう。思いっきり左側から、どーんって……」

「左ってことは刀……？」

清五郎が黙って頷く。きよは、冷たい水をぶっかけられた心地だった。

東照大権現様から始まった徳川の世も、家斉《いえなり》様の代ともなると平穏そのもの、飢饉《ききん》や大火などの禍《わざわい》はあるにしても、大きな戦は起こらなくなった。武士が刀や鎗を振り回すことも減り、どうかすると質入れして竹光《たけみつ》でごまかす者までいる始末である。

それでも刀が武士の命とされることに変わりはなく、うっかりぶつかった日には、武士同士であっても諍《いさか》いが起こる。町民や農民に至っては、その場で斬り捨てられかねない。

弟の起こしたとんでもない事態に、血の気が引く。

清五郎は末っ子ということもあって、家族みんなにかわいがられてきた。とりわけきよは、自分より年下なのは清五郎だけだったため、ありとあらゆる面倒を見てきた。もしかしたら弟のためにはよくないかもしれないと思うこともあったが、清五郎をかわいく思う気持ちは止められない。一緒に江戸に出てきたのも、面倒を見られてばかりだった弟をいきなりひとりで放り出すのはしのびない、なにかあっては大変だと思ったからだ。

甲斐あって、なんとか一年は無事に過ごせた。清五郎も少しずつ成長してきたようだし、どうにかこのまま……と思った矢先の出来事に、きよは動悸が止まらなくなる。

大急ぎで弟の様子を確かめたが、どこにも怪我はないようだ。怪我をしていたら、あんな勢いで走ってこられるわけがない。とりあえずほっとしたものの、なにもなしに済んだとは思えなかった。

「それで、お咎《とが》めは……？　お金を払えって言われたとか……」

詫び料でも求められたのかもしれない。昨今、お金に困っている侍も多いと聞く。手討ちにするよりも、お金を払わせるほうがいいと考えることもあるだろう。余分なお金などないが、背に腹は代えられない。なんとしてでも掻き集めて……と考えかけたとき、清五郎がもぞもぞと身体を捻《ひね》った。

生まれたときから知っているきよにはわかる。弟がこんなふうに身体を動かすのは、後ろめたいことがある証だ。お侍の刀にぶつかったのは不注意だったが、ある意味事故のようなもの。それとは別に、なにかまずいことをしでかしたに違いない。

「――正直におっしゃい。なにをやらかしたの？」

「それが……。そのお侍、俺がぶどう豆を買いに来たのを知って、おまえが煮るのかって訊いてきたんだ。だから俺、つい、そうだ、俺は料理人だからな、って言っちまった。そしたら、その豆を食わせろって。どうやらそのお侍も、座禅豆《ざぜんまめ》が食いたかったみたいで……」

近所の煮売り屋のものが気に入らず、他に売っているところはないかと探していた。煮売り屋は乾物屋からいろいろなものを仕入れる。乾物屋なら、このあたりの煮売り屋に詳しいはずだ。他に座禅豆を商《あきな》っている店はないか、と訊きに来たところに、清五郎が飛び込んできた。こんな時間に若い男が豆を買いに来たというのが不思議でならない。聞けば料理人、これから座禅豆を煮るつもりだと言われて俄然興味が湧いたとお侍は言ったらしい。

「いくらお侍でも、手討ちは後味が悪い、豆を分捕るぐらいで許してやろうって思ったんじゃないかな」

「どこの誰ともわからない男が煮た豆を欲しがるなんてことがある？」

「それは俺が『千川《せんかわ》』の料理人だって言ったから……」

『千川』というのは、姉弟が奉公している料理屋である。富岡八幡宮の参道にあり、最初は清五郎だけが世話になっていたのだが、しばらくしてきよも一緒に働くようになった。

かなり大きな店で、評判もすこぶるよく、そこらの煮売り屋とは比べものにならない。座禅豆《ざぜんまめ》も出しているし、人気の品だから、その侍が欲しがるのも無理はない。

問題は、清五郎が料理人ではないことだ。

「なんでそんな出任せを言うのよ！　あんたは『千川』で働いてはいても、料理人じゃない。できた料理を運んでるだけだし、家でだって、自分で豆を煮たことなんてないでしょう！」

「わかってるけど、つい……」

唇を尖らせる弟に、きよは目眩《めまい》がしそうになっていた。

きよと清五郎が江戸に来てから、まもなく一年になる。

ふたりは逢坂《おうさか》で油問屋を営む菱屋《ひしや》五郎次郎《ごろうじろう》とたねの間に生まれた。姉の自分が言うのもなんだが、清五郎は子どものころから見栄《みば》えが良く、やんちゃながらも憎めない質《たち》だったため、友だちも多かった。娘たちからも人気が高く、天狗になっていたせいか、仲間とつるんで悪さをすることもあった。家族の心配の種ではあったけれど、十八の年までは大きな事件を起こすことなくきていた。

ところが昨年の秋、茶店で居合わせた若者が、清五郎に喧嘩をふっかけてきた。どうやら、清五郎が娘たちにちやほやされているのが気に入らなかったらしい。

相手の腰には刀がある。喧嘩をしてはいけない相手だとはわかっていたらしいが、執拗に絡まれるうちに気が高ぶり、とうとう殴り合いになってしまった。

幸い清五郎は大した怪我もせずに終わったが、相手はそうはいかなかった。顔や身体のあちこちに青痣ができ、熱まで出してしまったのだ。

悪いことに、相手は蔵屋敷勤めの武士の息子だった。父親の怒りはすさまじく、清五郎の首を刎《は》ねかねない勢いで乗り込んできた。その場は留守だとごまかしたけれど、父親は必ず仕返しすると息巻く。とてもじゃないがここには置いておけない、ということで、清五郎は江戸で料理屋を営む知人で、古くからの取引先でもある川口屋《かわぐちや》源太郎《げんたろう》に預けられることになったのだ。

だが、清五郎は家のことなどやったこともなく、そもそも我《わ》が儘《まま》で、気が高ぶるとなにをしでかすかわからない。両親も、ひとりで暮らしていけるのか、と心配した。かといって、奉公に上がるのに女中をつけるのもおかしな話だ。それなら、ということでお目付役と世話役をかねて、きよが一緒に行くことになった。父にしてみれば、きよを厄介払いしたい気持ちが強かったのだろう。

――きよは生まれながらの厄介者だった。

きよが生まれたのは享和《きょうわ》二年卯月《うづき》、ただでさえ畜生腹で縁起が悪いと言われる双子の上に、心中者の生まれ変わりとされる男女の組み合わせだった。

父は生まれたばかりの娘を処分しようとしたが、母が抱え込んで離さなかったため、根負けした末に家に置くことにした。ただし、表向きは生まれたのは男子、清三郎《せいさぶろう》だけとし、娘は屋敷の奥深くに隠した。

それから二十余年が過ぎ、奉公にも出せず嫁にもやれず、いよいよ娘を持て余した父が、逢坂にいられなくなった弟とともに江戸に出した、というのがこれまでの経緯である。源太郎の営む『千川』で料理を運ぶのだって未熟なのに、あろうことか料理人を騙《かた》るとは。

唖然とする姉に、清五郎は不満たっぷりに言う。

「年が明けたら二十歳になるってのに、小僧みたいな仕事をしてるなんて思われたくなかった。馬鹿にされちまうじゃないか」

清五郎は、江戸に出るまでは実家の店の手伝いをしていた。物覚えは悪くなかったため、父に習い、留守のときには父に代わって帳簿を付けることもあった。

親兄弟は、店を手伝っている最中でも仲間から声がかかれば飛び出していく清五郎を見て、あんな不真面目な態度ではとても任せられない、と思っていた。それでも本人は、いずれ番頭ぐらいには取り立ててもらえると期待していたのかもしれない。

にもかかわらず、慣れ親しんだ逢坂から追い出され、江戸で奉公。しかも、できた料理を運ぶだけという簡単な仕事とあって、誇りを傷つけられた気になったのだろう。

入ったばかりなのだから簡単な仕事しか任せられないのは当たり前、年季が入っていれば小僧のほうが上、なんて思いも及ばない。だからこそ、ちょっとでも聞こえがいいように、料理人を騙ってしまった……

考えれば考えるほど、愚かな弟の振る舞いに、頭がくらくらしてくる。普段かわいがっているからこそ、よけいに不甲斐ない気持ちが募《つの》った。だが、話がそこで終わるはずもない。首根っこを掴まえてぐらぐら揺すぶりたくなる気持ちを抑え、きよは先を促した。

「それで？」

「そのお侍は、俺に座禅豆《ざぜんまめ》を屋敷に届けろって。座禅豆が気に入ったら許してやる。『千川』も贔屓《ひいき》にしてやるぞ、って……」

わけがわからない。だが、ともかくその侍は、斬り捨てる代わりに持ってこいと言うほど座禅豆に執着しているようだ。

「気に入らなかったら、ただではすまないと思う。きっと手討ちにされる……」

息子が青痣を作らされただけでも、大層な勢いで怒鳴り込んできたのだ。侍と町民の間では、喧嘩両成敗なんてありえない。ましてや、こちらの一方的な不注意で武士の命を穢《けが》したのだ。

「その侍、腕っ節は強そうだったし、鬼みたいに恐い顔だった。もたもたしてるうちに気が変わって、やっぱり斬る、って言い出したらことだと思って、大急ぎで帰ってきたんだ。思い出しても震えがくる……。ああもう、どうしよう！」

「どうしようって、『千川』の座禅豆《ざぜんまめ》を買って届けるしかないでしょ！　その上で、事情を話して謝りなさい。料理人は騙《かた》りですが、この豆は紛れもなく『千川』のものですって」

「騙りなんて働いたことがばれたら、ただじゃすまねえよ！」

「座禅豆さえ気に入ってもらえたら、許してもらえるかもしれない。なにより、最初に馬鹿な嘘をついたあんたが悪いの！　明日にでも座禅豆を買いましょう」

「でも姉ちゃん、『千川』の料理は値が張るし、そもそも持ち帰りなんてやってないよ」

「そんなこと言ってる場合じゃないでしょ！」

『千川』は料理屋だから、煮売り屋のように持ち帰ることはできない。だが、事情を話せばきっとわかってくれる。なんとか売ってもらって、届けに行くしかない。

だが、清五郎は気が進まないらしく、うだうだと理屈を捏《こ》ねる。

「それはうまくないよ。『千川』の旦那さんに料理人を騙ったなんて話をしたら、なおさら呆れられちまう。ただでさえ、面倒を起こして流れてきた厄介者なのに。あーもう、いっそこのまま逃げちまうってのは？」

「あんたが『千川』に奉公してるのはわかってるのよ？　もし行かなかったら『千川』に乗り込んできかねない。あんたまさか、『千川』を巻き添えにするつもりなの⁉」

「それは……」

姉に詰め寄られて清五郎は意気消沈。だが、しばらく考えていたあと、ぱっと目を輝かせて言った。

「そうだ！　なにも『千川』の座禅豆を持っていく必要ないよ。姉ちゃんのを持っていけばいいんだ！」

「私の？」

「それが『千川』のものかどうかなんてわかりっこない。姉ちゃんの座禅豆はそこらの煮売り屋のよりずっと旨いから、絶対気に入るよ」

清五郎は、さも嬉しそうに続ける。

「明日のうちに豆を煮れば、明後日には届けられる」

頭がくらくらするのを通り越して、頭痛がしてきた。きよは、あまりにも考えなしの

「清五郎の馬鹿！　そんなの通るわけないじゃない！　座禅豆《ざぜんまめ》は、注文があってから作るような料理じゃないのよ！」

弟を叱りつけた。

座禅豆は、たいていの料理屋なら置いている。相手がお侍だとしても、作り置きがあることぐらいわかりそうなものだ。

けれど、清五郎はさらにきよの気持ちを逆なですることを言う。

「今日はよく売れた。おかげで売り切れて、一から煮直したせいで時間がかかった、ってことにすればいい」

「あんたってば、嘘に嘘を重ねるって言うの⁉」

「大丈夫、大丈夫、ばれっこない。絶対うまくいくって！」

「いくわけないわよ！　そもそも、ぶどう豆はどうする気？　あんた、買ってこなかったでしょ！」

弟は手ぶらで帰ってきた。這《ほ》う這《ほ》うの体《てい》で逃げ出し、それどころではなかったのだろう。だが、清五郎は平然と言う。

「少しは残ってるんだろ？　たくさん食いたかったから買いに出たけど、今回は諦める。俺の分はぽっちりでいいよ。じゃ、よろしく！」

そう言うが早いか清五郎は草履《ぞうり》を脱ぎ捨てて家に上がり、寝支度を始めた。

とはいっても風呂敷に包んであった布団を広げるだけ。あとは着物を脱いでひっ被ればもう終わりだ。明日も仕事があるし、行灯《あんどん》の油も惜《お》しい。こんな日はさっさと寝るに限る、というところだろう。

ほどなく、清五郎は寝息を立て始めた。こんな騒動を起こしておいて、よくもすんなり寝付けるものだ、と呆れてしまう。

自分は眠れそうにない。やむなく、きよはぶどう豆が入った枡《ます》を手に取る。揉め事の原因となったぶどう豆など見たくもないし、人を騙《だま》すのはとても嫌だけれど、弟が手討ちにされては大変だ。とにかく座禅豆を煮るしかない。

きよは深いため息とともに、ぶどう豆を洗い始めた。

何度も水を替え、小さな豆殻や葉を丁寧に取り除く。多少傷のある豆でも、普段ならもったいないと一緒に煮てしまうけれど、今日はちゃんと選り分けた。傷のある豆は飯と一緒にでも炊けばいい。『千川』が客に傷のある豆を出すわけがない。まったく同じになんてできっこないけれど、せめてそれぐらいは……と思いながら、きよは冷たい水でぶどう豆を洗い続けた。

二日後、清五郎は煮上がった豆を届けに行った。件《くだん》の侍は留守だったそうで、家人に預けたと言って帰ってきた。その後、お侍がなにか言ってくるかと生きた心地がしなかったが、その日も翌日も、その次の日になっても音沙汰がなかった。座禅豆《ざぜんまめ》を気に入ってくれたのか、面倒くさくなったのか、とにかく清五郎を咎《とが》めるのはやめにしたらしい。

胸を撫で下ろしつつ、きよは、料理人を騙《かた》るのはもちろん、どんな嘘も二度とついてはいけない、と清五郎に強く言い聞かせた。

それからしばらくしたある日、『千川』の勝手口にいたきよは、主《あるじ》の源太郎に声をかけられた。源太郎は、きよの父、五郎次郎よりひとつ年上らしいが、浅黒い顔に皺がたくさんあり、髷《まげ》に交じる白髪も父よりもずっと多いため、五つ六つ上に見える。大店《おおだな》の主というのは厳しい人だと思われがちだが、源太郎は姉弟が江戸に来てからなにくれとなく面倒を見てくれたし、他の奉公人にとっても情けの深い雇い主だった。

「おきよ、もう豆は煮えたかい？」

「そろそろ出来上がります」

日頃のきよの仕事は、屋内で野菜を洗ったり切ったりといった下拵《したごしら》えばかりだが、今日は珍しく勝手口の脇に七輪《しちりん》を持ち出し、火の番をしていた。

「それはよかった。どうしても座禅豆を食わせろって、客がうるさくてな」

「え……これをですか？」

鍋の中にあるのは、きよが源太郎に頼まれて煮ていた座禅豆だ。

清五郎が乾物屋で揉め事を起こした翌々日、源太郎の妻さとが、客からもらったという菓子をくれた。さとは背丈はきよと大差ないが太り肉《じし》で貫禄たっぷり、ふっくらとした頬は冬の寒いときでも桃色で、鈴を転がすような声でよく笑う。少々心配性が過ぎるが、それも優しい人柄ゆえだろう。親元を離れているきよと清五郎を我が子のようにかわいがってくれていて、菓子やお菜を裾分けしてくれることが多かった。

小鉢に入れて持たせてくれたため、空で返すのも憚《はばか》られ、清五郎が届けた残りの座禅豆を入れて返したところ、さとばかりか源太郎も大いに気に入ってくれた。もっと食べたいから自分たち用に作ってくれ、豆はもちろん醤油や味醂《みりん》、炭も用意するから、と頼まれた。おまけに、豆を煮るのは時間がかかるから、店で煮ていいとまで言われて断れなかったのだ。

仕事の傍ら、こまめに火を加減したおかげで煮上がりは上々、皺ひとつない艶《つや》やかな座禅豆が出来上がった。

とはいえ、店の客に出すなんてありえない。これは主夫婦のために作ったものだし、なにより、下働きのきよが作ったものを客に出したら、板長の弥一郎《やいちろう》が怒り出すだろう。弥一郎は源太郎の息子だが、言葉数が少なく、いつも険しい顔をしている。しかも仕事に厳しい。もしきよが作ったものを出したと聞いたら烈火の如く怒るに違いない。

そもそも座禅豆《ざぜんまめ》ならば、弥一郎が作ったものがある。それを差し置いて、きよの料理を出そうとする意味がわからなかった。

「板長さんに叱られます。それに、座禅豆を切らしてるわけでもないのにどうして……」

当然の疑問を口にしたきよに、源太郎は小声で言う。

「弥一郎の座禅豆が旨いのはわかってるが、今日の客はちょっと面倒なんだ」

「というと？」

「黒羽織で腰には刀」

「同心様ですか？」

「いや、前に馬に乗ってるのを見たことがある」

「じゃあ、与力《よりき》様……」

町中で見かける羽織姿は、おおむね侍か大店《おおだな》の番頭より上の町人だろう。中でも黒羽織で帯刀となると、市中を見回る同心か与力ということになる。同心は馬に乗ることは許されていないため、源太郎が馬に乗っている姿を見たというのであれば、それは与力に違いない。

目を見張るきよに、源太郎は頷いた。

「たぶんな。その客は、座敷に上がるなり座禅豆を注文した。で、いつものを出したら、全部食った上で、他の座禅豆を食わせろ、ときたもんだ」

「他の？　でもそんなものありませんよね？」

そう言ったとたん、きよは嫌な予感に襲われた。

その与力というのは、もしかしたら先日清五郎が乾物屋でぶつかった侍ではないのか。いつも出しているのとはまったく違う座禅豆を、『千川』のものだと偽って届けたのだから、『千川』には二通《ふたとお》りの座禅豆があると思い込んでも不思議はない。

届いた座禅豆に満足できなかったけれど、お勤めかなにかの都合でこれまで来られなかった。今になってやっと時間ができたため、文句を言いに来たのではないか。

もしも清五郎にお咎《とが》めがあったらどうしよう、ましてや『千川』まで巻き込んでしまったら、と血の気が引いた。

そんなきよの思いを余所《よそ》に、源太郎は話を続けた。

「だろう？　俺も、うちの座禅豆はこれだけだって言ったんだ。だが、客のほうが『あるはずだ。それに、外から豆を煮る匂いがしてくる。これとは違う匂いだ。あれを持ってこい』って聞かない。それで、おまえが煮ている最中だって思い出してね。そろそろできるころじゃないか、って来てみた」

「ずいぶん鼻が利くお方ですね……」

『千川』の造りはしっかりしている。季節は冬、すっかり冷え込んでいるから戸口だって閉まっている。それなのに外、しかも勝手口で煮ている豆の匂いがわかるなんてすごい、ときよは感心しそうになった。だが、感心している場合ではない。おそらく、源太郎もそれどころではないのだろう。さっと周りを見回して、袖から小鉢を取り出した。

「なにを考えているかはわからないが、うまいこと気に入られれば、今後も贔屓《ひいき》にしてくれるかもしれない。与力様なら手下だってたくさんいる。客を増やす絶好の機会じゃないか」

「気に入られるとは限りませんよ」

むしろその逆の可能性のほうが高い。だが、事情も知らぬ源太郎にそれを告げたところでわかってくれるはずもない。さらに源太郎はせっつく。

「とにかく、お役人相手に問題は起こしたくない。さっさと豆を盛ってくれ。いつも座《ざ》禅豆《ぜんまめ》を盛っている器だし、これなら弥一郎に見られてもばれないはずだ」

「湯気が上がってても？」

「なんとかこっそり持っていく」

やめましょう、嘘はよくありません、と何度も言ってみたが、源太郎は聞き入れようとしない。やむなくきよは、小鉢に座禅豆を盛り上げた。

源太郎は、ほっとしたように店の中に戻っていったが、きよはあらゆる意味で心配でならなかった。

弟にお咎《とが》めがあるのではないか、ということはもちろん、その与力が清五郎がぶつかった相手ではなかったとしたら、自分の料理への評価が気になる。いや、それより切実なのは、誰が作ったものであっても、客に出された時点でそれは『千川』の料理となり、すべての責任は板長のものとなる。客の口に合わなかった場合、弥一郎の顔に泥を塗ることになるし、逆なら逆で料理人の誇りを傷つけかねない。

――どうか清五郎とは無縁の人でありますように。不味《まず》くて食べられないほどではありませんように。物足りなくても、出来立てで味が馴染んでいないせいだって言い訳できるぐらいでありますように！　それから、まかり間違っても、褒められたりもしませんように……とはいえ、褒められたらやっぱり嬉しいかも……

きよの気持ちは千々に乱れる。

この座禅豆を煮上げたら、きよは家に帰っていいことになっていた。それでも成り行きが気になって、あえてゆっくり七輪《しちりん》の火の始末をしていると、勝手口からまた源太郎が出てきた。手にはさっきの小鉢を持っている。

「ど、どうなりました？」

「ものすごく気に入ってくれて、あっという間に食っちまった」

「そうですか……。他になにかおっしゃってましたか？ お訊ねのこととか……」

「お訊ね？ これといっては……」

幸い清五郎は今、使いに出ている。清五郎絡みの来店であれば、きっと所在を訊ねるはずだ。なにも訊かれなかったのであれば、清五郎がぶつかった人ではなかったのだろう。とりあえず一安心だが、心配はそれだけではない。

「それで、板長さんには？」

「客は板場に背を向けるように座ってたから、たぶん気付かれてない。相当旨かったらしい。もう一杯くれってさ」

そこまで話して、源太郎は慌てて小鉢を差し出した。

「客が待ってる。さっさと盛ってくれ」

こうなったら一鉢も二鉢も同じだ。きよは、毒を食らわば皿までも、という気持ちでまた豆を小鉢に盛った。主《あるじ》夫婦に渡す分が少なくなるが、それは仕方がないというものだ。

　弥一郎のことを抜きにすれば、自分の料理を喜んで食べてくれる人がいるというのは嬉しい。ましてや、誰が作ったかなんて知るよしもない客まで気に入ってくれたとなると、勝手に目尻が下がってしまう。込み上げる笑みを抑えきれないまま、きよは豆を炊いた鍋を手に勝手口から中に入った。

　その瞬間、一気に血の気が引いた。

　弥一郎がいたからだ。

　白と紺の格子縞《こうしじま》の着物に襷《たすき》を掛け、頭を手ぬぐいで覆っている。源太郎よりも頭半分背が高く痩身、まるで似ていないようだが、耳の形がそっくりなところを見ると紛れもなく親子なのだろう。

　弥一郎が、店を開けている間に板場を離れることは滅多にない。ましてや、勝手口までやってくるなんて考えられない。おそらく、あの客に出した座禅豆《ざぜんまめ》が己《おのれ》の手によるものではないと気付き、きよを咎《とが》めにきたに違いない。

「すみません！」

　たとえ店主に強《し》いられたにしても、結果としてきよが作ったものを客に出したという事実は揺らがない。言い訳は見苦しいだけだ。そう考えたきよは、詫びの言葉だけを口にして深く頭を下げた。

ところが、返ってきたのは弥一郎のぶっきらぼうな言葉だった。

「座禅豆《ざぜんまめ》をくれ」

「え?」

「客が褒めまくってた」

「板長さんの座禅豆は、すごく美味しいですから……」

「――あの客は『温かい上に、柔らかくて旨かった。なにより甘みがなんともいえない』と言った。俺のとは違う」

「本当にすみませんでした!」

「いいから早く食わせろ。冷めないうちに試したい」

そう言うと弥一郎は、きよから鉄鍋を奪って勝手口の脇にある卓の上に置いた。続いて蓋を取り、一瞬動きを止める。

煮汁は、豆の色を吸って漆黒に染まっている。弥一郎は大きめの匙《さじ》で、三つか四つの豆と、あわせて煮汁もたっぷり掬い取り、口の中に入れた。

「本当に甘い……。舌の先で潰せるほど柔らかいし、味もよく染み込んでる。煮豆は火から下ろしたあと一晩寝かせて味を含ませるのが常だが、こいつは煮上がったばかりなのに、どうしてこんなにしっかり味が入っているんだ……」

普段は最小限の言葉しか口にしないのに、料理を語るときだけは多弁になる。不思議な人だ、と思っていると、弥一郎が訊ねてきた。

「なにか秘訣でもあるのか？」

「え……？　普通に煮ただけですけど……」

「戻した豆を水で煮て、柔らかくなったら味をつけて煮詰める。おまえは違うのか？」

「私は最初に水に醤油や味醂《みりん》を入れておいて、その中で豆を戻します」

「そんな荒っぽいやり方は聞いたことがない」

弥一郎はわずかに目を見張っている。その表情にきよはなんだか居心地が悪くなった。

「でも、私の母はいつもそうしてたんです」

「豆を戻すついでに味を付けちまえば、手っ取り早いってことか」

「よくわかりませんけど……とにかく私はこのやり方しか知らないんです」

弥一郎のように料理人になるべく修業を積んだわけではない。母のやり方を見よう見まねで身につけただけなのだ。たとえそれが正しい料理法ではなかったとしても、きよの知ったことではなかった。

「上方《かみがた》独特のやり方なんだろうか……。座禅豆にしては甘みが勝ってるが、あのお侍はどうやらそれがいいらしい」

茶請《ちゃう》けにもってこいだし、案外酒のつまみにいいかもしれない、と呟きながら、弥一郎は早足で板場に戻っていった。日はすっかり落ち、そろそろ夜の飯を求める客がやってくる時分だ。これから店を閉めるまで、彼が板場を離れることはないだろう。

あの与力は清五郎とは関わりがなかったようだし、弥一郎に素人《しろうと》料理を客に出したことで叱られることもなかった。それにしても、自分の料理が、客ばかりか弥一郎まで満足させられる出来だったとは……

きよは、鼻歌でも歌いたい気分で、少し減ってしまった座禅豆《ざぜんまめ》を深鉢に移した。


源太郎が意外なことを頼んできたのは、あの黒羽織の客が帰ってから、七日ほどあとのことだった。

「おきよ、この間の客がまた座禅豆を食いたいって言ってきたんだ。二、三日のうちでいいから煮てやってくれないか」

ふらりと立ち寄った侍は最初、またあの座禅豆が食べたいから、今度煮るときに教えてほしい、次も出来立てで冷えていないものを、と言ったそうだ。

だが源太郎は、あれはたまたま自分たちの食事用に煮ていたもので、本来客に出すものではないと断った。すると今度は、一鍋分の金を払うから作ってくれ、と懇願したのだという。

「この間のって……あの与力様ですか？　どうしてそこまで……」

　たかが座禅豆にそこまでするのは酔狂だ。いくら冷めていないものが食べたいといっても、持って帰る途中にもどんどん冷める。温かいうちに食べられるのはごく一部だろう。鍋ごと買い取るという気が知れなかった。

「俺もそう思ったんだが、鍋ごと買えば温め直せるとでも思ってるんだろう。それに、おまえの座禅豆は独特だ。相当気に入ってたし、まとめて買いたくなっても不思議はない」

　このあたりでも座禅豆を出す店は多いが、作り方は『千川』と似たり寄ったり。幾分歯ごたえを残した煮方で、塩気も強く、きよが作ったものほど甘くて柔らかいものは珍しい、と源太郎は言う。だからこそ、自分もさとも大いに気に入ったのだと……

「うるさいことを言う客だが、相手は与力様だ」

　まさかとは思うが、難癖をつけられて店を潰されても困る。なにより、大鍋で煮れば自分たちも相伴《しょうばん》できる、と源太郎は目尻を下げた。

「この間は、あの客のせいで俺たちに回ってくる分が減ってしまったからな。俺はともかく、さとが相当ぼやいていたんだ」

　前に煮たとき使ったのは一番小さい鍋だった。主《あるじ》夫婦だけなら十分だろうし、七輪《しちりん》で煮るにはちょうどいいと思ったからだ。ところが、あの黒羽織の客ばかりか弥一郎まで気に入ったと知った奉公人たちが、自分たちも食べてみたいと騒ぎ出し、主《あるじ》夫婦は分けざるを得なくなった。

なにせ取引先の息子、しかも面倒を起こして逃げ出してきた者を引き受けてくれるほどの善人だ。計算高いところがないではないが、それは大店《おおだな》の主として当然のことで、普段は周りの気持ちを深く思いやってくれる。だからこそ、奉公人たちに指をくわえさせておくのは忍びなかったのだろう。

きよの座禅豆《ざぜんまめ》は一匙《さじ》、二匙と奉公人の口に消え、結局主夫婦には前にきよが裾分けしたのと大差ない量しか残らなかった。

豆を煮るのはきよの仕事ではない。そう頻繁に頼むのは憚《はばか》られるが、客に請われたとなれば話は別だ。おおっぴらに煮させることができるし、自分たちも食べられる。源太郎にとっては一石二鳥、いや代金が取れるなら一石三鳥に違いない。

「そんなわけで、ちょいと頼まれてくれないか」

「わかりました。あ、でも……一番早くて四日先になりますけど、それでかまいませんか？」

「というと？」

先日煮た豆は、きよが用意したものだ。源太郎に頼まれた翌日、ちょうど回ってきた振売《ふりうり》から買ったのだが、あの振売は五日に一度しか来ない。次に来るのは三日先になる。

それを説明すると、源太郎は驚いて言った。

「あのときも自分で買ったのかい？　店のを使えって言ったのに……。確かに俺は金儲《もう》けにはうるさいが、奉公人に豆代をおっかぶせる気なんてねえよ！」

「そうじゃなくて！　あんな上等なの使えません！」

『千川』が使っているのは上方《かみがた》からの下りもの、しかも丹波篠山《たんばささやま》のぶどう豆だ。きよが気軽に使っていいものではない。

怖気立つきよを見て、源太郎は呵々大笑《かかたいしょう》した。

「豆は豆だ。極上であろうがなんだろうが、作り方が変わるわけじゃないだろう。それに、あの客が言ったんだ。『前に食べたのは柔らかくて旨かったが、豆そのものは大したことないやつだろう。次は篠山の上等なやつを使ってくれ、勘定はその分も払うから』ってさ。いったい何を言ってやがる、うちは篠山の豆を使ってるのにと思っていたんだが……まったく口が肥えた客だ」

いっそ、一、二度しくじりました、とか言って、たっぷりふんだくってやろうか、などと源太郎はにやりと笑う。どうせ口ばっかり、理不尽な商《あきな》いができる質《たち》ではないくせに、と密かに微笑みつつ、きよは腹をくくった。

「わかりました。確かにぶどう豆には違いありません。それに、たぶん里の母が使っていたのも篠山だったと思います」

「そうだろう、そうだろう。菱屋さんならそれぐらいは当たり前だ」

なんといっても上方《かみがた》でも指折りの油問屋なんだからな、と頷き、源太郎はさらに言う。

「弥一郎には俺から話しておく。醤油も味醂《みりん》も上等のを使っていいから、明日にでも煮てやってくれ。あの客のことだから、そうでもしないと『いつ煮てくれるんだ』って毎日やってきそうだ」

「毎日来てくれるなら、ありがたいじゃありませんか。売上が増えるでしょう？」

「お？　それは確かに……いや、でもやっぱり毎日うるさく言われるのは嫌だよ。さっさと片をつけるに越したことはない」

「じゃあ、今日の帰り際に豆を浸させてもらいます」

「そうしてくれ。そうだ、今度は七輪《しちりん》じゃなくて、へっついを使うといい。大鍋は扱いが大変だが、一度にたくさんできる。おまえも少し持ち帰ればいいよ。篠山の豆は懐かしいだろう？」

そう言うと、源太郎は上機嫌で店の奥に戻っていく。

丸くなった背を見送りながら、きよは笑みを抑えきれなくなる。

褒められたことではなく、上等の豆を使えること、持ち帰りを許されたことに加えて、『醤油も味醂も上等のを使っていい』という言葉が嬉しかった。

生まれたときから屋敷の奥に隠され、ひっそりと生きてきたきよの唯一の楽しみが料理だった。江戸に来てからも料理はしていたが、やはり手に入る材料が違う。

――篠山の豆に下り醤油が使えるなら、上方で食べていたのと同じ味に作れる。煮豆なら地廻り醤油でも大丈夫だけど、やっぱり上方の味は恋しい。家にいるときは大きな鍋で煮ていたんだから、慣れてるし、味の加減だって覚えてるもの。清五郎だって、きっと喜ぶ……

そこまで考えたところで、きよははっとした。篠山の豆は、他の産地のものに比べて煮上がるまでの時間が短い。あの客が来る時分を確かめておかないと、『冷えていない座禅豆《ざぜんまめ》』を出すことができなくなってしまう。

慌てて源太郎を追いかけようとしたところで、きよは向こうから来た弥一郎とぶつかりそうになった。

「すみません！」

「いい。それより座禅豆を煮るそうだな」

源太郎は、その足で弥一郎に話を通しに行ったらしい。こんなに急いでやってくるところを見ると、明日では都合が悪いのだろうか、と心配しながら、きよは弥一郎の次の言葉を待った。

だが、弥一郎の口から出たのは、予想外の申し出だった。

「醤油や味醂《みりん》の加減を見せてくれないか」

今回は、豆も醤油も上方《かみがた》のものを使う。弥一郎はその仕込みから間近で見たいと考えたのだろう。

「塩梅《あんばい》さえわかれば……」

そこで一旦言葉を切り、弥一郎はためらいがちに続けた。

「おそらく、俺にも作れる。だから、見せてくれないか」

『千川』の板長が奉公人に教えを請うなんて、ときよはびっくりしてしまった。

正直に言えば、奉公に上がったときから弥一郎が苦手だった。

とにかく無口でなにを考えているかわからない。奉公人にも厳しく、入ったばかりの小僧でも容赦なく叱りつける。きよにしても、大根や芋の皮を厚く剥きすぎるとか、葱《ねぎ》の根を落とすときはもっとぎりぎりを切れ、とか口うるさく言われた。

だからこそ、前にあの与力に出した座禅豆《ざぜんまめ》の味見をさせろと言われたとき、絶対に叱られると思った。あまつさえ、暇《いとま》を出されるかもしれないと怯えたのだ。

この人が奉公人に教えを請うなんてありえない。意表を突かれるとはこのことだった。きよはなんと応《こた》えていいかわからなくなり、もごもごと呟く。

「うちの味なんて、教えるほどのものでは……」

「あれは旨い。俺も作り方を知っておきたい」

豆を戻すこと自体はそう手間のかかる作業ではない。自分の手が空いたときに呼ぶから一緒にやらせてくれ、と弥一郎は深々と頭を下げた。

日頃厳しい弥一郎の意外な姿に、きよは戸惑ってしまった。けれど、考えてみれば弥一郎が奉公人に厳しいのは、やむにやまれぬことなのかもしれない。

源太郎は板長を息子に譲ったあと、『千川』の大半を弥一郎に委ねてしまったらしい。料理人だけではなく、清五郎やきよのように料理をしない奉公人たちの管理まで任され、甘い顔をしているわけにいかなくなったのだろう。

古い奉公人によると、源太郎自身も板長だった時代は相当厳しかったという。今の弥一郎は、以前の源太郎のやり方を見習っているに違いない。

さらに、源太郎夫婦は非常に気立てのいい人たちだが、息子を一人前にするために、厳しくすべきところはちゃんと厳しくしてきたそうだ。長男を『跡取り』と崇《あが》め甘やかしすぎて駄目にしてしまう親が多い中、源太郎夫婦は、生半可な心構えでは『千川』を継がせるわけにはいかない、と陰に陽に言い聞かせていたのだという。

だからこそ弥一郎は料理の腕も一流だし、しっかり者に育った。仕事についてはひどく厳しいが、共に働く者たちが困っているときはそっと力を貸してくれるし、手に負えないことは源太郎に相談している。

今はまだ源太郎が店主の地位にいるが、代替わりしたところで、不安を覚える奉公人はいないはずだ。

そしてきっと弥一郎自身も、両親のやり方は正しい、自分が今あるのは両親のおかげだ、とわかっているに違いない。

そこまで考えて、きよはため息をついた。

それにひきかえ、きよの弟、清五郎は、おそらく親のありがたみなどわかっていない。きよのように『いない者』として育った身と異なり、清五郎は大店《おおだな》の末っ子として奔放に生きてきた。だが、もうこれからはそうはいかない。自分なりに生計を立て、嫁だってもらうべきだ。そのためには、両親を始めとして、まわりがいかに自分を気遣ってくれているかに気付くことも大事だろう。

——家にいたときはおとっつぁんやおっかさんがいてくれたけど、今は私ひとり。

両親の代わりなんてできっこないけど、とにかく頑張らなくちゃ……。とはいえ、時には厳しいことを言う必要もあるんだろうなあ……

江戸に来るにあたって、やんちゃだけれどかわいい弟のために、きよはできる限りのことをすると決めていた。だが、庇うだけではいけない。時には、心を鬼にする必要もある。そうでなければ、弥一郎のように立派な大人にはなれないと感じていた。

「たったあれだけのことか……」

翌日の暮れ六つ（午後六時）ごろ、大鍋から煮上がった豆を掬い取って試した弥一郎は続く言葉を探せない様子だった。ちなみに鍋を火にかけたのは昼九つ（正午）の鐘を聞いたあとのこと、ふたりがいるのは、きよがいつも下拵《したごしら》えをしている土間である。

小さな七輪《しちりん》ではなく、へっついを使うことを許されたけれど、客から見える場所で料理をするのは憚《はばか》られた。

料理人と言えば男だ。少なくともきよは、女が作った料理を売る店など聞いたことがなかった。たとえ自ら頼んだとはいえ、煮たのが女だと知ったらあの客は金を払ってくれないかもしれない。それ以前に、『千川』は女が作った料理で金を取る、なんて噂が立ったら商売に差し障る。

ところが、そんなきよの言い分を、源太郎と弥一郎は笑い飛ばした。特に弥一郎は、自分の目が届くところで煮てほしいと譲らなかったが、きよがあまりに必死に言い募《つの》ったせいか、とうとう折れてくれた。店に据えられたへっついではなく、普段野菜や魚の下拵《したごしら》えをしている土間にあるものを使ってはどうか、と言ってくれたのだ。

店と土間は短い通路で繋がっていて、へっついは土間の一番通路寄りに据えられている。弥一郎が座っている場所からなんとか見えるし、客の目には触れないから好都合だろうとのことだった。

使うへっついが決まったあと、弥一郎は豆を戻すところも見せてほしいと言った。だが、作業としては豆を洗って、水と醤油、味醂《みりん》を合わせた汁に浸すだけのこと。わざわざ見に来た弥一郎が拍子抜けしていた。

煮る段にしても難しいことはひとつもない。へっついに大鍋をかけて煮汁がふつふつしてくるのを待ち、その後、炭を引き出して火の力が最小になるように加減する。あとは煮汁が沸きすぎないよう、豆が煮汁から顔を出さないよう、時々差し水をするぐらいである。

『あれだけのこと』と弥一郎が驚くのも、無理はなかった。

「はい……本当に簡単なんです」

小声で応《こた》えたきよに、弥一郎は大きく頷いた。

「だが、出来上がりは段違いだ」

使った豆や醤油は上等、大鍋の中の豆はどれも皮がぴんと張っている。黒と濃い紫の間ぐらいの色合いで、今は暗くてわからないけれど、日の光の下ならば水鏡よりもはっきり顔を映してくれるかもしれない。

うまく煮えてよかった、と安堵していると、鐘の音が聞こえてきた。

鍋を覗き込んでいた弥一郎が、はっとしたように顔を上げた。客が来るのは暮れ六つだと聞いている。今のがその鐘だ。座禅豆《ざぜんまめ》は煮上がったし、早く来てくれないとどんどん冷めてしまう。

様子を見てくる、と弥一郎が店のほうに踏み出すやいなや、源太郎の大きな声が飛んできた。

「弥一郎、上田様《うえだ》がお越しだ！」

『上田』というのが客の名前なのか、と思いつつ、きよは手早く座禅豆を鉢に盛る。特別あつらえを頼むほどの好物ならば、と先だっての小鉢よりも一回り大きな鉢を使ったが、盛り終えるか終えないかのうちに、また源太郎の声がした。

「座禅豆はふたつだ！」

「ふたつ?」

慌ててもうひとつ鉢を出して盛り付ける。弥一郎は引っさらうように受け取ると、早足で店に戻っていった。

――やれやれ……。私の役目はこれで終わりね。

件の客にはもう熱々の座禅豆を出した。いつまでも鍋をへっついにかけておいては煮詰まってしまう。鍋を下ろしておかねば、と手を伸ばしかけたところに、源太郎がやってきた。大鍋を下ろそうとしているきよを見て、慌てて駆け寄ってくる。

「おいおい、おきよ。それはおまえには無理だろう」

「え? どうしてですか?」

「大鍋だし、まだ豆も煮汁もたっぷり入っているんだろ? 重すぎる」

「平気ですよ。里にいたときも、これぐらいの鍋を使ってました」

そう言いながら、きよは大鍋をへっついから下ろした。もちろん、落としもしないし、傾けて豆や煮汁を溢すこともない。ただ、鍋に入れたままにしてあった匙を除けようとしたとき、うっかり煮汁が前掛けに垂れた。とはいっても、匙に付いていたのはほんのぽっちり、前掛けの中程に小さな染みを作ったぐらいで済んだ。

「参ったな……。おきよは力持ちだったんだな」

「はい。赤ん坊のころからだそうです」

「赤ん坊？」

「ええ。あるとき、兄が私に都鳥《みやこどり》を握らせたそうです」

「都鳥っていうと、棒の先に鳥がついてて振り回すやつじゃないのか。赤ん坊には危ないだろう」

「はい。すぐに姉が気付いて取り上げようとしたんですけど、私は全然離さなかったらしいです。すごい力で握りしめて、ぶんぶん振り回すものだから、姉は困り果てて母を呼びに行って、大人の力でなんとか拳《こぶし》を解いたんですって。赤ん坊とは思えない力で、そのあとも戯《たわむ》れに腕相撲をするたびに姉どころか兄まで負かして。母はいつも、女の子なのに、って嘆いてました」

だから大丈夫ですよ、と笑うきよに、源太郎は呆れ顔だった。

「そんなに細いなりで、男顔負けの力持ちなんて……」

「胴は細くても、二の腕なんかはけっこう肉付きがいいんですよ。なんなら……」

お目にかけましょうか、ときよが着物の袖を捲りかけると、源太郎は大慌てで止めた。

「いやいやいやいやいや！　嫁入り前の娘がそんなことをするもんじゃない！　なにより、戯《ざ》れ言《ごと》を言ってる場合じゃない。あの客が、また困ったことを言い出したんだ」

「困ったこと？　おかわりならいくらでもありますよ。たっぷり煮たから、旦那さんたちの分も心配ありません」

前のように、ほんのちょっぴりしか残らないということはない。好きなだけ使っていい、と言われたのをいいことに、奉公人全員の口に入るほどの量を作ったのだ。

ところが、客——上田が言い出したのは、おかわりの話などではなかった。

「この豆を煮た者に会わせろって言うんだ」

「え……」

誰が煮たって豆は豆だ。気に入ってくれるのはありがたいけれど、料理人に会いたいなんて迷惑きわまりない。それに、きよが客の前に出るわけにはいかないのだ。ここは、弥一郎が煮たことにしてもらうしかなかった。

「じゃあ、板長さんってことに……」

だが、至って無難な申し出に、源太郎は苦難の表情で首を横に振った。

「俺もそう言おうと思った。だが、客に先手を取られた。あの男ではないよな、って言われてね」

前に食べたときは、外からの匂いで気がついた。あのときはあの男も他のふたりの料理人も板場に座っていた。煮ていたのは別の人間に違いない。今日、店に入ったときはあの男はいなかったから、今回はあいつが煮たのかもしれないが、これまでこんな座禅《ざぜん》豆《まめ》は出していなかったところをみると、指南役がいたに違いない。その料理人に会わせろ——

それが、上田の言い分だそうだ。

「困りましたね……私が出ていくわけにはいかないし、欣治《きんじ》さんや伊蔵《いぞう》さんもたぶん無理ですよね」

欣治と伊蔵というのは『千川』の料理人だが、上田は、きよが裏口で座禅豆を煮ていたときにあのふたりが店にいたことを知っている。どちらかが指南役だと言ってみてもいいが、ふたりともどちらかと言えば気弱だし、正直でもある。与力に問い詰められたらあっけなく嘘だと白状してしまうだろう。

どうしたものか、と思っていると、源太郎がぽんと手を打った。

「そうだ、いっそ清五郎ってことにしよう！　あいつはそこそこ弁が立つし、案外はったりもきく」

おきよの前で言うのはあれだが、と源太郎は苦笑するが、確かにそれは清五郎の長所でもあり、短所でもある。いずれにしても、欣治や伊蔵よりは適役に違いない。

「そういえば、前は使いに出ていて店にはいませんでしたね」

それがいい、と頷き合い、早速清五郎を呼ぼうとしたところ、どこにも見当たらない。使いにでも出したのか、と弥一郎に訊ねたが、頼んでいないという。あちこち探した挙げ句、ようやくきよは、店の裏にある井戸の脇にかがみ込んでいる清五郎を見つけた。

「なにやってるのよ！」

仕事を放り出して、と続けようとしたきよは、青ざめた清五郎の顔を見て、言葉を切った。

「どうしたの？」

「姉ちゃん、まずい。まずすぎるよ……」

「なにが？」

「今、店にあのときのお侍が来てる」

「あのときのって……」

「乾物屋にいたお侍」

「もしかして……黒羽織の？」

「そうだよ！」

「お役人だなんて言ってなかったじゃない！」

「知らなかったんだよ！　あのときは黒羽織なんて着てなかったし……。座禅豆《ざぜんまめ》を届けたあと、なにも言ってこなかった。てっきり話はそれで済んだと思ってたけど、そうじゃなかったのかも……」

文句を言いに来たに違いない。侍の斬り捨て御免はその場限りで、日を改めて斬りに行くわけにはいかない、と聞いたことがある。だが、与力相手に騙《かた》りをはたらいたとなると話は別だ。今度こそただではすまない、と清五郎は怯えきっている。

そこにやってきたのは源太郎と弥一郎だった。

「こんなところにいたのか。どうしたんだ？　早くしないと上田様が……」

先ほどのきよ同様、源太郎も清五郎を見て言葉を止めた。この世の終わりみたいな顔をしている弟を連れて土間に戻り、代わりにきよが事情を説明した。

「よりにもよってうちの料理人……その上座禅豆まで騙るなんて……」

「申し訳ありません！　つい……」

渋い顔になった源太郎に、清五郎はぺこぺこと頭を下げる。だが、今は清五郎がしでかした騙りが問題ではなかった。

「なんてことだ……。これじゃあ清五郎を代役に仕立てるなんて無理だ」

「代役……？」

そこで源太郎から上田が『千川』に来ている理由を聞かされ、清五郎は少しほっとした様子で言った。

「そうか……じゃあ、俺を咎《とが》めに来たわけじゃないんだ……。そうだよな、手討ちにするつもりならとっくに……」

だが、源太郎は考え込みながら応《こた》えた。

「いや……まったく関係がないとは言えないぞ。今日はともかく、前に来たときはおまえを探しに来ていたのかもしれない。いや、おまえではなく、おまえが騙《かた》った『千川』の座禅豆《ざぜんまめ》だ。なんせ、うちの座禅豆を食ったあとで『別のを』って言ったんだからな」

「え……」

再び清五郎の顔色が失せた。

「じゃ、じゃあ……あのお侍、俺が届けたのが『千川』の座禅豆じゃないって気がついてるってこと?」

「そうなるな」

「万事休すだ……」

どんなお咎めを受けるかわからない、と清五郎は真っ青になって言う。きよは、弟の心配は言うに及ばず、『千川』に害が及ばないかということも気になってならない。

「あの……旦那さん、このことで『千川』になにか……」

きよの不安を読み取ったのか、源太郎はことさら大きなため息をついた。

「あるかもしれない。奉公人の不始末は店の不始末と言われても仕方がない」

「そんな……俺、どうしよう……。そうだ、今のうちに裏から逃げて……」

「馬鹿なことを言うんじゃないわよ！」

きよは手を振り上げた。

子どものころですら、弟に手を上げたことなんてなかった。ただ、自分が料理人だと騙ったこと、きよが煮た座禅豆を『千川』のものだと言って届けたこと、さらには、裏口から逃げようとしたこと……いずれもあまりに考えなし、その場凌《ばしの》ぎすぎる。どこかで思い知らせないと、清五郎はろくな人間にならない。それはやはり、姉である自分の役目だろう。

だが、きよが右手を振り下ろす前に、清五郎が壁の近くまでふっ飛んだ。清五郎の横《よこ》っ面《つら》を張ったのは、弥一郎だった。しかも、一発では足りないと言わんばかりに、清五郎に近づこうとしている。

「弥一郎、手荒なことをするんじゃない！」

慌てて源太郎が弥一郎を押しとどめ、きよは清五郎に駆け寄る。よろよろと立ち上がった弟の着物の裾を直してやりながら、言葉も出ない清五郎の代わりに詫びた。

「板長さん、本当に申し訳ありません。お店になにかあったときは、なんとしてでも私が……」

「姉ちゃんのせいじゃない！　悪いのは俺だ！　煮るなり焼くなりしてくれ！」

清五郎の口から叫ぶように出た言葉に、ようやく弥一郎の厳しい表情が緩んだ。

「そうだ。悪いのはおまえだ。おきよは関係ない。それがわかったら、さっさと上田様に詫びてこい！」

「え……」

その場で撫で斬りにされるのでは、とまた清五郎は震え出す。だが、弥一郎は至って冷静な判断をした。

「馬鹿なことを言うな。相手は黒羽織、しかも与力様らしいじゃないか。そんな人間が、町の者をいきなり斬って捨てたりしない。少なくとも、わけぐらいは聞いてくれるはず。おまえの薄汚ない心の内だって、正直に話せばなんとかなるかもしれない」

「そうだ、それがいい、正直が一番だ！」

源太郎親子に言い聞かされて得心したのか、あるいは逃げることなんてできない、と諦めたのか、清五郎は大人しく源太郎に連れられ、上田のところに向かった。

だが板場への通路の半分も歩かないうちに、源太郎の慌てた声が聞こえた。

「お待ちください。お話ならあちらで！」

おそらく待ちかねた上田が、こちらに来ようとしているのだろう。とはいえ、源太郎が店に押し戻してくれるに違いない。そう思っていたのに、源太郎と清五郎が戻ってきた。さらにその後ろには、きよの祖母と同じぐらいの年恰好の女がいる。客は男だとばかり思っていたきよは、目を丸くしてしまった。色柄は地味だが質の良さそうな着物を身につけているし、丸髷《まるまげ》に挿しているのも鼈甲《べっこう》細工、きっとそれなりの身分の人だろう。

女が、にっこり笑ってきよを見た。そして、なにかを得心したように頷く。

「上田の母のりょうです。ごめんなさい。どうしてもこの豆を煮た人に会いたくて。あんまり遅いから、もしかしたら表に出られない事情があるのかもしれない、裏にお伺いすれば会わせていただけるんじゃないかって……」

さらにりょうは、きよの姿を上から下まで見る。割《わ》り鹿《か》の子《こ》に挿した粗末な簪《かんざし》、着くか着かないかの紅、古着をさらに着古した銀鼠《ぎんねず》の着物……。しばらく腰のあたりを見つめていたあと、ようやく検分を終えたらしきりょうは源太郎を振り返った。

「この座禅豆《ざぜんまめ》を作ったのは、この方ね？」

「え……いや、それはうちの板前が……」

「前掛けに黒い煮汁が染みているわ。きっとこの方なんでしょう?」

源太郎は、天井を仰《あお》がんばかりの様子で、りょうに答えを返した。

「そのとおりです。ですが、できればこのことは……」

「わかっております。私は、作ってくれた人が男でも女でもかまいませんが、お店にはいろいろ事情がおありでしょう。この座禅豆《ざぜんまめ》を作ってくれたのが、女の方だったことは他言いたしません」

そう言うと、りょうはまっすぐにきよを見た。

「柔らかくて甘くて、とても美味しかった。このところ、すっかり座禅豆が食べられなくなっていたから嬉しくて……」

「え……?」

この人は、座禅豆が食べられないのだろうか。息子が与力ならば、お金に困っているわけではないはずだ。いったいどんな事情で……? と思っていると、りょうが事情を説明し始めた。

「もともと座禅豆が大好物で、家の者にもしょっちゅう作らせていました。でも、いつのころからか噛むのが辛《つら》くなって……冬はことさら冷え切って、歯の根あたりがしくしくするし。きっと歯が弱くなったのね。年のせいだから仕方がない、暖かくなったらまた……って諦めていました。でも、半月ほど前にいただいた座禅豆は、甘くて柔らかくて、とても美味しかった。また食べたいから店を教えてほしいと言っても、息子は煮売り屋のものではないから、と言葉を濁します。なにやらおかしい気がして、問い詰めたところ、町の若者に持ってこさせたと言うじゃありませんか。しかも脅して」

「いや、脅したというわけでも……」

そもそも刀にぶつかった者が悪い、と源太郎は上田を庇う。だが、りょうは容赦なかった。

「脅したんですよ。息子ほどの若者相手に無理難題を言って。いくら刀にぶつかったといってもこのご時世、武士の体面なんて人の命をどうこうするほどのものじゃありません。ましてやおまえは与力、町の人々を守りこそすれ、害を及ぼそうとするなんて恥ずかしいとは思わないのか、と叱りつけました」

いくらなんでも言い過ぎだ。それでは上田という客の立つ瀬がない、ときよは思った。だが、客に向かってそんなことが言えるわけがない。源太郎も同様だったらしく、諦め切った顔で訊ねた。

「どうして上田様は、店の名をお答えにならなかったのでしょう？　その若者が『千川』の者だとご存じだったはずですが……」

「どうやらうちの息子は、いただいた座禅豆は『千川』のものではないのでは……と疑っていたみたいです」

「へ⁉　最初から見抜かれてたってことですか⁉」

素《す》っ頓狂《とんきょう》な源太郎の声に、上田の母は平然と答えた。

「息子は以前、『千川』の座禅豆《ざぜんまめ》を食べたことがあったようです。そのときは歯ごたえがしっかりした豆だった。でも、あのとき届いたのは全然違う。おそらくあの若者は嘘をついたのだろう。料理人にしては手が荒れていないし、と……」

「さすが与力様……」

そんな言葉が口をついた。りょうは嬉しそうに笑って、さらに続けた。

「見るべきところは見ていたようですね。──あの若者は『料理人』を騙《かた》った。もしかしたらこの座禅豆も、『千川』のものではないかもしれない。きっとそう思ったんでしょうね。私に教えるのは、『千川』に行けばあの豆が食べられる、とわかってからにしなければ。さもないと、がっかりさせるって」

りょうの話によると、上田は座禅豆を食べられなくなった母のために、少しでも柔らかいものはないかと探していたらしい。いろいろな煮売り屋に足を運んでみたが、どこも似たり寄ったり。歯ごたえがある上に、冬の寒さで冷え切ったものばかりだった。これではだめだ、他に煮売り屋を知らないか、と乾物屋に訊きに行ったところに、清五郎が飛び込んできた。訊けば料理人で、座禅豆も煮ると言い張る。

半ば嘘だとわかっていたが、もしかしたら……と望みをかけ、出来た豆を届けろ、気に入ったら許してやる、と凄んだらしい。

「それでこの間、うちにいらっしゃったんですね。あれは座禅豆検分だったのか……」

弥一郎の呟くような声に、りょうが、大きく頷いた。

「ええ。食べてみたらこの間届いたものとは全然違う。あの若者も見当たらないし、やはり騙りだったのだ、ただではおかない、と思ったとき、豆の匂いがしたそうです。家の者に作らせることも多かったから、煮汁の匂いを覚えていたんでしょうね」

「なるほど……どうりで」

醤油の匂いがしていても、それでなにを煮ているのかまで察するのは難しい。だが、座禅豆の匂いを頻繁に嗅いでいたのならわかっても不思議はない。

「それで、食べてみたら、まさしくあのときの座禅豆だったそうで、息子は大喜びで帰ってきました。少なくとも座禅豆は騙りじゃなかった。『千川』の座禅豆は二通《ふたとお》りあったって……。しかも出来立てを食べられた。温かくて柔らかいばかりか、味付けもほんのり甘くて、なんとも言えない味わいだったたって」

もともと若者が届けてきた座禅豆を気に入っていた。『冷えていない座禅豆』はさらに旨かった。母親にも是非とも味わってもらいたい——そう考えた上田は、源太郎に頼み込み、煮えたばかりの座禅豆《ざぜんまめ》が食べられる頃合いを選んで母親を連れてきた。息子の思いやりが加わって、前以上に美味しかった、とりょうは語った。そしてそのあと、首を傾げながら訊ねた。

「それにしても、二通《ふたとお》りあるのはどうして？」

座禅豆を二種類置いている意味がわからない、とりょうは言う。当然だ。そもそも『千川』の座禅豆は弥一郎が作るものだけ、もうひとつは客に売る予定などないものなのだ。上田にねだられ、やむなく出したに過ぎない。

そうした意味では、清五郎のしたことは『騙《かた》り』に他ならなかった。

「申し訳ありません。この座禅豆は、『千川』のものではありません。弟はもちろん、私も料理人ではありませんし、これはたまたま主《あるじ》に頼まれて作っただけ。他のお客様にはけっして出さない、いいえ、出せっこないものなんです」

ぺこぺこと謝るきよに、りょうは不思議そうに言った。

「どうして？」

「ですから、もともと座禅豆はひとつで……」

「そうではなくて、こんなに美味しいのだから、売ればいいでしょうに。私もつい、なぜ二通りあるの？　って訊いてしまったけれど、人の好みは様々。二通りあってもおかしくはないわ」

「おかしいとか、おかしくないとかではなくて……」

「確かに、いい考えかもしれない……」

　そこで呟いたのは、源太郎だった。

「旦那さん！」

「なあ、おきよ。弥一郎の座禅豆は滅法《めっぽう》旨いが、おまえのだって捨てたもんじゃない。俺たち夫婦も気に入ってるし、上田様もおりょう様も褒めてくださった。味付けも豆の硬さも正反対の座禅豆だ。両方あってもいいんじゃないかな」

　そこで源太郎は、弥一郎に目を向けた。おまえはどう思う？　と訊ねられ、弥一郎もあっさり頷いた。

「これなら茶請《ちゃう》けにもいいし、酒にも合う」

「だろ？　なんなら試しに置いてみて、売れ残ったら俺とさとで食っちまうことにしよう」

「あらご亭主、そうなったらまずはうちにお声がけくださいな……って、息子に叱られちゃうわね。『千川』は煮売り屋じゃないんだから、って」

煮売り屋ではない『千川』に座禅豆《ざぜんまめ》を作らせた上に、鍋ごと買い取る話を持ちかけたのは上田だ。売れ残りの座禅豆を引き取りたいという母を叱れる筋合いではないだろう。

「ということで、おきよ。これから『千川』の座禅豆は二通《ふたとお》りだ。里のおっかさんもさぞや喜んでくれるに違いない」

源太郎は上機嫌で肩を叩いてくるが、きよは恐縮のあまり言葉が出ない。

代わりに口を開いたのは、りょうだった。

「里のお母様？ もしかしてこの座禅豆は、お母様のお仕込みなの？」

「そうなんですよ。おきよは上方《かみがた》の出で、下り醤油と篠山の豆で作った座禅豆を食べて育ったんです」

「そうだったの。おきよさん、こちらには長いの？」

名指しで訊ねられては、黙ったままでいるわけにいかない。やむなくきよは、蚊の鳴くような声で答えた。

「年明けに、弟と一緒に参りました……」

「そろそろ一年ね。ご両親はさぞやお寂しいことでしょう。娘さんと息子さんを一度に手放されたなんて」

「私の上に兄がふたりおりますし、嫁いだ姉も時折文《ふみ》を寄越します。それに、下の者はいずれ家を出るものですから」

「それでもやっぱり、顔が見られないほど遠くにやるのは辛《つら》かったと思いますよ。お姉様は文を送ってくるらしいけど、あなたたちは？　ちゃんと様子を知らせてるの？」

「いいえ……」

「まあ……それはよくないわ。すぐにでも送って差し上げなさい」

きよは無言で頭を下げる。送ります、と言えば嘘になるからだ。

厄介払いができてほっとしているに違いない父はともかく、母はきよの身を案じてくれているだろう。だが、文を送るにも金がいる。近場ならまだしも、江戸から上方までとなるとかなりの掛かりになってしまう。『たよりがないのが無事なたより』を決め込むしかなかった。

それでもりょうは、無言の礼を了承の証と取ったらしく、満足そうにしている。きよは、どうしようもない居心地の悪さを覚えた。

座禅豆を作った者の顔を見たいという望みも叶ったのだから、そろそろ店のほうに戻ってほしい。弥一郎も板場を離れっぱなしだし、源太郎もずっとここにいる。このままでは店が回らなくなってしまう。

心配になったきよは、恐る恐る口を開いた。

「あの……旦那さん、板長さんも……そろそろお戻りにならないと……」

「お、そうだな。おりょう様も、あちらでゆっくりなさってください。いつまでもこんなむさ苦しいところにいらっしゃっては、上田様に叱られてしまいます」

「でも、ここでお話ししているほうが楽しいわ」

「そうおっしゃらずに。あ、そうだ。今ならまだ豆は冷めておりません。もう少し召し上がっていかれては？」

源太郎にそう言われ、りょうは、大鍋に目をやった。

「大きなお鍋……さぞや大変だったでしょう。本当にごめんなさいね」

その言葉に会釈で応《こた》え、きよは鉢に座禅豆《ざぜんまめ》を盛った。源太郎はさっさと鉢を盆にのせ、りょうを追い立てるように店に戻っていく。弥一郎と清五郎もそれに続いた。

ようやくひとりになれたとほっとしていると、すぐに源太郎が戻ってきた。

「おきよ、おりょう様がこれをおまえにって」

源太郎が差し出したのは、懐紙《かいし》の包み。おそらく中には銭が入っているのだろう。もしかしたら、店に戻るなり息子から取り上げたのかもしれない。

店に出ている奉公人や、弥一郎、源太郎が客から心付けをもらうことはある。清五郎にしても、月に一度ぐらいは客から銭をもらったからと菓子を買ってくる。

だが、客に接することのないきよは、心付けなどもらう機会はなく、初めての経験だった。

「これで着物でも小物でも、とにかく自分のものを買えって」

「自分のもの？」

「弟に比べて身なりが粗末すぎる。きっと始末しては弟のものを買っているのだろう。気持ちはわかるが、髪は割り鹿の子《わかこ》、お歯黒もしていないのだから嫁入り前のはず。少しは自分のことをかまえってさ。あ、ついでに里に文《ふみ》も出せって」

それができるぐらいの金が包まれているはずだ、あの口うるさくて難しそうな顔の与力の母親にしては、ずいぶん気配りのある人だ、と源太郎は感心している。

だが、きよに言わせれば、口うるさいというのはよく気がつくことの裏返しだ。上田は仕事柄、細かいことに気をつけるのが習《なら》い性《せい》になっているのかもしれないが、きっと生まれ持った部分もあるのだろう。あの気配りのできる女性の子であれば、当然のような気がした。お役目柄、難しいことばかり考えていれば、難しい顔になるのも無理はないだろう。

いずれにしても、これはおまえのものだ、と源太郎は包みをきよに握らせた。

客から心付けをもらっても、根こそぎ主《あるじ》が取り上げる店もあるらしい。小銭ならともかく、明らかに多額とわかっている包みをそのまま渡してくれるなんて、源太郎は本当にいい主だ、と感謝に堪えない。

それなのに、源太郎はひどく申し訳なさそうに言う。

「おりょう様に言われるまで、文《ふみ》のこともおまえの身なりのことも気付かなかった。文をやるにも金がかかるし、おまえのことだから、着物だってなんだってまず清五郎のものをと考えていたのだろう。すまなかった」

主が奉公人に深々と頭を下げる。あり得ないというか、あってはならないことだ。きよは大慌てだった。

「頭を上げてください！ そんなことをされたら両親に叱られます！」

「叱られるのはこっちのほうだ。くれぐれもふたりを頼む、特におきよには気を配ってやってくれって頼まれてたのに……」

「特におきよに……？ 清五郎じゃなく？」

わざわざ母が文で頼んだのだろうか。江戸に来るにあたってのやりとりは、もっぱら父と源太郎の間で交わされていたはずだが、父が自分のことをそんなふうに言うはずがない。厄介払いできてせいせいしているはずだから……

自分の考えたことに、きよは胸が痛くなった。

ところが、源太郎は意外なことを言い出した。

「ああ、清五郎じゃなくておきよだった。五郎次郎さんは、『あれは不憫《ふびん》な生まれな上に、自分のことを後回しにする癖がある。清五郎は末っ子で我《わ》が儘《まま》だから、振り回されて自分をないがしろにしかねない。どうか気をつけてやってくれ』って」

その言葉に思わず息を呑んだ。

「おとっつぁんがそんなことを……」

「いい親父《おやじ》さんじゃないか。おまえのことも、清五郎のこともちゃんとわかってる。その上で、他人様にこんなことを頼んで申し訳ない、って俺とさと、弥一郎にまで頭を下げたよ」

厄介者と思われているに違いない。江戸にやるのも、いつまでも家にいられては目障り、かといって外に出すわけにもいかないから、苦肉の策で清五郎に同行させたとばかり思っていた。

源太郎の言うとおり、江戸に来てからは着物も草履《ぞうり》も清五郎のものしか買っていない。自分のものは、多少傷んでもなんとか直して使ってきた。その陰には、所詮自分は余計者、生まれてきてはいけない存在だったという思いがあった。

父は、兄や姉、そして弟には親しく言葉をかけていたのに、きよにはほとんど話しかけてくれなかった。きっと嫌われているのだろう、自分は厄介者なのだ、と思ったのはそれもあってのことだ。

お勝手仕事ばかりしていたのも、家族の役に立つことで、ここにいることを許してもらいたいという気持ちがあったからかもしれない。本来いてはいけない者がそこにいるためには、なにかをしなければならないと、きよは思い込んでいた。

自分のために、お金をかけて着物や身の回りのものを買うなんてもっての外《ほか》だ。文《ふみ》を送れば必ず父の目に触れるし、無駄な金を使うなと叱られかねない。それ以上に、父はようやくきよを厄介払いできてせいせいしているはずで、文など見たくもないだろうと思っていた。喜ぶのは清五郎からの文、だが弟は筆無精で文など認《したた》めないからそのままにしていたのだ。

けれど、父は兄弟同様、きよのことも気に掛けてくれていた。あえて『特におきよに』と言い添えるほど、心配してくれていた。

自分を『余計者』と決めつけ、身なりもかまわず、家のことを手伝うことでなんとか置いてもらっている、などというのは、僻《ひが》み根性から来る思い込みだったのだ。もしかしたら父は、そんな娘にかける言葉を見つけられずにいただけかもしれない。

父の思いがけない心情に愕然《がくぜん》とするきよに、源太郎はさらに加えた。

「おきよもいろいろあったらしいな。でも、親父《おやじ》さんは親父さんで辛《つら》かったみたいだぞ。余所《よそ》にやろうと決めておふくろさんのところに行ったとき、おまえさん大泣きしたそうだ。きっと、おふくろさんがすごい力で抱え込んだから苦しかったんだろうな。だが、五郎次郎さんに覗き込まれて不意に泣き止んだらしい。そればっかりか、五郎次郎さんの顔を見てにっこり笑ったんだってさ。ありえねえよな」

　生まれたばかりの赤ん坊だから、目なんてろくに見えていない。相手が誰かもわからないし、たまたまそのとき笑ったように見えただけに違いない、と源太郎は言う。

「でもな、五郎次郎さん曰く、お釈迦様みたいな笑い顔だったってさ。全部をわかってて、それでいて全部を許してるみたいな……。で、親父さんはそれを見て考えを改めたそうだよ。同じときに、同じ腹から生まれた子をひとりだけ余所にやるなんて間違ってる。どっちも俺の子なのに……って。それで余所にやるのはやめたんだとさ」

「知りませんでした……そんなことちっとも……」

「俺もおまえたちを預かることになって初めて聞いた話だ。きっと今まで誰にも言えなかったんだろう。生まれてから二十年以上経った今になってやっと打ち明けられたに違いない。とにかく一度でも余所にやろうとした自分が許せない。おきよを見るたびに、汚《きたね》え自分を思い出す。それが辛《つら》くて見ないように、関わらないようにしてたって、親父《おやじ》さん泣いてた」

「そうだったんですか……」

「ま、そんなわけで、親父さんがおきよのことを心配してるのは間違いない。今のおまえには、まだ親の気持ちはわからねえかもしれねえがな」

源太郎はそこで父についての話を終わらせ、きよの身なりの算段を始めた。

「そうだ、どこかにさとの若い時分の着物が残っているはずだ。若いとはいっても嫁に来てからのものだから、おまえには地味かもしれない。それでも、継ぎが当たった今の着物よりは見栄《みば》えがするはずだ。草履《ぞうり》や簪《かんざし》も使ってないのがいくつか……」

あれもこれもと言い出す源太郎を、きよは慌てて止めた。

「とんでもないことです！　私には着道楽もありませんから、今のままでいいんです」

「そうはいかない。おまえはいつだって清五郎のことばっかりだ。心付けをもらったところで、文《ふみ》はともかく自分のものを買ったりしないに決まってる」

「それは……」

図星を指され、きよは言葉に詰まる。

源太郎は、それ見たことかと話を続けた。

「おりょう様は、今後もきっとおまえのことを気にされる。上田様に様子を訊ねるだろうし、ご自身でもいらっしゃるかもしれない。身なりが代わり映えしなかったら、俺たちが心付けを取り上げたんじゃないか、と疑われかねない。そんなのはまっぴらだ」

かといって、おまえが欲しくもない着物や小物を買うわけがないし、無理強いはしたくない。それぐらいなら、さとのものを使ってもらったほうがいい、と源太郎はしきりに遠慮するきよを説《と》く。

「どれもものは悪くないし、手入れはちゃんとしてあるからまだまだ使えるはずだ」

それがいい、そうしようとひとり合点し、源太郎は勝手口から出ていった。

年のせいか、近頃物忘れがひどい、と嘆いていたから、忘れないうちに裏手にある自宅に行き、さとに頼むつもりだろう。いかにも、これで万事解決という表情だった。

一方、きよの気持ちは複雑、というよりも困り果てていた。

五つ上の姉がいたからお下がりはたくさんあったし、姉のものはどれも大店《おおだな》の娘として恥ずかしくないものばかり。何枚かは絹の着物もあり、みすぼらしさなんて無縁だった。母は、お下がりばかりではかわいそうと思ってか、時折着物を買ってあげようと言ってくれたが、いつも断っていた。

江戸に来て長屋暮らしをするにあたって、いかにも大店の娘という着物は不似合いだろうと考え、相応の着物を手に入れた。もちろん古着、それもかなり草臥《くたび》れていたけれど、嫌だとも思わなかった。余計者の自分にお金をかけるなんてもっての外《ほか》という思い以上に、もともと身なりを気にしない性格だったのだろう。

着物なんて、暑さ寒さをしのげればいい。使っていいお金があったとしても、破れたり壊れたりしない限り自分の着物や小物に費やす気はなかった。

源太郎は、そんなきよの心をわかっているからこそ、こんな申し出をしてくれたのだろう。

ありがたいことだが、さとから譲られたものを買ったとりょうに言い張るのは辛《つら》い。嘘も方便とは言うけれど、できれば嘘はつきたくない。どうしたものか……とまわりを見回したきよは、水桶の脇に置いてあったものに目を留めた。

――そうだ……『自分のために』は、なにも着物や小物とは限らない。自分が使うものならなんだっていいはず。本当に欲しいものを買えばいい！

晴れ晴れした気持ちになったきよは、皿や鉢をしまってある棚に向かう。

確かここに、大きな丼が入っていたはずだ。あれなら座禅豆《ざぜんまめ》だけではなく、煮汁もたっぷり入れられる。普段は使わないものだから貸しても大丈夫だろうし、りょうはずいぶん座禅豆を気に入ってくれていたから、きっとまた来てくれる。そのときに器を返してくれるに違いない。

煮汁まで入れると重くなってしまうが、汁さえあれば鍋に移して温め直すこともできる。温かい座禅豆に目を細めるりょうを思い浮かべながら、きよはせっせと丼に豆を移した。


「姉ちゃんって、やっぱり変わってるよな」

翌日、きよに買い物の相談をされた清五郎は、しばらく口をぽかんと開けたあと、呆れたように言った。

「ずいぶん薹《とう》が立ってるにしたって、姉ちゃんは女だろ？　着物や小物より砥石《といし》が欲しいなんてどうかしてるよ」

薹が立ってる、しかも、ずいぶんって……と口をへの字に曲げそうになったけれど、本当なら嫁に行って子どものひとりやふたり抱いている年頃なことに間違いはない。それをおいても、着物より砥石を欲しがる女は珍しい、というのは当たり前の考えだろう。

「悪かったわね。でも、今使ってる包丁があまり切れないのよ」

「そりゃ、店の包丁とは違うだろ」

「店だけじゃなくて、おっかさんが使ってたのと比べても全然切れないの。きっと手入れが悪いんだわ」

「だったら研《と》ぎ屋に出せばいいじゃないか」

『千川』の包丁は、研ぎ屋に手入れをさせている。弥一郎は自分でも研ぐが、時々は本職に任せなければ、本来の切れ味を保てないと言っている。そうやって気を遣っているからこそ、『千川』の包丁の切れ味はいつも抜群なのだ。

実家の包丁にしても、月に一度や二度は研ぎ屋を呼んでいた。どうして自分で研ぐという考えになるのかわからない、と清五郎は言うのだ。

もっともな道理ではある。そもそも家の包丁の切れ味が多少悪くても、客に出す料理を作っているわけではないのだから支障はない。しかも、まったく切れないわけではない。長屋のおかみさんたちの包丁だって似たり寄ったり、むしろ、きよの包丁よりも切れないぐらいだ。それでも、きよの気は収まらない。家の包丁を使うたびに、切れ味の違いに滅入り、もっと切れる包丁を使いたいという気持ちが高まる。かといって毎月研ぎ屋に頼むのは贅沢すぎる。それならばいっそ、砥石《といし》を買って自分で研いでみてはどうか。研ぎ屋や弥一郎が包丁を研いでいるところは何度も見たことがある。門前の小僧でも手入れをしないよりはましだろう――きよは、そんなふうに考えたのである。

清五郎は、きよの話を聞いてさらに呆れた。

「店は店、家は家だろ。同じようにいかないのは当たり前だって思えないの？」

「いっそ、ずっと切れない包丁ばっかり使ってればいいんだろうけど、なまじ店でいい包丁を使うから気になるのよ。それに、砥石だって私が使うものに違いないし、なにより欲しいんだから！」

「わかった、わかった、落ち着け、姉ちゃん。でも、砥石ってどこで売ってるの？　砥石を扱う振売《ふりうり》っているの？」

「それがわからないから相談してるの。研ぎ屋さんに訊くにしても、うちの長屋にはせいぜい月に一度しか来てくれないでしょ？　あ、そうだ、あんたお店に来る研ぎ屋さんにこっそり訊いてみてくれない？」

『千川』には、孫兵衛長屋よりもずっと頻繁に研ぎ屋が現れる。清五郎は、研ぎ屋のところに包丁を運んだり、研ぎ上がった包丁をしまったりすることもある。そのついでにちょっと訊いてくれれば、ときよは思ったのだ。

「でもさあ……」

そこで清五郎は言葉を切って、考え込んだ。

どうしたのだろうと思っていると、おもむろに首を左右に振った。

「無理だろ。俺が研ぎ屋だったら、砥石の手に入れ方なんて教えたくない。客が自分で研《と》ぎ出したら、商売あがったりじゃないか」

「そう言われればそうかも……」

「だろ？ それに自分で研ぐようになったとしても、たまには研ぎ屋に任せたいだろ？ 機嫌を損ねるのはよくないよ。料理人ならともかく、自分で手入れしたがる素人《しろうと》なんて、俺は相手にしたくねえ」

下手をすると、長屋に回ってきてくれなくなって、長屋のおかみさんたちにも迷惑をかけかねない。砥石《といし》が欲しいにしても、研ぎ屋に知られないようにこっそり手に入れたほうがいい、と清五郎は言った。

「旦那さんか、板長さんに訊いたほうがいいと思う」

「わかってるけど、旦那さんたちに訊いたら、どうかしたらつきっきりで研ぎ方まで教えてくれかねないもの」

ただでさえ、良くしてもらっている。これ以上面倒をかけたくない。どうしてもわからなければ、隣に住んでいるよねにでも訊いてみるつもりだった。よねは、三味線《しゃみせん》指南の傍ら、子どもに読み書きを教えていて、いろいろなことを知っている。砥石が買えるところだって心得ているはずだ。あるいは長屋の大家、孫兵衛夫婦でもいい。とにかく、源太郎や弥一郎ではない人に訊きたかった。

だが清五郎は、よねや孫兵衛が砥石を使っているはずがない、実際に使っている人に訊くのが一番だ、と譲らない。結局きよは、清五郎と一緒に『千川』に行き、砥石について訊ねることになってしまった。

このところ何度か言葉を交わしたとはいえ、やはり弥一郎には近寄りがたい。せめて源太郎に……という願いも虚しく、ふたりが『千川』に着くなり出くわしたのは弥一郎だった。清五郎が、早速砥石について訊ねる。

「板長さん、砥石ってどこに売ってるんですか？」

「砥石……？」

「姉ちゃんが欲しいって……」

「着物とか簪《かんざし》じゃなくてか？」

弥一郎も、きよが上田の母から心付けをもらった話を聞いたらしい。おそらくそれで身の回りのものを買えと言われたことも知っているのだろう。砥石はどこで買えるのかと訊かれたら驚くに決まっている。

その後、清五郎から子細《しさい》を聞いた弥一郎は苦笑しながら言った。

「やめておけ」

「どうしてですか？」

「どれほど手入れをしても、なまくらはなまくら、限りがある。それよりもいい包丁を買え」

「でもそれだと手入れが……」

「砥石《といし》は店のを使えばいい」

「本当ですか！　よかったなあ、姉ちゃん！」

思いもかけぬ申し出に、清五郎は大喜びしている。だが、きよは、針の筵《むしろ》に座らされたような気分だった。

「そんなご迷惑はかけられません……」

ところが弥一郎は、きよがもごもごと口にした言葉を気にも留めず、さらに気が遠くなりそうなことを言い出した。

「気に病《や》むな。おまえも今日から『千川』の料理人だからな」

「料理人⁉」

「年明けから品書きにあの座禅豆《ざぜんまめ》を入れる」

「それってまさか、私が作るんですか⁉」

甘みが勝って柔らかい座禅豆を品書きに入れるにしても、作るのは弥一郎だと疑いもしなかった。だが、弥一郎は平然と言う。

「当たり前だ。俺にそんな暇はない。上田様や親父《おやじ》たちが気に入ったのはおまえの座禅豆だし、おまえが作るのが理に適《かな》ってる。となると、おまえも『千川』の料理人の端くれだ。店で使うのは無論、家の道具だってそれなりのものを揃えるべきだ。新入りの料理人を仕込むのは俺の役目だし、包丁の扱いはいろはのいだ」

「すげえ！　俺は騙《かた》りの料理人だったけど、姉ちゃんは本物になるんだ！」

清五郎は興奮して高い声を上げる。だが、きよにはとんでもない話だとしか思えなかった。

店と同じとまではいかなくても、今までよりずっとよく切れる包丁を手に入れられることは嬉しい。今まで苦労していた大ぶりな大根も南瓜《なんきん》も、すんなり切れるようになるだろう。南瓜は姉弟揃っての大好物だ。ほのかな甘みがなんともいえないし、あの山吹色を見るだけで元気になれそうな気がする。南瓜が食べたいけど切るのが大変だから、なんてためらわずに済む。

だが、それとこれとは話が別だ。そもそも、座禅豆を煮るだけの料理人なんているはずがない。しかも、座禅豆を作るのに包丁なんていらない。それを理由に良い包丁を揃える必要などないのだ。

けれど、弥一郎は、話はこれで終わりと言わんばかりに、板場に入っていく。これから店を開けるまでに、たくさんの仕込み作業があるのだから、いつまでもきよにかまっている暇はないに違いない。

結局、そのまま押し切られ、きよはその日から『座禅豆《ざぜんまめ》だけ』を作る料理人となった。

その『座禅豆だけ』がそう長くは続かないことを、きよは知るよしもなかった。

萌《もえ》木《ぎ》色《いろ》の味噌

掛け取りが忙しく走り回る大晦《おおつごもり》も過ぎ、新しい年を迎えた。

きよの普段の買い物はもっぱら振売《ふりうり》からだし、たまに店に行くのは払う金があるときに限られる。年の瀬に掛け取りから逃げ回る必要はないが、掛け売りをしてもらえるほどの信用がない証のようで気を落としたりもする。

それでもなんとか食うに困らずに生きていけているのは、奉公先や大家、近隣の人々の助けがあってのこと。そしてなにより、きちんとした奉公先を探してくれた親のおかげ、とありがたく思っている。

梅のつぼみも膨らみ、もう半月もすれば綻《ほころ》びそうだ。洗い物をする手が凍える日々だが、花が満開になるころには、水の冷たさも少しは和《やわ》らぐことだろう。

孫兵衛長屋の井戸端で朝飯の仕度をしていたきよは、鍋を覗き込んでにんまりと笑った。

煮汁に浸かってゆらりゆらりと揺れているのは里芋だ。

正直者で、不味《まず》いときは不味いとはっきり言ってくれる青物売りが太鼓判を押したぐらいだから、さぞや良い品だろう。噛めば歯に絡みつくような粘りと控えめな甘みを感じるに違いない。

だが、今きよに笑みを浮かべさせているのは芋の味ではなく剥き加減、真新しい包丁の切れ味だった。

かなりたくさんあった芋が、あっという間に剥き上がった。さほど力も入れずともすいすい進む刃に、感嘆の息が漏れたものだ。

きよに『千川』で使うような上等の芋を買えるわけもなく、くぼみがあったり、傷があったりするものも多い。いつもなら四苦八苦して剥くのに、今日はさほど難儀しなかった。

この包丁は江戸でも一、二を争うほどの大きな打ち物屋に出向いて求めた。

ひとりでは包丁を選ぶのは難しいだろうと弥一郎が付いてきてくれた。もっともそれは、弥一郎本人が言い出したことではなく、源太郎に言われてのことではあったが、ありがたかったことに違いはない。にこりともせずにさっさと先を歩く弥一郎を一生懸命追いかけ、なんとか打ち物屋に辿《たど》り着いた。

こんなに機嫌が悪そうな男と買い物をするのか、と腰が引けそうになったが、いざ包丁を選び出したらやけに饒舌《じょうぜつ》で、この人は、本当に料理に関わるすべてに一生懸命なのだと思い知らされた。その分、包丁選びにも妥協というものがなく、きよの心積もりよりもどんどん値の張る品になっていく。とどのつまり、弥一郎が選び出したのは、上田の母親からもらった心付けの大半を費やすような立派な包丁だった。

値を見て尻込みしたものの、打ち物屋はちゃんと手入れすれば生涯使える品だと太鼓判を押すし、弥一郎が選んでくれたものを断る勇気もない。言われるままに支払い、分不相応な買い物をしてしまったと後悔しつつ家に帰った。

だが翌朝、南瓜《なんきん》を切ってみたきよは唖然とした。今までの半分ほどの力を入れただけで南瓜は真っ二つ、鮮やかな黄色の断面が覗いた。紛れもなく、思い切って買って良かったと思える品だった。

真新しい包丁は芋を入れてきた竹笊《たけざる》に載せてある。鈍色《にびいろ》に光る包丁を頼もしく眺めながら、きよは芋が柔らかくなるのを待っていた。

しばらくして芋は無事煮上がった。そこにやってきたのは隣の住人、よねである。

茶と紺の子持縞《こもちじま》をすっきりと着こなし、丸髷《まるまげ》には一筋の乱れもない。三味線《しゃみせん》の師匠をしているよねは、小粋《こいき》な雰囲気を持つ四十路《よそじ》の女だ。簪《かんざし》や櫛《くし》のひとつひとつまで磨き上げるような几帳面さと、ならず者を容赦なく叱りつけるような気っ風《きぶ》の良さを併せ持つ。

きよはそんなよねが大好きだった。

「おきよちゃん、おはよう」

「ほんとだね。寒さが骨まで沁みるよ。今日も冷えますね」

「はい。お先でした。まだ火を落としてないのでそのまま使えますよ」

今まできよが使っていた七輪《しちりん》は、よねから借りたものだ。

実はきよは、上方《かみがた》で言うかんてきと七輪が同じものだとは知らなかった。引っ越してきたときにかんてきはどこで買えるのか、とよねに訊ねて首を傾げられ、煮炊きに使うものだと説明した結果、なんだ七輪か、それならうちのを使えばいいと言ってくれた。

三味線を教えるのは午《ひる》を過ぎてからだから、朝の仕度も遅くていいのだというよねの言葉に甘えて、毎朝きよが先に使い、終わったらよねに回す、というのが習いとなっていた。

いつもなら火を落としてから渡すのだが、芋を煮るのに少し時間がかかったのと、いつもよりよねが来るのが早かったのとで、まだ火を落としていない。火を熾《おこ》すことなく使えると聞いて、よねは嬉しそうに言った。

「助かるよ。今日はちょっと出かける用事があって、早めに仕度がしたかったんだ」

「それなら、言ってくだされればよかったのに！」

「いやいや。そこまで急いじゃいない。あんたはいつも、夜明けと共に起き出すじゃないか。それより早くなんてまっぴらだよ。それに今、はなに飯を炊かせてる。汁と飯が同じ頃合いにできて都合がいいってわけさ」

寒い朝、炊き立ての飯と熱い味噌汁は何よりのご馳走だ、と言い、よねは水を張った小鍋を七輪《しちりん》にかけた。今頃、娘のはながへっついに向かって火の番をしているのだろう。

孫兵衛長屋では、家の中に一口のへっついが据えられている。飯を炊いてから汁やお菜を作る、あるいはその逆にすれば事足りるのだが、たいていの住民は中で飯を炊き、汁やお菜は井戸端に持ち出した七輪で作る。

一日分の飯をまとめて炊く飯釜は大きく作られているから、へっついでちょうどいいけれど、お菜に使う鍋は小さいから七輪のほうが火加減をしやすい、というのが長屋のおかみさん連中の理屈だ。だがきよは、井戸端であれこれ話をしたいというのが実のところだろうと睨んでいる。その証に、日が出るなり煮炊きを始めるきよを別にして、長屋の女たちの大半は誰かが飯の仕度を始めるとわらわらと出てくるのが常、毎日賑やかに飯の仕度をしていた。

女がふたりいる家ではひとりが井戸端に出て、もうひとりが残って飯を炊いている。

うまく調節すれば、炊き立ての飯と温かい汁やお菜に同時にありつけるのだ。

「うらやましいです。うちもご飯ぐらい清五郎に炊かせようかしら」

「弟思いのおきよちゃんに、そんな芸当ができるかねえ。まんまの仕度をさせるより、ちょっとでも寝かしてやりたいって思ってるだろ？」

ずばりと言い当てられ、きよは言葉もない。やはり私の弟贔屓《びいき》は度を越えているのだろうか、と心配になる。そんなきよを安心させるように、よねは言う。

「弟をかわいがるのは悪いことじゃないよ。それに、清ちゃんはなかなか粗忽《そこつ》なところがあるから、任せていいものかどうか……。ご飯をうまく炊くには、火加減が大事だし」

「そうですねえ……。せっかくのご飯を焦がされても困りますし、火事でも出されたら大事《おおごと》です。やっぱり清五郎に任せるのはやめにします。じゃ、およねさん、私はこれで」

そう言うときよは、自分たちの部屋に戻ろうとした。ところが、ふと見るとよねの目がきよの鍋に釘付けになっている。きよは、くすりと笑って言った。

「およねさん、少しお分けしますね」

「いやいや、せっかくあんたが煮たんだから……。ごめんよ、不躾《ぶしつけ》だったね」

「いいんですよ。青物売りがおまけしてくれたから、今日はたくさんありますし」

弟とふたりでは食べ切れそうにない、と言うきよに、よねは目を輝かせた。

「そうかい！　じゃあ少し分けてもらおうかな。なんてったって、あんたの煮物は旨いからさ！」

同じように煮てるはずなのにねえ……とよねは首を傾げる。そういえば、以前にも煮上がったばかりの芋を分けたことがあった。そのときもものすごく褒めてくれ、褒められすぎて恥ずかしくなってしまったぐらいだ。鍋の中身が芋だと知って、ついつい見入ってしまったのも、気に入ってくれた証なのだろう。

褒められれば嬉しいし、料理は美味しいと思ってくれる人に食べてもらうのが一番だ。ということで、きよは急いで部屋に戻り、煮物を小鉢に分けた。この小鉢は、一昨日《おととい》よねが、作りすぎたからと三つ葉のおひたしを分けてくれたときのものだ。なにを入れて返そうかと迷っていたからちょうどよかった。

こんなふうに、お菜をあげたりもらったりするのもよくあることだ。とはいっても、きよがそれを知ったのはこの長屋に住むようになってから。よねと他の住人とのやりとりを見てのことだった。

「およねさん、お礼が遅れてごめんなさい。一昨日は三つ葉をありがとうございました。すごく美味しかったし、色合いもきれいでした」

「ああ、うちは醤油を出汁《だし》で割ってるから、あんまり茶色が染みないんだよ」

「おひたしにも出汁を使うんですか？」

「はなはしょっぱいのが苦手だし、あたしも塩気が過ぎると喉ががらがらするからね」

三味線《しゃみせん》の師匠をしているよねにとって、喉は大事な商売道具だ。強い塩気が喉に悪いというのは初めて聞いたけれど、本人が言うのだからそのとおりなのだろう。

煮物を作るときには、きよも出汁を使う。座禅豆《ざぜんまめ》のように出汁を使わず醤油や味醂《みりん》だけで煮ることもあるが、あらかじめ出汁で煮てから味を付けると、出汁が煮物の味を柔らかくしてくれるのだ。

だがおひたしを作るときは、味の濃い薄いは醤油の量だけで決め、出汁で割ることはなかった。よねのやり方なら、薄味に仕上げたくて醤油を控えすぎた結果、青物全体に味が行き渡らないということもない。なんともうまいやり方だった。

「どうりで鰹《かつお》の香りがしたわけですね。花鰹も載ってないのに、って思ってました」

「おきよちゃんは本当に鼻がいいね。出汁《だし》ったってほんのぽっちり、しかもうちが使ってるのは上等の鰹節ってわけでもないのにさ」

そんなだからお菜が美味しいのかねえ……などと頷きながら、よねは満面の笑みで芋が入った小鉢を受け取った。

「ありがとよ。じゃあまた」

よねに会釈で応《こた》え、きよはぱたぱたと部屋に戻った。

火消し壺から炭を移し、へっついに釜をかける。そろそろ飯が炊きあがる、というところで清五郎が起きてきた。

「おはよう、清五郎」

「おはよう。お、旨そうな芋！」

そう言うなり鍋に伸びた弟の手をぴしゃりとやり、手ぬぐいを押しつける。

「さっさと顔を洗ってらっしゃい」

「へーい。そういえば、新しい包丁はどう？」

「よく切れるわ。さすがは板長さんのおすすめね」

「そりゃよかった。これで料理人としての腕も上がるってもんだ」

「料理人としての腕って言われてもねえ……」

なにせきよは、座禅豆《ざぜんまめ》しか作らない料理人だ。座禅豆を煮るのに腕なんていらない。いい豆や醤油を使い、配分さえ間違わなければ、誰だって同じように煮られるのだ。

腕が上がるも下がるもない、と苦笑するきよに、清五郎は珍しく真面目な顔で言った。

「精進《しょうじん》してれば、他の料理だって任せてもらえるようになるかもしれないぜ。姉ちゃんの料理は半端な煮売り屋よりずっと旨いし、金を取ってもおかしくないと思うよ」

「私の料理でお金が取れるはずないでしょ。座禅豆はたまたま。今までのと違って珍しいし、板長さんが忙しいから作らせてもらえてるだけよ」

「そうかなあ……。およねさんは姉ちゃんの芋がすごく気に入ってるらしいし、他にも褒められたことがあるんじゃない？」

「そう言われれば鰯《いわし》も……」

鰯が安く手に入ったので、粉を叩いて油で揚げてから煮付けたことがある。たくさんあったから長屋のおかみさんたちにも分けたのだが、珍しい上に美味しいと喜ばれた。ふと思い付いて作ってみただけなのに、手放しで褒められて戸惑うほどだった。

清五郎がさもありなんという顔で言う。

「ほらね。姉ちゃんの料理には工夫もあって、みんなに人気。この際、本気で料理人を志《こころざ》すべきだと思うよ」

「そんなに簡単にいくわけないでしょ」

料理人になるのは大変だ。

弥一郎はもちろん、今は包丁を握ることはなくなった『千川』の主《あるじ》、源太郎も長い修業を経て料理人になったそうだ。弥一郎には弟がいるが、その弟も料理の修業に出て三年になるらしい。ちょっと褒められる程度で料理人になれるなら、苦労はない。

そもそも『千川』には弥一郎の他に欣治、伊蔵という料理人がいるのだ。女、しかも修業をしたことがないきよなど論外だった。

「私には料理人なんて無理。いいから急いで。もうすぐご飯が炊けるわよ」

「そうかなあ……」

いけると思うけどなあ……と呟きながらも、清五郎は顔を洗いに行った。飯の匂いに、腹の虫が抑えられなくなったようだ。

――私には下拵《したごしら》えがせいぜい、がんばっても座禅豆《ざぜんまめ》がいいところ。それ以上のことなんて無理だ……

そう考えてため息をつきかけたとき、早くも清五郎が戻ってきた。

「あんたの顔洗いは、猫より雑ね！」

「ほっといてくれよ。それよりさ、そこでおよねさんに会ったよ。今日のお芋は前にも増して美味しいって手放しで褒めてた。だから俺、訊いてみたんだ。もし外で売ってたら買うかい、って」

「なんて馬鹿なことを……」

「馬鹿でけっこう。でも、およねさんが言ってたよ。もちろん買うって。そしたらもっとたくさん食べられる。お裾分けでもらってる分じゃ、おはなちゃんと取り合いになるんだって」

よね親子は揃って芋の煮たのが好物だ。それは知っていたが、取り合いをしているなんて思ってもみなかった。

「もっとたくさん持っていくべきだった……」

きよがすまなそうにすると、清五郎が呆れ果てたように言った。

「そっちじゃねえ。大事なのは、金を払ってでも食べたいくらい旨いってことだ。さっき俺が言ったとおり、姉ちゃんはもうちょっと自信を持って、本物の料理人を目指すべきだと思うぜ。ってことで、飯、飯、飯！」

清五郎にせっつかれ、きよは部屋の隅に積んであった箱膳から茶碗を取り出し、釜の蓋を開ける。山盛りにしたあと、椀に味噌汁を注ぎ、弟の前に運んだ。

「おきよ、柔らかい座禅豆はなかなかの人気だ。そろそろ次の仕度をしておくれ」

きよが青菜を洗っているところにやってきた源太郎が、嬉しそうに言う。一昨日《おととい》煮た座禅豆は、昨日も今日も注文が相次ぎ、あと少ししか残っていない。きっと明日には売り切れてしまうから、明日の朝からまた作れるように今日のうちに豆を戻しておいてくれ、と言うのだ。

嬉しい半面、きよは弥一郎が気になった。

「あの……板長さんの座禅豆《ざぜんまめ》は……？」

「心配するな。そっちも同じぐらい売れてる。弥一郎の考えで、食べ比べをすすめてるからな」

「食べ比べ？」

「ああ。もともとの座禅豆を注文した客に、柔らかい座禅豆をおまけしてるんだ。小皿に、ほんの二粒か三粒だけな。食ってみて旨いと思ったら注文してくれってね」

試してみた客の大半が、柔らかい座禅豆を注文してくれたらしい。同じ豆、同じ醤油なのにこんなに違うなんて、と面白がってくれているそうだ。

「ま、中には気に入らない客もいるみたいだが、それは仕方がない。それに今日あたりは最初から柔らかいのをくれって客も来てたぞ。しかも初めての客で」

誰かから噂でも聞いて来たのだろう、いい呼び込みになったと源太郎は目尻を下げる。

『千川』はかなり儲《もう》かっている料理屋だが、それはこんなふうに新客の取り込みに余念がないことにも起因しているのだろう。

源太郎は、しめしめ……なんてほくそ笑みながら言う。

「このまま行けば、おきよの座禅豆が弥一郎のものより売れる日が来るかもしれないな」

「とんでもないことです！　そんなことになるわけありませんし、あったとしても一時のことです」

「そうかもしれない。そうじゃないかもしれない。ま、どっちの座禅豆でも売れさえしてくれれば俺は万々歳《ばんばんざい》だ。とにかく次の仕度をしてくれ。今度はもっとたくさん煮ていいぞ」

　鍋も大きいのを使ってな、と言い残し、源太郎は鼻歌まじりで去っていった。

　そんなにたくさん煮て売れ残ったらどうするつもりだ。座禅豆は日持ちがするお菜だが、それでも長く置けば味も変わるし、皮の張りだって保ちづらくなる。艶々《つやつや》でぴんと張った皮と柔らかさが持ち味なのだから、三日を超えて置きたくはなかった。

　やはり前と同じ鍋で、同じ量を煮よう。とりあえず豆を洗っておかねば、ときよはぶどう豆が入った木箱を開けた。そこに、通路の向こうから弥一郎の声が飛んできた。

「おきよ、ちょっと来てくれ」

　客が入っているときに、弥一郎に呼ばれたことなどない。なにか不始末でもあったのだろうか、とびくびくしながら、きよは半ば小走りで弥一郎のところに行った。

　通路の端っこ、ぎりぎり店に入らないところで立ち止まり、弥一郎の言葉を待つ。ところが、叱られるのかと思っていたのに、弥一郎の口から出たのはただの指示だった。

「余分に豆を戻しておいてくれ。量はおまえのと同じ、ただし水で」

どうやら今日は弥一郎も座禅豆《ざぜんまめ》を仕込むつもりらしい。きよがぶどう豆を戻すなら、ついでに自分の分も、ということだろう。大した手間ではないからかまわないが、量については疑問が残る。思わずきよは問い返した。

「同じ量でいいんですか？」

座禅豆は『千川』でも人気の品だ。きよが作ろうとしているのと同じ量では、あっという間に売り切れてしまうだろう。もっと量を増やしたほうがいいのではないか、と思ったが、弥一郎はやはり同じでいいと言う。

「硬かろうが柔らかかろうが、座禅豆は座禅豆だ。今は珍しがられていても、そうそう座禅豆ばっかり売れ続けるわけがない」

弥一郎は、ひどく面白くなさそうな顔をしている。やはり、きよが作った座禅豆が売れているのが気に入らないのだろう。

かといって、きよになにが言えるわけでもない。やむなく一礼して戻ろうとしたとき、さらにあり得ない指示が聞こえてきた。

「そのふたつ、どっちもおまえが煮ておけ」

「どっちも、って……」

「ふたりが別々に鍋を見張る必要はない。おまえが両方煮れば済む」

「で、でも私、『千川』の座禅豆の作り方なんて……」

「戻した豆を鍋で煮るだけのことだ。おまえのと大差ない」

弥一郎はさも簡単そうに言うが、そんなはずはない。慣れ親しんだ柔らかい座禅豆ならまだしも、俄《にわ》か料理人の自分に『千川』の座禅豆が作れるはずがない。

焦ったきよは、つい相手が苦手な弥一郎であることも忘れて言い返した。

「無理です！　だいたい『大差がある』から、食べ比べさせてるんじゃないんですか！　どうしてもっていうなら、ちゃんと作り方を教えてください！　料理人を仕込むのは板長の仕事だって言ったじゃないですか！」

張り上げた声に、それまでろくにきよのほうを見ていなかった弥一郎が、まっすぐにこちらを向いた。

しまった、言い過ぎた、と思った次の瞬間、弥一郎の口の端がわずかに上がった。

「大人しいばかりと思っていたら……」というひとり言みたいな呟きのあと、弥一郎は早口に言った。

「豆の鍋を火にかけて、指で潰せるほどになったら味醂《みりん》を入れる。豆に艶《つや》が出てきたら醤油を入れ、汁がなくなるまで煮詰める」

それだけ言うと、弥一郎はさっさとまな板に向き直った。これ以上話しかけても返事はもらえないだろう。やむなくきよは土間に戻り、二鍋分のぶどう豆を洗い始めた。

ざっざっと桶の中の豆をかき回しながらも、ため息が止まらない。

簡単すぎる説明は、彼が慣れきっているからに違いない。きよが作る座禅豆《ざぜんまめ》は、味醂《みりん》や醤油をあらかじめ入れておいて、柔らかくなるまで煮るだけだ。だが、もともとの『千川』の座禅豆は『艶《つや》が出たかどうか』を見極めなければならないし、煮詰めすぎて焦がさないように細心の注意が必要だ。おそらく、慣れた者でなければわからない勘所《かんどころ》がいくつもあるはずなのだ。

あんなにぶっきらぼうな説明だけで放り出すなんて、あまりにも不親切すぎる。口では何のかんの言いながら、やはり弥一郎はきよを仕込む気などないのだろう。指示された豆の量が少なかったのも、どうせしくじると思ってのことかもしれない。

気持ちがどんどん暗くなる。それでもきよは丁寧に豆を洗い、半分をいつもどおりに醤油や味醂の入った汁に、もう半分をただの水に浸した。

翌日、きよは店に出るなり、ぶどう豆の様子を見た。どちらもちゃんと戻っていることを確認し、火にかける。『千川』は孫兵衛長屋と異なり、二口のへっついだから、一度に両方の様子を見られる。そうした意味では、弥一郎の言い分に間違いはない。問題は両方を見るのがきよだ、ということだけだった。

野菜を洗ったり皮を剥いたりしながら、頻繁にへっついのところに行く。柔らかい座禅豆は手がかからない。五つ半（午前九時）から火にかけたから、遅くとも八つ半（午後三時）の鐘が鳴るころには煮上がるだろう。問題は、もともとの『千川』の座禅豆、歯ごたえを残さねばならないほうだ。

指で潰せるほどになったら、という弥一郎の言葉に従い、何度も確かめる。同じぶどう豆であっても、煮汁とただの水では茹であがるまでの時間に差があるかもしれないと危ぶんでいたが、やはり水のほうが少しだけ早かった。

――気をつけていてよかった。同じ調子で火にかけていたら、柔らかくなりすぎるところだった……

ほっとしつつ水だけで煮ていたぶどう豆の鍋に味醂を入れ、しばらく様子を見て醤油を足す。あとは少し火を強めて煮詰めるだけなのだが、煮汁がわずかに残る状態で火から下ろすことが肝要、煮詰めすぎて焦がしたら売り物にならなくなる。

ここは目離しならぬところ、と豆の鍋に付ききり、なんとか仕上げたのは八つ（午後二時）。そのころには柔らかい座禅豆も煮上がっていた。

結局のところ、いずれの座禅豆《ざぜんまめ》もかかる時間は大差ない。それでも味醂《みりん》、醤油と手順を追って入れねばならず、なおかつ焦がさぬように気をつけねばならない『千川』の座禅豆は難しい。しかも、煮上がった座禅豆を弥一郎のところに持っていっても、彼は鍋の中をちらりと見ただけで、なにを言うでもなかった。

かわりに側にいた伊蔵が、声をかけてくる。

「お、今日は二通《ふたとお》りともおきよちゃんが煮たのかい？」

「はい……」

「そうかい、そうかい。いよいよ『千川』の座禅豆はおきよちゃん任せってことか」

だが、そこで首を傾げたのは欣治だった。

「それじゃあ、どっちも『おきよの座禅豆』になっちまわないか？」

「うーん……さすがにまずいか」

「まずいに決まってる。それはそうと、今日終わったら一杯引っかけに行かねえか？」

「いや……今日はやめとく。もしかしたら晩飯に『おきよの座禅豆』が出るかもしれねえし」

伊蔵にきっぱり断られ、欣治はひどくつまらなそうにしている。

『おきよの座禅豆』とはいったいなんなのかと思いつつ、弥一郎をちらりと見るが、彼はなにも言わない。その上、なにか考え込んでいるような顔つきだ。別々に火の番をすることもない、ときよに任せてみたものの、思ったような仕上がりではなかったに違いない。せめて、どこが悪かったかぐらい教えてほしかったが、それはできない相談なのだろう。

それきり、歯ごたえのある座禅豆をきよが作ることはなかった。少々気落ちはしたものの、やはり自分には作り慣れた柔らかい座禅豆が精一杯なのだ、と納得させられる出来事だった。

二通りの座禅豆を作らされてから五日ののち、きよが小松菜を洗っているところに、とらがやってきた。

とらはきよと同じく『千川』の奉公人で、一度は嫁に行ったものの、亭主の女癖の悪さに辟易《へきえき》、大喧嘩をして家を飛び出した挙げ句、実家にも戻らず長屋でひとり暮らしを始めたという強者だ。

ひとりで暮らし始めてすぐに『千川』に奉公し、既に四度の正月を迎えているそうだから、きよよりも遥かに経験が多い。それでも、三歳年下ということもあって、きよを姉のように慕ってくれている。

藪入《やぶい》りと言っても遠く離れた上方《かみがた》に戻るわけにもいかず、江戸に留まるしかないきよを、芝居小屋や見世物小屋に誘ってくれたのもとらだ。

少しふっくらとした身体で、よく笑うし、声も大きく、いるだけで場を明るくしてくれる。なにより、上方にいるときは家から出ることもなく、黄表紙を眺めるぐらいしかできなかったきよにとって、新しい楽しみを教えてくれる貴重な存在だった。

「おきよちゃん、またあのお侍が来てるよ」

「お侍って……あの与力様？」

「そうそう、あの黒羽織。今日はおふくろ様はいないみたいだけど、また座禅豆《ざぜんまめ》を食べに来たのかな。よっぽど好きなんだねえ」

大きな鉢一杯の座禅豆を持って帰ったのは年の瀬のことだ。まだ一月も経っていないのにまた食べたくなったのだろうか……ととらは首を傾げる。

だがきよは、母親思いの上田ならば、ありうることだと思った。

年が明けたといっても、朝夕はまだまだ冷え込む。衰えた歯に冷えたお菜がこたえるのかもしれない。きよの座禅豆なら煮汁が多いから容易に温め直せると……

あるいは、上田は心付けが母親の思惑どおりに使われたかどうかを確かめに来たのか……。そこできよは自分の着物を見下ろした。

この着物はさとからもらったものだ。明るい茶と鼠《ねずみ》を使った格子縞《こうしじま》で、きよには少々地味かもしれないけれど、ものは上等だから、と渡してくれた。

だが、きよはもともと派手な着物は好まない。この着物も上品できれいな柄だと思ったし、今までは着たきりだったから、洗い張りができるのは大層ありがたい。前の着物はさっそく天気のいい日を選んで洗い張りをしたが、なかなか時間が取れずまだ縫い合わせていなかった。

正直に言えば、この着物は上等すぎて仕事着には向いていない。なによりせっかくの上物なのだから、大切に着たい。さっさと今までの着物に着替えなければ、と思いながら今日に至るが、この着物なら上田の目にも適《かな》うはずだ。

そんなことを思いつつ、青菜を洗い続けていると、店からこちらに向かってくる足音が聞こえた。ひとつは聞き慣れた源太郎のものだが、もうひとつ付いてくる。誰だろうと頭を上げたきよの目に入ったのは、漆黒の羽織。まさかここで対面することになるとは思ってもいなかった与力の姿だった。おそらく年齢は四十を超すか超さないか。どこか面白がっているような表情でこちらを見ている。

慌てて身を起こし、皺になっていた前掛けの裾を直す。源太郎との差から、上田は弥一郎とどっこいどっこいの背丈だとわかった。とはいえ、黒羽織も藤煤竹《ふじすすたけ》の着物も弥一郎のものとは比べものにならないほど上等だし、肩の肉付きもしっかりしている。今時の侍は武芸に力を入れないと聞くが、上田は日頃から鍛錬しているのだろう。

「上田様、こちらがきよでございます」

源太郎に紹介され、ぺこりと頭を下げると、上田は頭のてっぺんから足の先までじろじろと見てくる。気持ちの奥まで見透かしそうな視線が大層居心地悪く、もじもじと身体を動かしていると、上田が唇の片方だけを上げて笑った。

「母上がやけに気に入っておられるようなので、一度会《お》うてみたかったのだが、存外普通の女子《おなご》であるな」

——普通……なんだ……

上田の言葉を聞いて、きよが一番に思ったのがそれだった。同時に、言いしれぬ安堵が湧いてくる。

きよは生まれたときからの余計者で、人の目を避けて生きてきた。姉のせいはきよよりも五歳も上のため、きよは自分と同じ年頃の女子をほとんど知らない。そのせいか、心のどこかで常に、自分は普通と違うのではないかと思っていたところがある。けれど上田には、きよが普通の女子に見えるらしい。与力というのは人を鑑《み》る仕事だから、上田が普通だというのならきっとそのとおりなのだろう。

上田は、半分ほど洗い上げた青菜を見て、作業に戻るよう促した。

「手を止めさせて悪かった。気にせず、続けよ」

「でも……」

なにか用があって来たのではないのか、と源太郎を見ると、彼は小さく頷いた。言うとおりにしろということだろう。主《あるじ》と与力の監視の下で青菜洗いもないものだが、せねばならぬことはたくさんある。やむなくきよは、また青菜を桶に浸した。

しばらくして、ようやく洗い上がった青菜を見て、上田が訊ねた。

「きよ、その青菜はいかように料理するのだ？」

「いかように……と言われましても、私には……」

「おまえが料理をするのではないのか？」

「私はただ洗うだけです……」

「では、おまえはどんな料理を作るのだ？」

「上田様、おきよは……」

「きよに聞いておる！」

上田が苛立ったように源太郎の言葉を遮《さえぎ》った。口調はきつく、声もそれまでより大きい。源太郎はそれ以上言葉を継げず、きよが答えるほかない状況だった。

「私は野菜を洗ったり刻んだりという下拵《したごしら》えがもっぱらで、料理らしいものは座禅豆《ざぜんまめ》しか……」

「本当に座禅豆だけなのか……」

やけに残念そうな様子が不可解で、相手が侍、しかも与力であることも忘れて、きよはとっさに問い返してしまった。

「座禅豆だけではいけないのでしょうか？」

「いや、なに……先日、母上から、おまえの座禅豆はどうやら上方《かみがた》の味付けらしいと聞いた。それで、他にもなにか上方の料理を作っているのではないか、店に出しているのではないか、と思ってな」

「はあ……」

ますますわからない。『千川』は江戸に根付いた料理屋だ。源太郎も弥一郎も江戸以外で料理修業をしたことはないと聞く。弥一郎の弟は上方で修業しているそうなので、もしかしたらこれから上方の料理を取り入れようという目算があるのかもしれないが、それすらも先のこと。今の『千川』は江戸の料理しか出していない。あの座禅豆は例外中の例外、他にも……と言われても、困ってしまう。

ところが、きよの困惑を知らぬ存ぜぬで、上田は続けた。

「おまえは上方の出だそうだな。上方の味に焦がれることはないのか？」

「ないとは言い切れません」

「さもありなん。そういうおりは、家で上方の料理を作ったりするのだな？」

「上方の料理を作りたいと思うときもありますが、実際には江戸の味になってしまいます」

「というと？」

「醤油や味噌がこちらのものなら、同じように作ろうとしても上方の味にはなりません。下り醤油や上方の味噌は値が張るので家では使えないのです」

「上方の醤油や味噌さえ使えれば、上方の味にすることができると？」

「あの……上田様、いったいなにをお訊きになりたいので？」

そこでようやく源太郎が口を開いた。上田がなにを言いたいのかさっぱりわからないのは自分の物わかりが悪いせいかと思っていたきよだが、源太郎も同様だったらしい。

それでも上田は、喧《やかま》しそうに源太郎を見るにとどめ、なおもきよに話しかける。

「実はな、きよ。わしの知人に上方の出の者がおってな。二年ほど前から江戸で暮らしているのだが、近頃どうにも元気がない。来たころは声も朗々としてなかなかの男ぶりであったのだが、今では顔の色もよろしくないし、声の張りもない。心配してわけを訊ねたところ、女に振られたと言うのだ」

「それは……」

きよは返答に困ってしまった。大の大人、しかも侍が女に振られてそこまで落ち込むというのは情けなさすぎる。かといって、それをそのまま伝えるのはさすがに不躾《ぶしつけ》というものだろう。

だが、上田は特に不思議そうな様子ではない。男と女では感じ方が違うのだな、と思っていると、上田が苦笑しつつ言った。

「これ、きよ。そのような顔をするでない。確かにわしも、女のことごときで、とは思ったが、わけを聞いたら少々気の毒でな」

その侍には兄弟も多く、上方《かみがた》の実家は大きくて奉公人もたくさんいたそうだ。いつも賑やかに暮らしていたせいで、江戸の暮らしが寂しくてならない。上役や仲間は頻繁に声をかけてくれるけれど、やはり家族とは違う。親兄弟に会いたいという気持ちばかりが募《つの》り、どうにもならなくなったとき、針売りの女に出会ったという。

「お侍が針売りになんの用が……ああ、ひとり者なら針もいるか……」

源太郎が納得したように頷く。

実家にいれば、着物がほつれようが、足袋《たび》に穴が空こうが、繕《つくろ》ってくれる人がいる。だが、ひとり暮らしでは自分で直すしかない。となると、必要なのは針と糸だ。針売りに声をかけるのは当然だった。

「ま、そういうことだ。いくら仲のいい友人がいたところで、繕い物を頼むのは気が引ける。夫婦者の多い長屋で暮らしていれば、気のいいおかみさん連中が面倒を見てくれたかもしれないが、その男はひとり者ばかりの長屋に住んでおってな。着物のほつれが一度で済むわけがない。先々のことを考えたら自分でやるしかないと思ったのだろう」

見上げた心がけではある、と上田は笑う。そう言う本人は、自分で針を持ったことなどないに決まっている。それに比べれば……ということだろう。

「なるほど……ひとりで国元を離れるってのは、そうした苦労もあるんですなあ」

源太郎がしきりに頷いている。

もしも弟がひとりで江戸に来ていれば同じ目にあっていただろう。両親は、それを見越してきよを一緒に江戸に出したが、もしも清五郎だけだったら、同じように針売りの世話になったかもしれない。針や糸は軽いため、商《あきな》うのはもっぱら女か年寄りだ。清五郎はもともと女好きなところがあるから、見栄《みば》えのいい女ならすぐに声をかけたことだろう。

「それで、そのお侍は針売りといい仲に？」

源太郎の問いに、上田は首を横に振った。

「それならよかったのだが、なかなか身持ちの堅い女だったらしく、商《あきな》いの他ではろくに話もしてくれなかったそうだ」

「あちゃー……それだとよけいに……」

素っ気なくされて想いが募《つの》るというのはよくある話だ。その侍ももしかして……と源太郎は上田の様子を窺う。もちろん、与力は大きく頷いた。

「そのとおり。もともとその針売りは、国元のおふくろ様によく似ていたらしく、邪険にされてよけいに子ども時分を思い出してしまったそうだ。おふくろ様が忙しくしているのに、あれやこれやとうるさく纏《まと》わり付いては叱られていた。そのおふくろ様の顔と、針売りの女がそっくりで……と申しておった」

いくつになってもおふくろ様というものは……と、上田は照れくさそうにしている。

そういえば、この人もずいぶん母親贔屓《びいき》だ。頭が上がらないという見方もできるが、きっとそれほど大事な存在なのだろう。もちろん、きよだって母は大事だ。母に似ているから、と惹かれてしまった侍の気持ちはわからないではなかった。

「とはいえ、縫い子でもないのだから針なんぞ一本あれば十分。糸だって一度求めればずいぶん保《も》つ。針売りと親しく話す機会もないままに、思いだけが募り、ある日とうとう……」

「まさか不埒《ふらち》な行いに⁉」

源太郎が素《す》っ頓狂《とんきょう》な声を上げた。上田は、腹立たしそうに返す。

「そこまで愚かではない。ただ、たまたま余所《よそ》でその針売りに会《お》うたらしい」

「思いがけず会えたってことですか？　それなら儲《もう》けものでしょう」

「ところがそうではなかったのだ」

「へ？」

「若い男と歩いていたそうだ。しかも、男のほうが『女房がお世話になっております』と頭を下げたらしい」

「え、でも……ご亭主持ちなら髷《まげ》とかでわかりそうなのに……」

きよが思わず口にした疑問に、上田は気の毒そのものの顔で答えた。

「それまでは髪は島田、歯も白かった。ところが、その日は丸髷《まるまげ》にお歯黒。そやつもすれ違い様に声をかけられて、初めて気がついたそうだ」

「所帯を持ったばっかりってことですか……」

「だろうな。どこから見ても似合いの夫婦で、そやつは挨拶もそこそこに逃げ出すように別れて、それきり気を落としっぱなし、ということらしい」

「お気の毒に……」

それ以外に言葉がない。大の男が情けないという気もするが、なんとも素直で愛らしいではないか。それに、話を聞いてなんとか力づけてやりたいと考えた上田もかなりの好人物だ。きよは、その侍はもちろん、仲間思いの上田のためにも、なにかいい手があればいいのに……と、思わずにいられなかった。

理解を得られた、と判断したのか、上田が話を元に戻した。

「というわけで、旨いものでも食えば気分も変わるのではと思って、料理を振る舞ってみた。ところが、どうにも満足してくれなくてな」

「なにか文句でもおっしゃったんですか？」

「いや、口では旨いと言っていた。だが、どう見ても旨そうではない。なにせその者は生来の食い道楽で、三度の飯が何よりの楽しみらしい。ひとり者ゆえ、自分で料理をすることもできず、菜を煮売り屋から求めたり、一膳飯屋に行ったりしている。だが、そもそも江戸の飯が口に合わないと言うのだ」

「……わかるような気がいたします」

上田の話を聞いて、きよが思い浮かべたのは弟の顔だった。

上方《かみがた》から江戸に移ったころ、清五郎も煮売り屋のお菜に文句ばかり言っていた。しょっぱいだの、出汁《だし》が魚臭いだののさんざんな言いようで、きよは、なんとか弟の口に合うよう料理に工夫を凝らしていた。

だが、そもそも上方は昆布、江戸は鰹《かつお》、と出汁の種類から違うのだから、工夫するにも限度がある。結局、なだめすかしているうちに清五郎もなんとか江戸の味に慣れ、文句を言うことも減っていった。

それでも、先日のように『姉ちゃんの座禅豆《ざぜんまめ》が食いたい』などと言い出すところを見ると、やはり我慢をしているだけで、上方の味を忘れているわけではないのだろう。

清五郎にしても、もしもきよが同行することなく、三度の飯のすべてを外任せという状態であれば、気鬱《きうつ》を抱えていたかもしれない。

そこで上田は源太郎に向き直り、縋《すが》るような目をして言う。

「なんとかならんか主《あるじ》。わしはそやつを上方の味で元気づけてやりたいのだ」

「上田様、申し訳ございませんが、うちで出しているのは皆、江戸風の味付け。座禅豆は例外中の例外なのです」

座禅豆が好評だから、今後は上方風を取り入れることはあるかもしれない。だが、目下のところは、ご期待に添えそうもない……と、源太郎は頭を下げた。

「そうか……まあそれは致し方ない。やはり頼りはきよだな」

「おきよ、でございますか？」

「きよであれば、上方《かみがた》の料理にも通じているはず。下り醤油や出汁《だし》に使う昆布、酒も味《み》醂《りん》も上方のものを使えばよいだろう。掛かりはわしが引き受ける」

「で、でも……そんなおこがましい……」

困り果てて口ごもったきよを見て、上田は言う。

「そやつは摂津《せっつ》の家の三男坊でな。家を継ぐわけにもいかず、国でくすぶっておったところを運良く取り立てられて江戸に来たのだ。せっかく出世して江戸に来たというのに、このままではお勤めもままならぬ。いくら上方の味が恋しいとはいっても、郷里に帰されるのは本意ではないだろう。なんとか力づけてやってくれ」

それでも返事をしないきよを見て、上田は今度は源太郎を説《と》き始める。

「のう、主《あるじ》。聞けば哀れな話だろう？　助けると思って頼まれてくれまいか」

「いやでもそれは……うちの板前が嫌がりますでしょう」

当たり前だ、ときよも思う。

弥一郎は料理の腕は確かだし、自信を持ってもいる。欣治や伊蔵だっている。座禅豆《ざぜんまめ》だけしか作らないきよの料理を目当てにされたら、どの料理人も面白くないに違いない。まっとうな料理人でもないきよが出しゃばるよりも、弥一郎に相談したほうがずっといい。『千川』には上等な昆布や下り醤油がふんだんにある。弥一郎ならばきっと、料理を上方の味にして、その侍を力づけることができるだろう。

「板長さんにお任せしたほうがいいです。私の料理で満足していただけるとは思えません」

「そんなことはわからないではないか。現に母上は、おまえの座禅豆を大いに気に入っておる。わしに市中見回りには行かないのか、行くのであれば『千川』に寄って柔らかい座禅豆を買って参れ、と三日に一度は言うほどなんだぞ」

同心ならまだしも、与力ともあろうものが、そうそう町中をうろつくわけにはいかない。行くにしても、月に一度がせいぜいだ、と言っても聞き入れず、ことあるごとに『千川』に行ってこい、座禅豆を求めて参れ、と言われるのだ、と上田は苦笑した。

「母上はあれでなかなか口が肥えておる。我が家の料理人も母上に気に入られるのは大変だと申す。その母上の大のお気に入りなのだから、おまえの料理も捨てたものではない」

「座禅豆は簡単な料理なのです。煮汁の配分さえ間違えなければ、誰にだって作れます。だからこそ板長さんも見逃してくれているだけで、他の料理なんて許してくれるわけがありません。現に、この間『千川』の座禅豆を失敗したばかりなんです」

「失敗というと？」

「わかりません。自分では同じように作ったつもりでしたけど、やっぱりなにか違ったのだと思います。ましてや他の料理なんてもっての外《ほか》。立派な板前を差し置いて、下働きの女に料理をさせようなんて、了見違《りょうけん》いというものです！」

「お、おきよ……」

源太郎に袖を引かれ、きよははっと我に返った。

無理難題を言われてついつい言葉がきつくなってしまったが、相手は与力、しかも先般清五郎が騙《かた》りをはたらいた人物だ。姉弟合わせてお咎《とが》めにあう可能性だってある。

「申し訳ありません……」

だが、しょんぼりと肩を落として謝るきよを見て、意外にも上田は大声で笑った。

この運び、なにか覚えがある。そういえば先般、弥一郎に言い返したときも、こんな様子ではなかったか、と思っていると、案の定《あんじょう》、上田はあのときの弥一郎と似たようなことを言い出した。

「見た目にそぐわず元気の良い女子《おなご》であるな。母上は、そのあたりを見抜いて気に入ったのやも知れぬ。おまえの言いたいことはわかった。いずれにしても近々、その男を連れて参る。どんな料理が所望か聞いた上で、板長とやらに、なんとか工夫してもらうとしよう」

普通の女子だと言われたあとで、見た目にそぐわぬ、ところがれてはがっかりもいいところだが、今はそんなことを考えている場合ではない。「お待ちしております」と深くお辞儀をした源太郎に合わせて、きよも頭を下げる。

もともとが食い道楽であるなら、それなりの舌を持っているはずだ。江戸風の味付けであっても、美味しければ気に入ってくれるかもしれない。弥一郎ならきっと期待に添えるだろう。

上田は満足そうに言う。

「そのときはよろしく頼む。ではわしはこれにて……おお、いかん、忘れておった。母上が座禅豆《ざぜんまめ》を所望しておる」

少し分けてもらってよいかな？　と上田は、源太郎の様子を窺った。

「もちろんでございます」

源太郎が慌てて鉢を取りに行く。とはいっても、前回のようにあらかじめ用意していたわけではないし、本日も売れ行きは好調だったため、上田に渡せる量は多くない。前のときの半分ほどの大きさしかない鉢を見て、上田の肩がほんの少し下がった。

源太郎が恐縮して詫びる。

「上田様、申し訳ありません。本日は売れ行きも良く……」

「いや、かまわぬ。いきなりやってきたほうが悪いのだ。『千川』が持ち帰りをさせぬ店だとも承知しておる。母上のためでなければこんな無理は申さぬのだが、今朝方ご機嫌伺いをしたところ、風邪を引かれたのか、喉が逆さまになったような気がすると申された。豆には滋養があるし、好物を口にすれば回復も早かろうと思ってな」

すまぬ、と頭を下げた上田を見て、源太郎があたふたする。同様にきよもびっくりしてしまった。侍が町人に頭を下げるなんて見たことがないし、なにより、この与力はもっと我が儘《まま》な人だと思っていたのだ。いきなり大鍋で座禅豆《ざぜんまめ》を煮て寄越せ、とか、下働きのきよに上方《かみがた》の料理を作れ、と言い出すなんてその証でしかないと……

けれど、時にはこんなふうに頭を下げられる。それほど親を尊ぶ気持ちが強いのだろう。さらに、辛《つら》い思いをした知人のために策を練る心配りもある。居丈高《いたけだか》だとばかり思っていた上田の意外な一面に、きよは腹の底が温かくなったような気がした。

病《やまい》を得ているならなおさら好物をたくさん食べてほしい。柔らかく煮た豆なら喉の通りも悪くないはずだ。それなのに、今店には少しの座禅豆しかない。清五郎は上田の住まいを知っているし、急いで煮て、明日にでも届けようか……

もどかしい思いでへっついに目をやったきよは、座禅豆を煮た鍋にたくさんの煮汁が残っていることに気付いた。

――そういえば、おっかさんがよく……

そこできよは、器がしまってある棚のところに行き、燗徳利《かんどくり》をひとつ持ち出した。

「旦那さん、この徳利《とっくり》を上田様にお貸ししてもよろしいですか？」

「それはかまわないが……」

なにを入れるんだ？　と源太郎は首を傾げるし、上田も怪訝《けげん》な顔をしている。かまわず、きよは大鍋に残った座禅豆の煮汁を匙《さじ》で徳利に移し始めた。

「できました。上田様、こちらをお持ちください」

「煮汁か……これで温め直せというのだな？」

「それもありますが、この煮汁を三倍ほどの湯で割って飲むと、喉が少し楽になるようです。里の母がよく飲んでおりました。咳にも良いとか……」

「咳にも！　それは重宝《ちょうほう》。母上もさぞや喜ばれることだろう！」

豆の滋養がたっぷり染み出た汁だ。身体に悪いわけがない、と上田はご満悦で燗徳利を受け取った。

「前回もたっぷり煮汁を入れてもらったが、豆を食ったあと捨ててしまった。もったいないことをしたものだ」

一方、源太郎は悔しそうな顔をしている。

「おい、おきよ。煮汁にそんな効能があるなら早く教えておくれよ。うちでも毎度捨ててしまっていた。そうと知っていたら、値を付けて売ったものを……」

「これこれ、そんな浅ましいことを申すでない。きよが、母上を思って教えてくれたことではないか」

「そうでございました……」

「まあよい。いずれにしてもいいことを教わった。きよはなかなかの知恵者だな」

「母からの受け売りです」

「まことと母というのはありがたいものだ」

うんうんと二度大きく頷き、上田は足を返した。ところが、店に続く通路を中程まで歩いたところで立ち止まり、早足で戻ってくる。

「いかん、いかん、代を払わねば。主《あるじ》、いくらだ?」

「いえ、それはそのまま……」

「そうはいかん。たとえ一鉢の座禅豆《ざぜんまめ》とはいえ、与力たる者が代を踏み倒したとあっては示しが付かぬ。ささ、いくらなのだ」

「それでは……」

そこで源太郎が口にしたのは、『千川』で売るよりもいくらか安い値段だった。

言うまでもなく、上田への心遣いだろう。だが、上田は告げられた額ににやりと笑ったかと思うと、抱えていた燗徳利《かんどくり》と小鉢を一旦きよに渡し、懐《ふところ》に手を入れた。

「では主、これを」

そう言って上田が源太郎の手の平に載せたのは鈍く光る長四角、二朱判だった。

『千川』は有名な料理屋ではあるが、飛び切り高級というわけでもない。百文《もん》もあれば、それなりに呑み食いできる。つまり、八百文相当の二朱判など出されても釣りがないのである。

ところが、困り切っている源太郎に、上田はあっさり告げた。

「釣りはいらぬ。今、そちが告げたのは座禅豆のみの値であろう。煮汁の値が入っておらん。釣りの分は煮汁と、煮汁の効用の教授料だ」

そして上田は、きよから小鉢と燗徳利を取り上げ、今度こそ去っていった。

「座禅豆の煮汁が、こんなに高いものだったとは……」

にんまり笑いながら、源太郎は手の平で二朱判を表にしたり裏にしたりしている。まさか本気で売るわけではあるまいな、と心配になってしまう。実際に鍋に残る煮汁は大した量ではないし、咳に悩む人におまけで持たせてやるぐらいにしてほしいが、それも主《あるじ》の思惑次第だろう。

初午《はつうま》が近づいた如月《きさらぎ》上旬、ひとりの侍が『千川』を訪れた。熨斗目《のしめ》の着流しに太目の髷《まげ》、刀を差しているし、足袋《たび》も履いている。顔色はあまり優れないが、身なりはきちんとしているからどこかの用人、あるいは中小姓《ちゅうごしょう》といったところか。

きよは、たまたま煮上がった座禅豆《ざぜんまめ》を板場に運んでいったときに目にしたのだが、源太郎や奉公人たちの応対から察するに、初めての客なのだろう。

店の一番奥の壁際に案内された男は、静かに腰を下ろすと刀を脇に置いた。続いてきょろきょろと店の中を見回し、弥一郎に目を留める。料理人を見るのが初めてなのか、あるいは弥一郎のなにかが気になったのか、ずいぶん熱心に見つめていた。なにか気に入らないことでもあるのかな、と思ったものの、きよの仕事場は店ではない。さっさと裏に引っ込んだため、それからあとのことはわからなかった。

長屋に帰ったあと、ふと思い出して清五郎に訊ねてみた。侍と聞いて、清五郎はしばらく考え込んでいたが、ああ、と膝を打った。そういえば新顔の侍が来たが、酒を一本、料理を二品ほど注文し、大人しく呑み食いして帰った。特に変わったことはなかったし、店の者に話しかけることもなかったと言う。

なにをあんなに熱心に見ていたのかは気になるが、なにも言わなかったのであれば大したことではないだろう。通りすがりの侍が入ってくるのも珍しいことではない。ということで、きよはすぐにその男のことを忘れてしまった。


それから半月後、上田が『千川』に現れた。

きよはそのことを、前回同様とらから聞かされた。とらはなぜだかあの与力に興味津々のようで、店に近づいてくるのを見るなり、きよに知らせに来たのだ。

とらの前触れから少ししたあと、今度は源太郎がやってきた。

「半月ほど前にひとりで来た侍がいたのだが、その方が上田様がおっしゃっていた摂津のお侍だったようだ。今日はふたり揃ってのお運びだ。前に来たときは、下見だったのかもしれない」

来るなら来るで前もって教えてくれればいいものを、と源太郎は大慌てでだ。

「前に来たとき、ずいぶん熱心に弥一郎の手元を見ていたんだ。あれも、使っている醤油や酒が気になったのだろうな」

したり顔で源太郎は言うが、それは疑問だ、ときよは思った。

下り醤油と地廻り醤油では色目が違うからなんとか見分けられるかもしれないが、酒や味醂《みりん》は見た目に違いがあるわけではない。しかも、あの侍が座ったのは座敷の一番奥だった。間近ならともかく、そんなに離れたところから見てもわかるはずがない。料理の手順を確かめるのがせいぜいだ。それにしたって、弥一郎は手早いからろくに見極められない気がした。

「それで、今日はどんなお料理を……？」

「下り酒と座禅豆《ざぜんまめ》、それからなにか豆腐料理を、とのことだ。実はそれで弥一郎に、おきよに訊いてきてくれと頼まれた」

「訊いてってなにをですか？」

「弥一郎は、八杯豆腐を出そうと考えてるが、それでいいかって」

八杯豆腐は、水を六杯、醤油を一杯、酒を一杯、合わせて八杯の汁で豆腐を煮て作る。至って単純な料理なので、下り酒や下り醤油を使えば上方《かみがた》と同じ味になる。きっと気に入ってくれるだろう、と弥一郎は考えたらしい。

「八杯豆腐は……というよりも、お豆腐料理そのものをやめておいたほうがいいように思います」

「どうして？　客は豆腐料理を、と言っているんだぞ？」

「それはわかっていますが……」

味付けについては間違いではない。問題は豆腐そのものだ。

一口に豆腐と言っても、上方と江戸では硬さが全然違う。上方の豆腐はふわふわと頼りなく思えるほど柔らかく、江戸の豆腐はしっかりと硬い。上方では柔らかすぎて一丁以下の大きさでは売れないが、江戸の豆腐であれば半丁に切り分けられる。それほど硬さが異なるのだ。

「八杯豆腐や湯豆腐だと、豆腐の違いが目立ってしまいます。どうしてもと言うのであれば、いっそ田楽《でんがく》のような料理のほうがいいかもしれません」

八杯豆腐や湯豆腐は豆腐をそのまま使う。対して田楽は、細長く切った豆腐を茹でたり焼いたりして串に刺せる硬さにする。硬さが持ち味の料理であれば、柔らかい上方の豆腐との差を感じさせずに済むのではないか、ときよは考えたのである。

源太郎は、なるほど……と呟きつつも、不安そうに言う。

「田楽は屋台でも買える。わざわざ料理屋に来たのに、それで満足していただけるだろうか？」

「江戸の甘味噌ではなく、白味噌を使った木の芽味噌にして菜飯も添えれば……。あるいは、飛竜頭《ひりょうず》を薄味で煮付けたものをお出しするのも一手です」

「木の芽味噌に菜飯……春の先取りだな。いい考えだ。飛竜頭《ひりょうず》にしても、豆腐料理には間違いない。いっそ両方出してもいいな。よし、弥一郎に伝えてくる」

急ぎ足で弥一郎のところに行った源太郎を、きよは目で追う。自分の提案を弥一郎がどう思うか気になってならなかったのだ。

ふたりが三言、四言交わしたあと、弥一郎の声が飛んできた。

「おきよ、木の芽味噌は作れるか？」

「作ることはできます」

作れるか、作れないかと言われれば作れる。実家の庭には大きな山椒《さんしょう》の木があり、葉を摘んでは飾りにしたり、擂《す》り潰して味噌に仕立てたりしていた。ただ、作れると旨いは別の話だ。

だが、弥一郎はまったく頓着していない様子で言い放つ。

「じゃあ、頼んだ！　菜飯にする菜は？」

「膾《なます》にした大根の葉が残っています」

「膾か……大した量ではないが、まあいい。茹でて刻んでくれ！　飯はこっちでもうじき炊きあがるのがある。しばらく酒を呑んでてもらえば間に合うだろう。だが、急げ！」

「は、はい！」

私は座禅豆《ざぜんまめ》専門の料理人ではなかったか、などと考える暇はなかった。

いつまでも客を待たせておくわけにはいかない。きよは土間の隅に置いた籠から、大根の葉を取り出す。へっついに水を入れた鍋をかけるのと同時に、清五郎が味噌入れと小笊《こざる》を届けに来た。

「姉ちゃん、白味噌と木の芽だ」

「ありがと。与力様たちは？」

「座禅豆を肴《さかな》に酒を呑んでる。一緒に来た侍も、かなり気に入ったみたいだぜ」

そりゃそうだよな、まんま上方《かみがた》の味だもの、と清五郎は得意げに言う。あんたが作ったわけでもなければ、あれが上方の味かどうかもわからないくせに、なにを偉そうに、だった。

「にしても、木の芽味噌に菜飯か。いよいよ料理人だ。俺の考えどおり、やっぱり座禅豆だけに収まらなかったな」

これからどんどん姉ちゃんの仕事が増えるぜ、とこれまた清五郎は自信たっぷりである。歯ごたえのある座禅豆をしくじったことを、弟は知らない。さすがに情けなくて言えなかったのだ。とはいえきよは、あまりにも気楽そうな清五郎に、呆れるのを通り越して腹が立ってきた。

「だから、たまたまだって言ってるでしょ！　どうせ急場凌《きゅうばしの》ぎよ。それより、さっさと店に戻って、与力様たちにお酒でもすすめて！」

「時を稼げってことだな！」

合点、と請け合い、清五郎は店に戻っていった。

擂《す》り鉢に木の芽を放り込み、擂り粉木《こぎ》でごりごりやる。見た目は繊細で美しい木の芽味噌も作り方は至って乱暴、力任せに擂り潰すだけである。なんとか摺り終え、味噌と合わせて出汁《だし》と味醂《みりん》で緩める。そうこうしているうちに湯が沸いた。

ふたり分の菜飯ならさほど量はいらない。だが、どうせ茹でるのだから手間は同じ、ということで、籠にあった大根の葉をすべて鍋に入れ、菜箸でぐいぐい押し込む。

しっかり茹だり、なおかつ色が鮮やかなうちに鍋から上げるのはなかなか難しいのだが、きよはもともと菜飯が大好きで作り慣れている。今だ、と引き上げ水にさらすと、我ながらお見事、と言いたくなるような出来だった。が、すぐに、見ほれている場合ではない、としっかり絞って細かく刻む。

「板長さん、できました」

通路の端っこ、ぎりぎり店に入らないところから声をかけると、弥一郎がさっと立ち上がって受け取りに来てくれた。

「ご苦労。これはまた……」

昼が明らかに『見事だ』と動いた。声に出さなかったのは板長としての自尊心ゆえかもしれない。期待に添えてよかった、とほっとし、きよは土間に戻った。

源太郎が再び大急ぎでやってきたのは、きよが小松菜を洗い終え、蓮根の泥を落とし始めたときだった。

「おきよ、大根の葉はまだ残っているかい？」

「ありますけど……？」

もしや与力とその知人が、おかわりでも欲しがっているのだろうか、と思って見ると、源太郎の手にはお櫃《ひつ》があった。先ほど弥一郎が、もうすぐ飯が炊きあがると言っていたので、菜飯に使った残りを入れたのだろう。

「すまないが、菜飯を作ってくれないか。残っている大根の葉を全部使ってしまってくれ」

「これ、五人前ぐらいはありますけど、与力様たちは、そんなにたくさん召し上がるんですか？」

「上田様たちもおかわりを所望されているが、それ以上に他の客が欲しがってね」

なんでも、上田たちのところに運ばれた木の芽田楽《でんがく》と菜飯を見て、周りの客が俺たちにもあれを寄越せ、と騒ぎ出したらしい。茶色い田楽味噌を見慣れた客たちにとって木の芽味噌は珍しく、真っ白な飯に映える大根の葉の萌木色《もえぎいろ》も合わせて、食べてみたい気持ちを煽ったのだろう。

「弥一郎は田楽《でんがく》の仕度で大わらわ。菜飯は混ぜるだけだから、おまえに頼むとさ」

「それなら欣治さんか伊蔵さんでも……」

『千川』にいる料理人は弥一郎ひとりではない。混ぜるだけなら、裏に持ってくる間に作れそうなものだ。だが、そんなきよの戸惑いを断ち切るように源太郎は言う。

「今日は大入り満員で、欣治も伊蔵も手一杯だ。もたもたしているうちに飯が冷めては台無しだ、今ならおきよの手が空いてるはずだから作らせろ、って弥一郎が言うんだ」

「わかりました」

こうしている間にも飯は冷めていく。冷めた菜飯がとりわけ不味《まず》いわけではないが、炊き立ての飯とは比べものにならない。きよは、大急ぎでかぶせ蓋を取り、飯を木の鉢に移した。ぱぱっと塩を振り、刻んでおいた菜も入れて手早く混ぜる。念のために、と味を見たところ、少々頼りない気がしてひと摘み足す。もう一度混ぜたら出来上がりだった。

きよが軽く頷いたのを合図に、源太郎が鉢を持って店に戻る。「田楽もできたぞ。さっさと運べ」と指示する弥一郎の声が聞こえた。

その後、源太郎がもっと作れないかと確かめに来たが、大根の葉は使い切ったと答えると、残念そうに戻っていった。弥一郎の考えによっては、明日の大根の仕入れを増やすかもしれないが、葉ばかり使って大根そのものがたくさん残るのも困る。

菜飯と木の芽田楽の取り合わせは本日限りの特別料理、出会えた客は幸運だったということになる。

源太郎はより多くの商《あきな》いを求めているのだろうが、大事なのはあの侍の気鬱《きうつ》を晴らし、与力を満足させること。おそらくその目的は達せられたはずだ。

まずはよかった、ときよは胸を撫で下ろした。


「うわあ……大根の山だ」

翌日、土間にやってきた清五郎が目を見張った。

昨日とは比べものにならないほどの大根が届き、きよは水の冷たさに耐えながらせっせと洗っているところだった。こんなにたくさんどうするのだ、と思っていたら、いくらかは風呂ふきにし、残りは干すという。そのまま干せば漬け物にできるし、切り干しにしておけば料理にも重宝《ちょうほう》。干した大根は絶好の保存食なのだ。

いずれにしてもこの大量の大根を刻む必要がある。大根を刻むのは単調な仕事だが、きよはそういった仕事が嫌いではない。むしろ無心になれて嬉しいと思うほどだ。さっさと洗って刻もう、と思っていると清五郎が呆れ顔で言った。

「大根の山にそんな嬉しそうな顔をするのは姉ちゃんぐらいだよ。ま、姉ちゃんらしいけどな。でも俺は、板長さんたちの狙いは大根そのものじゃなくて葉のほうだと思う。きっと、今日も菜飯を出すつもりだぜ」

「え……どうして？」

「だって姉ちゃん、これを見てくれよ」

そう言って清五郎は木の芽がたっぷり載った笊《ざる》を差し出す。なんでも源太郎の自宅まで、摘みに行かされたらしい。

「豆腐もいつもの倍ほど仕入れてたし、木の芽味噌用の木の芽も山盛り」

「本当にたくさんあるわね。これじゃあ、山椒《さんしょう》の木が禿《は》げ坊主になっちゃったんじゃない？」

きよが、一度にあまりたくさん採《と》るのは良くないはずだけど……と心配そうに言うと、清五郎は何食わぬ顔で答えた。

「旦那さんの家の裏には山椒の木が何本もあるんだよ。一本からまとめて採ったわけじゃないから大丈夫」

「それならいいけど」

「ま、旦那さんの家の山椒がどうなろうが知ったこっちゃない。それより、今日も姉ちゃんが菜飯を引き受けるのかい？」

「そんなはずはないわ。昨日はいきなりだったから私にお鉢が回ってきたけど、今日も出すとしたら、板長さんか欣治さんたちが作るはずよ」

欣治も伊蔵も昨日今日仕事を始めた料理人ではない。菜飯なんて朝飯前だ。客の注文具合を見て飯を炊き、熱々の菜飯を作ることだろう。

「なんだ、つまらない。『おきよの座禅豆《ざぜんまめ》』に続いて『おきよの菜飯』が品書きに載るのかと思ってたのに」

「書くわけないでしょ、『おきよの』なんて！」

座禅豆も菜飯もきよが考えたわけではない。上田に知られたら、また騙《かた》りをやらかすつもりか、と叱られる。そもそも料理に下働きの名前を冠するのがおかしすぎるし、そんなことをしたら女が作ったとばれてしまう。とんでもない話だった。

だが、次に清五郎の口から出てきたのは、そのとんでもない話そのものだった。

「え、でも、もう品書きには『おきよの座禅豆』って載ってるぜ？」

「なんですって⁉」

いつから⁉ と迫るきよの勢いにたじたじとなりながらも、清五郎はひと月くらい前からだと教えてくれた。

「硬いのやら柔らかいのやら邪魔くさい、って言い出した客がいたらしい。奉公人の間ではとっくに『おきよの座禅豆《ざぜんまめ》』と『弥一郎の座禅豆』ってことになってたから、それならいっそ、品書きもそうしちまおうって旦那さんが……」

そういえば以前、伊蔵と欣治が『おきよの座禅豆』云々《うんぬん》と話していた。いったいなんなのかと思っていたが、このことだったのだ。

「板長さんはそれで了見《りょうけん》したの⁉」

「特に文句は言ってなかったと思うよ。それに、品書きを作ってるのは板長さんだから、嫌なら書かないだろう」

源太郎が言い出したのは朝、その日のうちに品書きには『おきよの座禅豆』と書かれていた。

最初は『弥一郎の座禅豆』、『おきよの座禅豆』と注文していた客たちも、奉公人たちが『弥一郎一丁!』『おきよ一丁!』などと繰り返したものだから、それに倣《なら》って名前だけで注文するようになった。結果、店の中でふたりの名前が連呼されている、というのが現状らしい。

「最初は板長さんも、客に名前を呼ばれるたびに居心地が悪そうだったけど、もうすっかり慣れちまったみたいだ。それに、姉ちゃんの名前にしても客はなんとも思ってねえ。女が作ろうが、男が作ろうが、旨けりゃいいってことだと思う」

すでに座禅豆が品書きにあるのだから、もう一品、二品増えたところで驚きはしない。むしろ、あの座禅豆を作った『おきよ』の新しい料理か、と話題になるに違いない、と清五郎は胸を張る。さらに、いっそ弥一郎の隣で料理をさせてもらえばいいのに、とまで言う。

「あの与力だって、おふくろ様だって、わざわざ裏まで姉ちゃんの顔を見に行くぐらいだぜ。それにさ……」

「まだあるの⁉」

「あるある」

そこから始まった話は、きよを驚かせるとともに、少々ほっとさせるものだった。

「あの上方《かみがた》のお侍、木の芽田楽《でんがく》を見て泣きそうになってた」

「泣きそう？　どうして……」

「上方にいたころ、家でもよく食ってたらしいよ。山椒《さんしょう》の若芽が出るころになると、おふくろさんと一緒に葉を摘んで、木の芽味噌を拵《こしら》える手伝いをしたこともあるんだって」

「お武家様がそんなことを？」

「侍だろうが町人だろうが、子どもは子ども。飯の仕度をするおっかさんに纏《まと》わり付いてたんじゃないかな。擂《す》り鉢を押さえてくれって言われて手伝ったもんだ、って」

なるほど、ときよは素直に合点してしまった。なにせ、清五郎も、すぐ上の兄である清三郎も幼いころはとにかく母の側を離れなかった。用をこなそうにも邪魔ばかりするので、子どもでもできそうなことを選んでは手伝わせていた覚えがある。侍だろうが町人だろうが子どもは子ども、と言われればそのとおりだった。

「またおっかさんが懐かしくなっちゃったのかしら……」

それなら気の毒すぎる。別の料理にすればよかった、と悔いるきよを見て、清五郎は慌てて否定した。

「違う、違う！　おっかさんもだけど、どっちかって言うと、そのときにおっかさんに言われたことを思い出したんだとさ」

「言われたこと？」

「ああ、擂り鉢を押さえるたびに『力が強くなったわねえ』って褒められたらしい。『あなたは聡《さと》いし、このまま精進《しょうじん》すれば、さぞや立派な侍になるでしょう。先が楽しみですよ』って……」

　期待に応《こた》えるべく精進し、見事取り立てられて江戸に出てきた。それなのに女に振られたぐらいで落ち込んで、周りに心配をかけるなんてもっての外《ほか》。件《くだん》の侍は、これでは母に顔向けならない、と思ったそうだ。

「しばらく俯《うつむ》いてたあと、上田様を真っ直ぐに見て言ったよ。『ご心配をおかけして申し訳ありませんでした。これからは、力を尽くしてお役目に励みます』ってさ」

「そうだったの……」

「な、それもこれも、木の芽味噌にしようって言った姉ちゃんの手柄だよ」

「そんなのたまたまよ」

　事情を知っていたならともかく、と相手にしないきよに、清五郎はひどく真剣な顔で言う。

「姉ちゃんって、人が食べたがってるものを見抜く力があると思うよ。うちのお菜だって、今日はあれが食べたいなあ……って思ってると、たいがいその日か明くる日には膳にのってる。なんでわかるんだっていっつも思うけど、そういうのも料理人の才のひとつなんじゃないのかな」

「そんなこと言われても……」

清五郎の話にはなんの裏付けもない。いきなり思いもしないことを言われ、きよは戸惑うばかり。結局、それもたまたまだ、としか言いようがなかった。

清五郎は、そんなきよの様子を見て諦めたような顔で言う。

「ま、姉ちゃんがたまたまだって思いたいならそれでもいいよ。でも、とにかく客が『千川』に新しい味を持ち込んだ料理人に興味津々なのは間違いねえ。きっと、姉ちゃんが店に出たら大喜びだろうさ」

「いやよ！」

それではまるで見世物ではないか。きよは生まれてから大半の年月を、家の奥深くで隠れて生きてきた。人目に晒《さら》されることに慣れていないのだ。みんなにじろじろ見られながら、包丁や火を使えるはずがなかった。

そんなきよの気持ちなど考えもしない清五郎は、なおも呑気《のんき》に続ける。

「男ばっかりの中に女の料理人がひとり。いい名物になると思うけどなあ……」

「馬鹿なことを言ってないで、さっさと戻りなさい。木の芽を届けに来ただけなんでしょ！」

「そうだよ。その笊《ざる》、板長さんに渡そうとしたら、そのまま姉ちゃんのところに持って行けって言われた。あ、もしかして木の芽味噌も姉ちゃんに任せるつもりなんじゃねえ？」

自分で作るつもりならわざわざ裏に届けさせる必要はない。これは『おきよの菜飯』と『おきよの木の芽田楽《でんがく》』が一時《いちどき》に登場だ、と清五郎は極めて嬉しそうに戻っていった。

――なに言ってんのよ、あのとんちきは！　大根の葉も木の芽も、そのまま使えるわけじゃない。まず洗うからに決まってるでしょ！

胸の内で弟を腐《くさ》しながら、きよは桶に水を汲む。

大根の葉は茹でて刻むのだから、じゃぶじゃぶ洗えば済む。だが木の芽は少々気を遣う。ひとつひとつが小さいし、うっかりすると細かい葉がちぎれてしまう。全部を擂《す》り潰すならともかく、飾りに使うものもあるはずだから、形を損なうわけにはいかない。

きよは、水を張った桶にそっと木の芽を移した。

若葉だけだから、土がついているわけでもない。塀に囲まれた主《あるじ》の家に生えている木から千切ってきたばかりだし、そこまで念入りに洗う必要はないだろう。それでも埃や小さな虫がついているかもしれない。お客様の口に入るものなのだから、万が一にも間違いがあってはならない。きよは何度も水を替え、木の芽を洗い続けた。

半分ほど洗い終えたころ、弥一郎がやってきた。

きっと大根の葉と木の芽を取りに来たのだろう。いつもなら、下拵《したごしら》えが終わった野菜はきよのほうから届けに行くのだが、今日は量があるせいで時間がかかっている。しびれを切らして様子を見に来たに違いない。

「すみません、板長さん。もう少しかかります。大根の葉は洗い終わってますから、そちらから先に……」

「他のものは？」

今日青物屋から届いたのは芋と南瓜《なんきん》、水菜、茄子《なす》に蕪《かぶ》、人参《にんじん》といったところ。いずれも洗い上げ、皮を剥いたり、使いやすい大きさに切ったりしてあった。

「おおむね終わっています」

「そうか。では、菜飯と木の芽味噌は任せて大丈夫だな。品書きを作るとしよう」

「品書き……？」

「『おきよの座禅豆《ざぜんまめ》』に続いて『おきよの菜飯』と『おきよの木の芽田楽《でんがく》』のお出ましだ」

「えっ……」

それでは清五郎の言ったとおりではないか。表に三人も料理人がいながら、自分に振ってくるなんて……ときよは戸惑うばかりだった。

「どうして私が？」

「前にも言ったはずだ。三人とも手一杯、今までにない料理を作る暇はない」

「それなら作らなければいいのでは？　菜飯も木の芽田楽も、上田様たちのための特別料理だったんですから、続ける必要はないでしょうに」

「せっかく人気があるのだから続けない手はない。親父《おやじ》だってほくほく顔で算盤《そろばん》をはじいている」

「だったら、今までの料理をいくつか減らしたらどうですか？　手が足りないなら仕方がないでしょう」

「手はある。おまえの手がな」

「私は……」

「おまえに座禅豆だけを作らせておくのは惜《お》しい」

「惜しいって……」

なにを根拠にそんなことを思ったのだろう。不思議な気持ちで弥一郎を見返すと、彼は腹でも立てているのかと思いたくなるほど、渋い顔で言った。

「この間、おまえに歯ごたえがあるほうの座禅豆を作らせただろう？　あのとき、おまえはきちんと仕上げてきた」

「え……あれ、ちゃんとできていたのですか？」

てっきり不出来だったから、二度と頼まれなかったのだとばかり思っていた。けれど、弥一郎は反対だと断言した。

「ちゃんとできていた」

「だとしたら、板長さんが作り方を説明してくださったおかげです」

「それよ。俺は、一度説明を聞いただけでできるなんて思っていなかった。今だから言うが、あれはおまえを試したんだ」

「試した⁉」

「ああ。実はおまえがしくじったときに備えて、別に作って隠してあった。だが、おまえはちゃんと『千川』の味に仕上げてきた。親父《おやじ》にも食い比べてもらったが、どっちがおまえが作ったものかわからなかったぐらいだ。以前、伊蔵に一度作らせてみたが、俺と同じようにはできなかった。欣治に至っては、見事に焦がしてしまったってのに」

いっそ座禅豆《ざぜんまめ》を二通《ふたとお》りともきよに任せようかとも考えたが、それでは少々はばかりがある、と弥一郎は苦笑いをする。

「欣治が言うのを聞いて気付いた。確かに、どっちもおきよが作っているのに、片方を『弥一郎の座禅豆』と書いては、客に嘘をつくことになる。さすがにそれはうまくない、ってことで、今までどおり、歯ごたえのあるほうは俺が作ることにした」

なんだ……ときよは膝から力が抜けそうになった。確かに、きよが二通りの座禅豆を煮るように言われたとき、欣治と伊蔵がそんな話をしていた。弥一郎はあのやりとりを聞いて、さもありなんと思ったのだろう。

それであれきり歯ごたえのあるほうの座禅豆を作れと言われなかったのか、とほっとする。

急場凌《きゅうばしの》ぎで作らせてみたものの、あまりにも出来が悪い。これでは到底任せられない、と判断されたのかと思って、密かに落ち込んでいたのだ。丸っきり逆の結果だったと知って、きよは胸を撫で下ろした。

大きく息を吐いたきよを見て、弥一郎が苦虫を噛み潰したような顔で言う。

「そんなに嬉しそうにするな。これ以上おまえを喜ばせるのが嫌になる」

「これ以上って……他にも何かあるのですか？」

「あるから言ってる。上田様が連れてきたお侍、俺よりもおまえが作った菜飯が気に入ったらしい」

件《くだん》の侍から弥一郎が聞いたところによると、その侍は、上田に誘われたあと、実際に訪れる日が待ちきれず、一度ひとりで来てみたのだが、上方《かみがた》の料理が見当たらずがっかりしたという。

座禅豆が上方風だと聞いたが、実は自分は座禅豆自体あまり好まない。とはいえ、せっかく誘ってもらったのに断るのは悪いと思って今回来てみたが、いや本当に来て良かった、と語ったそうだ。

「『木の芽田楽《でんがく》は言うまでもなく、二杯目の菜飯が滅法《めっぽう》旨かった。座禅豆《ざぜんまめ》も、食ってみたら存外旨かった。おかげで元気が出た』ってさ。わざわざ『二杯目』って言ったんだぞ。癪《しゃく》に障る」

「そんなに差があったとは思えませんが……」

菜飯は座禅豆以上に簡単な料理だ。しかも大根の葉はまとめて茹でたのだから、仕上げが変わるとしたら塩加減だけである。菜飯の塩加減を弥一郎が間違えるなんて考えられなかった。

怪訝《けげん》な顔をしているきよを見て、弥一郎は不本意そのものの様子で言う。

「俺はあえて塩を控えた。上方《かみがた》の出だと聞いていたし、田楽と一緒に出すのだからそのほうがいいだろうってな……。どうやらそれがよくなかったらしい」

「——あの菜飯、里で食べていたものよりも少し塩加減を強くしたんです。本当を言うと、木の芽味噌も里よりも甘みも塩気も濃く作りました。ちょうど上方とこちらの間ぐらいだったと思います。与力様もご一緒でしたし、そうしておけば、どちらの方にもお気に召していただけるかと……」

上方の料理は江戸に比べて薄味なものが多い。弥一郎はそれを知っていたからこそ、菜飯の塩気を控えた。対してきよは、江戸の味に近づけた塩気で作った。というよりも、自分が旨いと思う塩加減にしたのだ。

「私も家でお菜を作るとき、里と同じような塩加減だと、物足りないときがあります。もしかしたらあのお侍様も同じかもしれないと思ったのです」

どちらが上方の味かと言われれば、もちろん弥一郎のほうだろう。

だがあの侍は、江戸での暮らしが長くなり、知らず知らずのうちに塩気の濃い味に慣れ始めていた。そこにきて、江戸と上方の間のような塩加減の菜飯が来て、すっかり気に入ってしまったのかもしれない。

「人の味覚は案外いい加減なもののようです。年を取ったら好きな味が変わったというのはよく聞く話ですし、生まれ育った土地の味であっても、離れて長くなればおぼろげになる。今食べている味に引っ張られてしまうのかもしれません」

「なるほど……おまえの言うとおりかもしれない。俺にはとてもそこまで考えられなかった。やはりおまえには、料理人の才があるようだ。これはますます鍛え甲斐がある」

「鍛え甲斐!?」

「そんな声を上げるな。これは親父《おやじ》も言っていたことだが、おきよには女子《おなご》ならではの目配り、気配りがある上に賢《さか》しい。下拵《したごしら》えだけさせておくのは惜《お》しい。いっそ、料理人として修業をさせてみようってな」

「無理です！」

「俺はそうは思わない。それに、下働きと料理人では給金も違うぞ。里への文《ふみ》も頻繁に出せるようになる」

「文……」

きよの頭に両親の顔が浮かぶ。そしてその後ろに、兄や姉の姿も……

先日上田の母からもらった心付けで、里に文を送った。何度か送れるはずの額だったけれど、一度送っただけでもらった心付けは尽きた。値が張る包丁を買ってしまったせいだが、送ったところで父にうるさがられるに違いない、もしかしたら叱られるかもしれないという危惧もあったから、それはそれでいいと思ったのである。

ところが、文を送ったあと、ものの数日で返事がきた。届くやいなや認《したた》めて、早飛脚を立てたような早さだった。父、母、さらには兄からのものまであり、誰もが文を喜んでいるばかりか、次のたよりを楽しみにしている、と催促までされた。母に至っては、ずっと心配していた、なぜもっと早く文を寄越してくれなかった、と恨み言まで書かれている始末……

そうか、みんな待っていてくれたのだ、と胸の中に熱いものが込み上げたが、もらった心付けは既に尽きている。なんとか切り詰めて、早く次の文を送らねば……と焦りに似た気持ちを抱いていたのだ。

弥一郎の言うとおり、下働きと料理人では給金が違うというのであれば、文を送るゆとりもできるだろう。

なにより、本人の意向とはかかわりなく、弥一郎と源太郎の間できよの扱いは決まっているらしい。それならばいっそ、流れに身を任せたほうがいいのかもしれない。ただし、それはあくまでもきよの仕事場が今までどおり、店の奥に限ってのことだ。弥一郎たちと並んで包丁を振るえと言われたら、どれほど給金が上がっても勘弁してほしかった。

座禅豆《ざぜんまめ》と木の芽味噌は店を開ける前に作っておくとして、当面は菜飯と田楽《でんがく》を焼くこと、あとは……と、弥一郎はぶつぶつ言っている。頭の中の段取りが終わらぬうちに、ときよは慌てて訊ねた。

「あの、板長さん……。もしも料理をするとしたら私はどこで……?」

「どこでって……ああ、店に出るかどうかということか。心配ない。親父《おやじ》だって俺だって、おまえを見世物にするつもりはない。女の料理人を珍しがって押しかけてくるような客はお断りだ」

今までどおり、おまえの仕事場はここだ、と弥一郎は周りを見回す。洗い場が近く、それなりの広さもあるから動きやすい。むしろ自分も、こちらで仕事をしたいぐらいだ、と弥一郎は仏頂面《ぶっちょうづら》で言う。

そういえばこの板長は、ひどく愛想が悪い。奉公人はもちろん、客相手でも軽口を交わすことはない。愛想のいい源太郎夫婦の子らしからぬ様だが、親と子は違う。もしかしたらきよ同様、人前が苦手なのかもしれない。

それなのに、板長という仕事柄店に出ている。奉公人ならまだしも、客に話しかけられれば返事をしないわけにもいかない。あまりうまくいってはいないが、愛想笑いのひとつもせねばならないのだろう。人前が苦手だとしたら、相当な苦行だ。

恐い人、苦手な人だとばかり思っていたけれど、自分と似たところがあるのかもしれないと思ったとたん、気持ちが少しだけ楽になった。

同時に、ゆとりができたせいか、頭の中に清五郎や長屋の人たちの顔が浮かぶ。きよが作った料理を、嬉しそうに食べている顔が……

清五郎は、弟だからきよの味に慣れている。いつも褒めてくれるが、食べても食べても腹が減る年頃だし、身贔屓《みびいき》もあるだろう。けれど、江戸の味に慣れている長屋の人たちも喜んでくれるし、よねに至ってはお金を払ってもいいとまで言ってくれたそうだ。だとしたら、長屋のおかみさんたちが作る料理よりは美味しいのかもしれない。

そこできよは、はっとした。

――そうだ……料理ってもともとは女の仕事じゃない。長屋で井戸端に集まって煮炊きするのはおかみさんばっかりだし、逢坂の家でも料理をしてくれたのはもっぱら女の奉公人だった。『料理人』は男しかいないから、女には無理だって思い込んでいたけど、料理をすることだけを考えたら、女だって遜色ないはず。なにより私は料理が好きだし、工夫するのも好き。美味しいものを食べて喜ぶ人を見るのはもっと好きだもの……

いっぱしの料理人になるには修業がいる。弥一郎の料理の腕は確かだし、その弥一郎が、おまえには料理の才があると言ってくれるなら、この人について修業ができるのなら、いずれはちゃんとした料理人になれるかもしれない。

料理人の道は、想像するよりもずっと厳しいに決まっている。それでも、細くても暗くてもそこに道があるなら踏み出してみよう。

「異存はないな？」

算段を終えたらしき弥一郎に改めて問われ、きよはこっくりと頷く。

「俺は女だからと言って手加減はしない。欣治や伊蔵と同じように扱う。無理だと思ったら、いつでも下働きに戻すが、そうはならないと信じたい」

「励みます」

「よし。では、今日のところは菜飯と木の芽田楽《でんがく》を頼んだ。あとはおいおい……」

そう言うと、弥一郎は店に戻っていった。ほどなく、話を聞いたらしき源太郎がやってきて、きよの肩を叩く。

「いい道が見つかったな。きっと逢坂のご両親も安心することだろう」

「それならいいのですが……」

「そうに決まってる。ま、子細《しさい》は近々俺のほうから文《ふみ》ででも知らせる」

なんならおまえの文も一緒に送ってもいいぞ、と嬉しそうに源太郎は言う。

姉弟を預かってはみたものの、ふたりの給金を合わせてやっと暮らしている現状だ。清五郎にはいずれ番頭見習いでもさせて、おいおい給金は引き上げるつもりだったが、そのころには妻を持つ年頃になるだろう。弟が身を固めたら、きよはひとりになってしまう。かといって逢坂に追い返すのも……と心配していたらしい。

ただでさえ迷惑をかけているというのに、そんな先のことまで考えてくれていたとは……とありがたさに頭が下がった。

――とにかく頑張ろう。この人たちの期待を裏切らずに済むよう、できることはなんでもしよう。そして、いつかきっとこの恩を返そう。清五郎の分まで……

世話を焼いてもらって当たり前で育った弟は、恩返しなんて思ってもみないだろう。

その分、姉の自分が頑張るしかない。立派な料理人になることは、その第一歩だ、ときよは密かに決意を固める。

かくして、客の目に触れない土間の片隅で、きよの料理人修業が幕を開けることになった。

雛の日に……

弥生《やよい》が近づくと、孫兵衛長屋の子どもたちがそわそわし始める。

子どもといってももっぱら女子《おなご》で、手籠に敷く手ぬぐいの柄を選んだり、母親に纏《まと》わり付いては菓子をねだったりする。

母親たちは母親たちで、うるさがりながらも、そっと新しい手ぬぐいや菓子を用意してやる。幼き日、同じようにそわそわしていた自分を思い出しているのかもしれない。

そして女子たちは、手籠に自分の人形を入れ、菓子を添えて出かけていく。山に生まれた子は山に、海に生まれた子は海に、孫兵衛長屋の子のように川沿いに出かける者もあるが、やることは皆同じ。一年間仕舞われていた雛人形に外の世界を見せる『雛の国見せ』と呼ばれる行事だった。

中には自分で紙や布を用いて人形を作り、節句の日に川に流す『流し雛』をする子もいるが、国見せをすることは同じ。女子たちにとって『雛の国見せ』に始まる雛祭りは大きな楽しみなのである。

「おっかさん、あられは買ってくれた？　明日はお雛様の国見せに行くんだからね！」

「わかってるって。ちゃーんと買ってあるよ！」

そんな会話が、長屋のあちこちから聞こえてくると、きよは、ああ雛祭りが来るんだな……とほほえましくなる半面、少し寂しい気持ちにもなる。

きよは子どものころに、『雛の国見せ』に出かけた記憶がない。本来居てはいけない子が、外に出て人目につくなんてもっての外《ほか》だったからだ。

中庭に蓙《ござ》を敷き、それらしきことはさせてもらったが、友だちと連れだって野山に出かけていくことはなかった。

姉のせいは、そんなきよを不憫《ふびん》がって、自分も『雛の国見せ』を我慢していたらしい。屋敷の外から女子たちの賑やかな声が聞こえてくるたびに、あの子たちはあんなに楽しそうにどこへ行くの？　私も行きたい、とだだをこねる妹に、さぞや姉は困り果てたことだろう。

十三参りの年になるころには、自分が外に出てはいけない身だと悟り、難儀させる問いはしなくなったが、なにも言わず、庭でひっそりと雛に菓子を添えるきよを見るのは、それはそれで辛《つら》かったに違いない。

今更ながら、姉には本当に申し訳なかったと思うばかりである。

そんな事情もあって、菱餅や雛あられといった節句菓子を見ると、もの悲しさが湧いてくる。とりわけ小粒でかわいらしい雛あられは、かなり苦手なお菓子になっていた。

だからこそ、日頃は菓子屋でちょこちょこ甘いものを求めるのを楽しみにしているきよであっても、弥生《やよい》が近づくとなんとなく菓子屋に足が向かなくなる。ましてや苦手な雛あられを自ら求めることなどあり得なかった。

にもかかわらず、今、きよの目の前に雛あられがある。紙に包んで口を捻《ひね》ってあるから中は見えないけれど、『雛あられのお裾分け』と言って渡されたのだから間違いない。

これはついさっき、隣のよねが持ってきてくれたものだ。

よねは母ひとり子ひとりの暮らしではあるが、娘のはなは十七歳。さすがに『雛の国見せ』に出かける年ではなかろうに、と思っていると、よねに字を習いに来る女子《おなご》がくれたものだという。かなり裕福な家らしく、よねもはなも女の子には違いないのだから、とたくさんくれたそうだ。

苦笑しつつ受け取ったものの、よねはもともと左党《さとう》で甘いものよりも酒を好む質《たち》だ。はなははなで、雛あられは嫌いではないがひとりで食べるには多すぎるし、早く食べないと湿気てしまう。なにより、自分たちが女子だというならきよとて同じ、ということで裾分けしてくれたのである。

せっかくの厚意だし、雛あられが苦手な理由も説明しがたい。やむなく受け取って、ため息をついているところだった。

――いただきものを無駄にするのはもったいない。あとで清五郎にでも食べてもらおう。

弟は甘いものを買ってくることもあるが、もっぱらきよへの心配りで、自分はほとんど食べない。若い男だから、菓子よりも飯で腹を満たしたいのだろう。それでも、これぐらいの雛あられであれば、茶請《ちゃう》けに食べてくれるに違いない。

きよはもらった紙捻《ひね》りをそのまま水屋簞笥《みずやだんす》に入れ、清五郎が戻るのを待った。


しばらくして、清五郎が帰ってきた。

弟はたいてい仕事終わりに湯屋に寄って戻ってくる。疲れているし、飯を食ったらすぐに寝てしまいたい、という理由だが、先に帰って飯の仕度をせねばならないきよとしては少々羨ましくもある。

それでも弟はかわいいし、風呂を使うにしても飯の仕度をすませたあとのほうがさっぱりする、ということで、きよは床に就く間際に湯屋に行く。宵五つ（午後八時）の湯屋の女の多さから考えても、たいていの女は同じように思っているのだろう。

「あーいい湯だった。姉ちゃん、腹が減った！」

清五郎は使った手ぬぐいを衣紋掛《えもんか》けに引っかけたあと、きよの手元に目を走らせる。

きよは朝作った味噌汁の残りを椀に注いでいるところだったが、視線に気付いて、苦笑した。鍋に残っていた芋は六つ。今日の清五郎は相当腹が空いているらしいし、いつもなら清五郎にひとつ余分にやっただろう。だが、今日は雛あられがある。等分でよしとしておこう、と芋を分けたところで、清五郎が不満そうに唸った。

「姉ちゃん、ひとつ譲っておくれよ」

「そんなにお腹が空いているの？」

「今日は味噌や醤油の樽を運んだり、米を運んだりで力仕事が多くてさ。腹ぺこだよ」

「そういえば、あっちやこっちからいろいろ届いていたわね」

「どれも重くて参ったよ。その分、風呂が心地よかったけどね」

「それはよかった」

「まあね……ってことで、俺は腹ぺこなんだ」

「あらあら……でも、今日はお菓子があるの。ご飯のあとにいただけば、ちょうどよくなると思うわ」

「菓子？」

「ええ、雛あられ。さっきおよねさんが届けてくださったのよ」

「雛あられかあ。まあ、あれは餅みたいなものだから腹の足しにはなるか……。水屋簞笥《みずやだんす》にあるの？」

　きよが頷くと、清五郎は早速水屋簞笥に向かった。夕食前につまみ食いをするつもりらしい。だが、取り出した紙捻《ひね》りを開いた清五郎は、怪訝《けげん》そうな声を上げた。

「姉ちゃん、雛あられってこんなのだったっけ？」

「え？」

　飯をよそっていたきよは、振り向いて弟を見た。広げられた紙の上にあるのは、確かにきよが知っている雛あられではなかった。

「あら……ほんとだ」

「こんなに頼りない雛あられなんて見たことないよ。江戸と上方《かみがた》じゃいろんな食い物が違うけど、雛あられまで違うとはなあ……」

　早速食べてみた清五郎は、俺は上方の食い応《ごた》えのあるほうが好きだ、と残念そうに言う。だが、弟に倣《なら》ってひとつ口に入れてみたきよは、口の中で溶けていくあられに目尻を下げた。

「美味しいじゃない。上方《かみがた》のはお餅を刻んで乾かしたものを炒って作るけど、これはお米で作ったものね。どうりでいただいたとき、軽いなあと思ったのよ」

「こんなふわふわしたもんじゃ、腹の足しにはならねえよ」

「じゃあいいわ。私がいただくから。その分、あんたのお芋を増やしてあげる」

見てくれも、味もずいぶん違う。これなら、嫌なことを思い出さずに食べられそうだ。

小粒の雛あられは女子《おなご》好みでかわいらしいし、芋を増やしてもらった清五郎は大喜び。江戸の雛あられ万々歳《ばんばんざい》だった。


雛祭りは晴天に恵まれ、油堀にもいくつかの紙雛が流れた。

桃の節句が終われば、花祭り、端午の節句と子どもが喜ぶ行事が続く。きよ同様清五郎も節句を祝う年ではないけれど、ちまきは清五郎の好物だ。そう難しいものでもないし、今年は作ってやろうかな、などときよは考えていた。

そんなある日、また上田が『千川』にやってきた。

前回、知人だという摂津の侍を伴ってきたのが如月《きさらぎ》の中頃だったから、およそ半月が過ぎている。また母親にせっつかれて座禅豆《ざぜんまめ》を買いに来たのかと思ったが、どうやらそうではなかったらしい。

きよは、煮上がった座禅豆を弥一郎のところに届けに行ったところだったが、上田はきよをちらりと見たものの、提《さ》げている鍋を一瞥するにとどめ、難しい顔で源太郎と話し続けた。そして、しばらく話していたあと、懐《ふところ》から取り出した紙切れを源太郎に渡し、そのまま去っていった。

あの与力が店で呑み食いしないばかりか、持ち帰りもしないなんて初めてのことで、きよはもちろん、弥一郎や清五郎もあっけにとられていた。

その後、源太郎が弥一郎に近づき、上田からもらった紙を見せた。ふたりとも上田の顔が移ったかのように難しい顔で話し続けている。もっとも、弥一郎はもともと難しい顔ばかりなので、こちらはいつもどおりだったけれど……

大事な話のようだし、邪魔をしてはいけない。無言で弥一郎の横に鍋を置き、そのまま奥に戻ろうとしたとき、源太郎がきよを呼び止めた。

「おきよ、帰りはいつも清五郎と一緒だったな？」

「はい、途中までは」

「途中まで、というと？」

「弟は湯屋に寄りますから、そこから先はひとりになります」

「湯屋か……。だが、そいつはよくねえな。しばらくは湯屋もふたり一緒にしたほうがいい。湯屋だけじゃねえ、とにかく暗くなってからは、ひとりで歩かないようにしな」

源太郎は珍しく厳しい顔で言ったあと、さらに念を押す。

「たいていの女子《おなご》は、遅くなってから湯屋に行くってのは知ってるし、そうしたいわけもわかってる。だが、ここしばらくは、きよも先に済ますか、清五郎をあとまで待たすか、とにかくふたりで行くようにしてくれ」

くどい、と不躾《ぶしつけ》な言葉を返したくなるほど、源太郎は言葉を重ねる。源太郎は、奉公人にとってとても良い主《あるじ》だ。間違いなくきよを心配しての指示だろうけれど、さすがに子細《しさい》を訊ねずにいられなかった。

「なにがあったんですか？」

「押し込みの一味が、この界隈《かいわい》に潜んでいるかもしれない」

三日前、浅草の大店《おおだな》が押し込みにあった。何人かでつるんで悪さを働き、おまけに抗《あらが》った奉公人をひとり殺《あや》めたらしい。一味はそのまま逃走、今なお見つかっていないとのことだった。ただ、逃げる際にひとりだけ、近隣の住人に見られた者がいて、その記憶を頼りに人相書き《にんそう》を作ることができた。

人相書きを元に探索を続けた結果、両国《りょうごく》界隈で見かけたという聞き込みが相次いだ。同心や岡っ引きは総出で探索を続けているし、見つけ次第お縄にするつもりではあるが、両国とここ深川はそう遠くない。『千川』には通いの奉公人もいるし、なにかあってはことだ。とにかく気をつけるように、と上田は言いに来てくれたそうだ。

「与力様が、自ら出向いてくださるなんてありがたいことだ。困ったお役人だとばかり思っていたが、こうして人相書きまで持ってきてくれた。見かけたら知らせてほしいってこともあるんだろうが、おきよが心配だったってのが本当のとこじゃないかな。なにかあったら、おふくろ様のお気に入りの座禅豆《ざぜんまめ》が食えなくなるとか……」

そう言いながら、源太郎は受け取ったばかりの人相書きを見せてくれた。どんな様子だろう、と覗き込んだきよは、思わず息を呑んだ。

──本多髷《まげ》、竹縞《じま》の着物、色白、面長、鼻筋は通ってて目尻と顎に黒子《ほくろ》……これってもしかしたら……

絶対に間違いない、とは断言できない。だが、こんな男を見かけたことがある。しかもつい最近、きよと清五郎が住む孫兵衛長屋でのことだった。

言葉をなくしているきよに、源太郎が心配そうに声をかけた。

「どうした、おきよ？　なにか心当たりでもあるのか？」

「え……いいえ！　茹でた青菜を水に晒《さら》しっぱなしにしてるのを思い出して……。早く上げないと風味が抜けきってしまいます」

「そいつは良くないな。さっさと戻るがいい。それと、くれぐれも行き帰りには気をつけるんだぞ」

「は、はい！」

さも青菜が気になる、と言わんばかりに早足で奥に戻るが、きよの胸の中は、どうしよう、でいっぱいになっていた。

きよがその男を見たのは五日前の夜、隣のよねのところに行ったときのことだった。

きよは、ほぼ毎晩よねのところに行く。日が出るか出ないかのうちから飯仕度にかかるため、夜のうちに七輪《しちりん》を借りておかないとよねを起こすことになってしまうからだ。

その日も夕飯の片付けを終え、よねの部屋に向かった。七輪はいつも、戸を開けてすぐのところに置いてあり、きよは『およねさん、お借りしますね』と声だけかけて持っていく。

だが、その日は中から話し声が聞こえていた。話し声というよりも、言い争う声だ。しかも片方は聞き覚えのない男の声である。どうしよう、これでは入るに入れない、出直そうか……と思ったとき、いきなり戸が開いて、男が飛び出してきた。けっこうな勢いで危うくぶつかりかけたが、なんとか免れ、男はそのまま走り去った。

「あー驚いた……」

「おきよちゃんかい？」

思わず漏れた声を聞きつけたのか、よねの声がした。続いて、煙管《キセル》を火鉢に打ち付ける音。いつもならこん、と一度きりなのに、その日はこんこんこん……とせわしく三度も鳴ったところをみると、かなり苛立っていたのだろう。

とはいえ、きよが立ち入るべきことではない。気にはなったけれど、平気なふりで答えた。

「はい」

「あのとんちきがぶつかったりしなかっただろうね？」

「大丈夫です」

「それはなにより。まったくうちの弟ときたら……」

――弟さんだったんだ……そういえば、面立ちがすごく似ていた。なんだ、姉弟喧嘩だったのね。

それならよくあること。きよと清五郎はかなり仲のいい姉弟ではあるが、それでも言い合いのひとつやふたつする。心配するほどのことはないだろう。

きよはほっとして、七輪に手をかけた。

「およねさん、七輪をお借りしますね」

「ああ、持ってお行き」

いつものやりとりで七輪《しちりん》を借り出し、きよは自分の家に戻った。

たまたま来ていたよねの弟に出くわしただけ、そのときはそう思ったのである。

だが、思い返せば返すほど、よねの弟はさっき見せられた人相書《にんそう》きどおりだった。

——およねさんの弟に限って、押し込みなんてするわけがない。きっと人違いだ、そうに決まってる！

世の中には似た人間がいくらでもいる。他人のそら似に違いない、と自分に言い聞かせ、きよは青菜を絞る。今日、きよに任せられたのは、青菜と油揚げの含め煮だ。茹でた青菜を油揚げと一緒に出汁《だし》で煮るだけの簡単な料理だが、これは客に出すものではなく『千川』の奉公人用。修業を始めたばかりのきよは、もっぱら奉公人用の食事を作っているのだ。

へっついにかけた鍋にはほどよく湯が沸いている。柄杓《ひしゃく》で掬って油揚げにかけ、余分な油を抜いたあと、鍋に酒と味醂《みりん》、醤油を入れる。

手はせわしく動いているが、きよの頭の中は『よねの弟』でいっぱいだ。

他人のそら似に決まっていると自分に言い聞かせてはいても、よねの弟が人相書きどおりなのは間違いない。あの男がまたよねのところに現れたらどうしよう。上田に知らせるべきか、知らぬふりを決め込むべきか……

押し込みの犯人だったとしたら、知らせぬわけにはいかない。だが、他人のそら似だったら、よねは腹を立てるだろう。自分の弟を悪人扱いされて喜ぶわけがない。それに、万が一犯人だったとしても、きよが告げ口したからお縄になったと恨まれかねない。どうか、二度とあの男に会うことがありませんように。見さえしなければ上田に告げる必要はないのだから……

そして、このことは忘れよう、今後、隣から男の声がしても、とにかく家から出ないでおこう、と心に決め、きよは青菜と刻んだ油揚げを鍋に入れた。

ところがその夜、早くもきよはよねの弟のことを思い出さざるを得なくなった。なぜなら、清五郎が『人相書きの男』の話を持ち出したからだ。

仕事の帰りに湯屋に寄るつもりだった清五郎は、源太郎に姉をひとりで帰すなと厳命され、渋々《しぶしぶ》真っ直ぐ家に帰った。きよは、湯屋が先でもいいと思ったのだが、それでは飯の仕度が遅くなる、腹が減って耐えられない、と清五郎が嘆くので、風呂より先に飯、ということにしたのである。

姉を危ない目にあわせたくないという気持ちはあったらしい。とはいえ、その分恨みは押し込み一味に向かったようで、清五郎は帰り道でぶつぶつ言いっぱなしだった。

「まったく、いい迷惑だ」

「本当よね……」

「金に困ってたのなら押し込みまではしょうがない。でも、人様の命をどうこうするってのは……」

「押し込みまではしょうがない、ってそんなわけないでしょ！　押し込みはそれだけで悪いことなの！　いい年をして、そんなこともわからないの⁉」

きよは思わず声を荒らげた。人さえ傷つけなければよかったのに、と言わんばかりの清五郎の言葉は聞き流せなかった。

あまりの剣幕に、清五郎は一瞬後ろめたそうにしたものの、やっぱりぶつぶつ言い続ける。

「そんな鬼みたいな顔するなよ。俺が悪かったって。にしても、押し込んだのが人形屋とかありえねえだろ……」

「お人形屋さんだったの？」

「ああ、かなり大きな店だけど、主《あるじ》は人形好きが高じて店を持っちまった人だそうで、商《あきな》いはまっとうそのもの。だからこそ人気も高かった。とりわけ節句のころは大勢の客が出入りしてるから、たんまり貯め込んでると思ったんだろうな。でも、正直なところ、儲《もう》けは大したことない。しかも、材料の仕入れ先や職人たちに手間賃を払ったばっかりで、店に金はなかったんだってさ」

せっかくあれこれ用意して押し込んだのにその有様、腹立ち紛れに出てきた奉公人を殺《あや》めてしまったのではないか、と清五郎は推し量った。

「なんとも間抜けな連中だよな。押し込みなんてやらかすぐらいなら、もうちょっとちゃんと調べればいいのに。人形そのものが欲しかったのなら別だけどさ」

「人形が欲しくて押し込みなんて、聞いたことないわよ」

「まあな……にしても、あの人相書《にんそうが》き、どっかで……」

そこで清五郎は小首を傾げて考え込んだ。

清五郎もあの男を見たのだろうか、と不安になる。

あの日は、夕飯のあとさっさと寝てしまったはずだが、あの男がいつからよねのところにいたかはわからない。湯屋の帰りにでも出くわしたのかもしれない。

姉弟揃って面倒ごとに巻き込まれるのは嫌だ、と思いながら歩いていると、しばらくして清五郎が、声を上げた。

「そうだ、およねさんだ！　およねさんも色白で面長だし、鼻筋だって通ってる。そういや、泣き黒子《ぼくろ》もあったな……」

「滅多なことを言うんじゃありません！　そんな人、いくらでもいるでしょ！」

きよは慌てて周りを見回す。誰かに聞かれたら大変だと思ったが、幸いすれ違う人たちは誰も忙しそうに歩いていて、きよたちの会話を気にする様子はなかった。

「押し込みに似てるなんて言われたら、およねさんが気を悪くするわよ」

「でもさあ……やっぱり当てはまるところが多いよ。およねさんには息子はいねえって聞いてるけど、兄弟がいたらまさにそんな感じだと思う」

清五郎はどんどん核心に近づいていく。粗忽《そこつ》で考えなしなことばかり言うくせに、意外に侮《あなど》れないと思うのはこういうところだった。

「他人のそら似よ。さ、もうその話はおしまい」

「でもよお……」

清五郎はなおもその話を続けようとする。このままでは、きよの胸の内にある不安まで吐き出してしまいそうだ。なんとか弟の気を逸《そ》らす術《すべ》はないか、と周りを見回したきよは、これぞ、というものを見つけた。

「あら、お蕎麦屋さんが出てる。ふたり揃って通りかかるなんて滅多にないことだし、たまには食べていこうか？」

きよと清五郎は他の奉公人よりも仕事を始めるのも終えるのも早い。それはふたりが通いゆえのことなのだが、帰りはちょうど蕎麦屋が商《あきな》いを始める時分になる。帰り道につゆと出汁《だし》の匂いに鼻腔をくすぐられることも多いが、これまで屋台の蕎麦を食べたことはなかった。

屋台はいろいろな場所で商うとはいえ、このあたりでは湯屋と孫兵衛長屋の間でしか見かけない。『千川』からふたり一緒に出たとしても、清五郎は湯屋に寄って帰るため、蕎麦屋を通るときにはきよはひとりになっている。弟ならまだしも、きよがひとりで屋台の蕎麦を手繰《たぐ》るなんて考えられない。だが、今日は珍しくふたり一緒、千載一遇とはこのことだった。

思いがけない姉の提案に、清五郎は目を輝かせた。

「そりゃあいい！　俺、前々から屋台の蕎麦を食ってみたかったんだ！」

たいていの料理は上方《かみがた》のほうが好きだし、うどんなら断然上方だが、蕎麦は江戸に限る。蕎麦は、江戸に来て良かったと思う数少ない料理だ、とはしゃぎながら、清五郎は屋台に向かう。

それに関してはきよも同感だ。茹で上げて水でしっかり締めた蕎麦を濃いつゆにつけて手繰る。あるいは種物《たねもの》を熱くした汁とともに啜り込む。暑くても寒くても蕎麦は旨い。なにより、今のきよは一日の仕事と妙な心配ですっかり疲れている。自分で作らずに済む上に、お腹から温めてくれる蕎麦は何よりのご馳走だった。

蕎麦の話になったとたん、清五郎はすっかり押し込みの話を忘れたようだ。やれやれ……ときよは胸を撫で下ろし、ふたり仲良く屋台で蕎麦を食した。

蕎麦で腹を満たしたあと、いったん孫兵衛長屋に帰り、再び湯屋に出かけようとしたふたりは、外に出たところでよねに声をかけられた。はなも一緒だし、よねの手には湯札らしきものがあるから、これから湯屋に行くのだろう。

「これから湯屋かい？」

「はい。およねさんもですか？」

「ああ。おや、珍しい。清ちゃんもご一緒かい？」

いつもは仕事帰りにすませてくるのに、とよねは怪訝《けげん》そうに言う。

お尋ね者の人相書《にんそう》きは人通りの多いところに貼られる。よねもどこかで目にしただろうか。そうだとしたら、自分の弟を思わせる人相書きを見てどう感じただろう。今ここで押し込みの話をすべきだろうか。

だが、きよが迷っているうちに、清五郎がわけを説明し始めてしまった。

「両国で押し込みがあったんだってさ。犯人がまだお縄になってないらしくて、危ねえから姉ちゃんをひとり歩きさせんなって、旦那さんに言われちまった。あ、ちょうど良かった。おはなちゃんも危ねえから一緒に行こうぜ」

「押し込み……それは知らなかった。でも、それならはなだけじゃなくて、あたしも危ないじゃないか」

「え……およねさんは平気だろ？　押し込みどころか辻斬りだって叱りつけて追っ払いそうだ」

「そんなわけないだろ！　まったく清ちゃんは口が減らないね」

文句を言いながらも、よねの目は笑っている。

清五郎はよねだけでなく、長屋のおかみさん連中をこんなふうにからかうことが多いが、不思議と憎まれない。なんとも得な質《たち》だと羨ましくなるほどだった。

よねの様子を見て、きよは少々安堵した。

押し込みの話を聞いても、黙り込むわけでも気まずそうにするわけでもない。そもそも事件があったことも知らなかったようだ。かといってきよが、お尋ね者の人相書きが弟さんに似ていた、などと言い出せるわけもない。

ここは知らぬ存ぜぬが一番だ、ということで、きよはそのまま湯屋に向かった。

「じゃあ姉ちゃん、あとでな。たぶん俺のほうが早いから待ってるよ」

清五郎はさっさと湯屋に入っていく。

昨今、男と女に分かれている湯屋もあるそうだが、ここは一緒だ。いくら暗くてほとんど見えないとはいえ、さすがに女三人と並んで垢を擦るのはいやだったのだろう。そうでなくともこの時分は女の客が多い。清五郎は一番隅っこでそそくさと済ませるに違いない。

清五郎は、仕事帰りに風呂でさっぱりするのを何よりの楽しみとしている。源太郎の申しつけとはいえ、気の毒なことをしてしまった。明日からは仕事帰りに湯屋に寄れるよう、手ぬぐいや糠袋《ぬかぶくろ》を用意していこう。まだ暑くはないから、湯屋のあとで飯仕度をしてもさほど汗はかかないはずだ。飯の仕度も、帰ったらすぐに食べられるように朝のうちに調《ととの》えておけば、空きっ腹を抱えた弟を難儀させることもないだろう。

そんなことを考えつつ糠袋を使っていると、よねとはなが話す声が聞こえてきた。

「そういえばおっかさん、長治叔父《ちょうじおじ》さんは、みよちゃんのお雛様を用意してあげられたの？」

「さてね。あたしの知ったこっちゃないよ」

「そんなに冷たいことを言わずに、少しぐらい用立ててあげればよかったのに」

「馬鹿をお言いでないよ。これまでだって、羽子板だの、七五三の着物だのって言ってくるたんびに渡した。かわいい姪《めい》っ子のためと思って、無理して用意してやったんだ。うちには亭主すらいないってのにさ……。この上お雛様なんて付き合いかねる。雛人形なんざ手作りで十分だよ。紙でも布でもちょいちょいってやって、ぱんぱんって拝んで川に流せばいいじゃないか。はなだってそうしてただろ？」

「まあね。でも、近頃は手作りじゃないお雛様が流行だし、他の子が立派なお雛様を持ってると羨ましくて、ついでにちょっと切なくなったりするんだよ」

「おや……はなもそうだったのかい？　そいつはすまないことをした」

「あたしじゃないわよ。あたしがみよちゃんぐらいの年だったころは、まだまだ手作りが多かったじゃない。あたしは、今年はどんなお雛様だろうっていつも楽しみだった。おっかさんは器用だから、見てくれのいいの作ってくれたしね。でも、みんなが同じとは限らない。みよちゃんが手作りじゃないお雛様を欲しがったって不思議はないよ」

「だったら、長治が自分で気張ればいいじゃないか」

無心に来る暇があったら仕事に精を出せ。大工だし、腕が悪いわけでもないんだから、娘の雛人形代ぐらい稼げるはずだ、とよねは吐き捨てた。

はなはため息をつきつつ言う。

「みよちゃん、すごく立派なのを欲しがったんじゃないの？　長治叔父《おじ》さんは遅くできた子だからって猫っかわいがりだし、おくま叔母《おば》さんは見栄っ張りなところがあるから、余所《よそ》の子に負けたくないって気持ちが大きい。思ったよりも高くつきそうで、足りない分を無心に来た、ってことなんじゃないかな」

「は！　雛人形に勝ち負けなんてありゃしないよ。どんな人形でも、幸せに大きくおなり、って願いを込めればそれでいいんだよ」

「でも雛人形は現《うつ》し身だって言うじゃない。人形が貧相だと、持ち主も貧相だと思われそうだって心配なんでしょ」

「馬鹿馬鹿しい！　そもそも、その子をしっかり見て、いいところを伸ばして、悪いところは直してやるのが親の務めってもんだろう？　それをあの夫婦ときたら、悪いところに目を瞑《つむ》って見ない振りをする。うちの子が一番って思いたいのはわかるけど、限度ってものがあるだろう。あれじゃあ、みよが我《わ》が儘《まま》になっても仕方がない」

「相変わらず、おっかさんは容赦ないねえ」

　弟ばかりかその嫁までこき下ろしつつ、よねとはなの会話は続く。いくら顔も見分けられない暗がりの中とはいえ、すぐそばに人がいることはわかっているはずなのに、大丈夫かと心配になってしまう。それでも、こういう開けっぴろげなところがよねの長所でもあるので、話の中身は聞かなかったことにするしかなかった。

だが、やはり気になるのはよねの弟のその後だ。

話を聞く限り、よねは弟の無心を断ったようだ。

以前、よねの二親《ふたおや》はもう亡くなったと聞いたから、親に頼るわけにもいかなかったのだろう。目に入れても痛くないほどかわいがっている娘に立派な雛人形を買ってやりたい。姉のところに無心に来たがすげなく断られ、困り果てた挙げ句人形屋に押し入った。

やはりあの人相《にんそう》書きはよねの弟なのでは……

どんどん膨らむ不安を抑え込みつつ、きよは身体を拭く。ほどなくよねとはなも上がってきた。あれだけ話し込んでいても、手はしっかり動かしていたようだ。

「あーさっぱりした。湯屋に来ると寿命が延びる気がするよ」

満ち足りた様子で、よねは着物の袖に手を通す。はなが笑って言う。

「おっかさんは毎日、どうかすると日に二度も湯屋に来るじゃない。そのたんびに寿命が延びてたら、百まで生きることになっちゃうよ」

「上等だよ。いいじゃないか、百まで生きたって」

「あの世に行かなくても年は取る。皺だって増えるし、髪も抜けるよ。美人自慢のおっかさんに耐えられる？」

「糠袋《ぬかぶくろ》だって糸瓜水《へちますい》だって一番良いのを使って磨き上げる。あとは上等の白粉《おしろい》に紅、鶯《うぐいす》の糞も使うとするかね。そうだ。皺くちゃになってからじゃ遅い。明日からでも始めるとしよう」

「呆れた。そんなことに使うお金があるなら、みよちゃんに人形を買ってあげればよかったのに」

はなはまた雛人形の話を持ち出す。きっと、年の離れた従姉妹《いとこ》がかわいくてならないのだろう。よねは聞くだに不機嫌そうな声で答えた。

「いつまでもこっちを頼られたって困るんだよ。子どもになにをしてやったっていい。絹の着物に金糸飾りの人形でもなんでも好きに買うがいい。でも、それは自分の懐《ふところ》が許す限りのこと、他人をあてにしちゃ駄目だ」

「他人って……弟じゃない」

「兄弟は他人の始まりだよ。あたしも年の離れた弟を甘やかしすぎた。それは反省してる。でもあの子もいい年だし、嫁をもらって子もできた。そろそろ一本立ちしてもらわないと、おまえの嫁入り仕度もままならない。はなだってもう嫁に行ってもおかしくない年なんだよ」

「おっかさん……」

あそこは片親だからって誹《そし》られない程度の仕度はしてやりたいじゃないか、と妙に落ち着いた声で言われ、はなは返事に詰まった。

姪《めい》は姪、いくらかわいくても我が子とは違う。言われるまでもないことだった。

そのまま黙って着物を身につけ、女三人は湯屋から出た。清五郎は既に出ていて、四人揃って来た道を戻る。空を見上げたはなが、誰にともなく言った。

「明日もお天気だといいね……」

雨が降れば大工は仕事ができない。そういえば、孫兵衛長屋でよねの弟を見かけたころは、一日晴れたと思ったら数日雨が続く、といった具合だった。外仕事の職人たちはさぞや困っただろう。よねの弟にしても、雛人形を買うためにとってあった金を日々の暮らしのために使わざるを得なくなったのかもしれない。三味線《しゃみせん》のお師匠であるよねや、食べ物商《あきな》いのきよにはわからない苦労だが、孫兵衛長屋にも外仕事の職人はいる。その人たちのためにも雨続きは困る。

今日は朝から晴れていたけれど、明日は雨になりそうだ。せめててるてる坊主を作って吊るしておこう。雲がかかる月を見上げ、きよはそんなことを思っていた。

姉弟が揃って歩く日がしばらく続いたある夜、きよがそろそろ寝る用意をしようと思っていると、表から足音が聞こえてきた。女の足音には聞こえないし、孫兵衛長屋の男たちは、よほどのことがない限り宵五つ（午後八時）を越えて出歩かないから、外からの客に違いない。

江戸に来てから、きよ姉弟を訪れる客は少ない。来るのはせいぜい長屋の住人か、源太郎夫婦ぐらいのものだが、源太郎たちは『千川』の後片付けで忙しいころだし、きっとよその家の客だろう。もうすぐ木戸が閉まるのに、泊まりのつもりかしら……とぼんやり考えていると、よねの部屋の前で足音が止まった。もしや、と思って耳を澄ますと案《あん》の定《じょう》、聞き覚えのある声……

「姉ちゃん、俺だよ、長治だよ。開けておくれよ」

声が止むか止まないかのうちに、引き戸の突っかえ棒を外す音がする。続いて戸が開き、すぐさま閉まった。

よねのことだから、遅い訪問を責めるに違いないと思っていたが、ひそひそ声が少ししただけで、この間のような言い争いは起きていない。争う声を聞きたがる者はいない。ほっとしたきよは、布団を敷き、そのまま眠ってしまった。

様子がおかしいと思ったのは、翌朝のことだった。

「おはようございます」

きよは朝飯の仕度を終え、折良くやってきたよねに挨拶をした。

先だって芋の煮物を分けたときと同様、少し早い時刻だったため、七輪《しちりん》の炭は移していない。そのまま使えますよ、と言っても、よねは上《うわ》の空《そら》だった。

「あの……およねさん？」

「あ、おきよちゃんか。七輪は空いたかい？」

今さっき、『そのまま使えますよ』と言ったのに、耳に入っていなかったらしい。やむなくもう一度、このままどうぞ、と七輪を示すと、よねはその上に鍋を載せた。

味噌汁を作るつもりらしく、鍋には水が張られている。量がいつもよりも多いから、やはりよねの弟が泊まっているのだろう。

客がいる、しかも力仕事の職人ならお菜が足りないかもしれない。今日は気持ちよく晴れてるから、きっと仕事に行くのだろう。腹が減ってはろくに働けないに違いない、と気になったきよは、できたばかりのお菜を分けようと考えた。

「およねさん、今日は切り干しと浅蜊《あさり》を煮ました。お嫌いじゃなければ、少しいかがですか？」

「切り干しかい。大好物だよ」

「よかった。じゃあ、少し多めに持っていきますね」

「多め？　どうしてだい？」

「お客さんですよね？」

そう言ったとたん、よねの顔から表情が消えた。そして、これまでよねの口から聞いたことのないような、つっけんどんな調子の言葉が飛んできた。

「客なんていない。それに、考えたらはなは浅蜊《あさり》が苦手だった。切り干しはけっこうだよ」

そう言うなりよねは俯《うつむ》き、それきり顔を上げようとしなかった。

頭から水を浴びせられたような気になる。だが、それ以上に、客なんていないと言うよねが不可思議だった。昨日の夜、確かによねの部屋を訪れた客がいたし、『長治』という名前も、湯屋で聞いたよねの弟のものと一致する。

この町の木戸は火事や捕り物がない限り、明け六つ（午前六時）に開き、夜四つ（午後十時）に閉まる。

昨夜はひそひそ話が続いている間に閉まったはずだし、きよは今朝、明け六つの鐘より先に井戸端に出ていたが、誰の姿も見ていない。

どう考えても居るはずの客を隠す意味がわからなかった。

それでも、よねは俯いたきり、まったくきよを見ようとしない。言葉をかけたところでさっきのような調子で返されるのがおちだろう。

やむなくきよは切り干しと浅蜊が入った鍋を手に、自分の部屋に戻った。

隣から声が聞こえたのは、朝飯を済ませた姉弟が『千川』に向かおうとしたときのことだった。

「おっかさん、あたし嫌だよ」

「声が高い。長治が起きちまう」

「こんなことをしたら、みよちゃんだって悲しむ」

「悪さをしたんだから、それなりのお咎《とが》めは受けなきゃならない。長治はまだしばらくは寝てるはず。今のうちに矢七《やしち》親分に知らせてくるんだ」

いいからお行き、とよねに言われ、はなは渋々《しぶしぶ》腰を上げたようだ。

薄い壁から漏れてきた会話に、きよは唖然としてしまった。

矢七親分はこの町の顔役である。湯屋を営む傍ら、同心の下でならず者の探索や事件についての聞き込みをしている。矢七親分に知らせれば、当然同心の知るところとなる。

頭の中に、まさかとやはりが入り乱れる中、外に飛び出したのは清五郎だった。歩き始めたはなを追いかけて引き留めたらしく、きゃ……という女の驚いた声がした。

声を聞きつけたよねも表に出てくる。清五郎は親子を連れて、姉弟の部屋に戻ってきた。

「清ちゃん、いったい何事だい？　はなは大事な用があって……」

よねは焦りと苛立ちを抑えきれない顔で言う。清五郎は平然と、だが声だけは潜めて答えた。

「およねさん、ひとつ確かめさせてくれ」

「なんだい？」

「今、およねさんのところに客がいるよね？　隠したって無駄だよ。昨日の夜、男の声がしてた」

「……弟が来てるんだよ。それがなにか？」

「悪さをしでかして、逃げてきたんだろ？」

「人聞きの悪い！　いくら清ちゃんだって許さないよ」

「へえ、じゃあさっき言ってた『それなりのお咎《とが》めを受けなきゃ』ってどういうこと？」

こっちまで筒抜けだったよ、と清五郎は悪びれもせずぶちまける。よねはしばらく黙り込んでいたが、とうとう観念したのか、ぽつりと答えた。

「……お察しのとおりだよ」

「やっぱり……」

「でも、でもね！　匿《かくま》ってるわけじゃないんだ！　あの子をここに足止めして、番所に知らせるつもりだったんだ。現に今、はなに……」

「わかってる、わかってる。矢七親分を呼びに行くところだったんだよな。でも、それはちょっと待ったほうがいい」

　清五郎は自分自身が騒動を起こして江戸に逃げてきた。同じように、よねの弟をどこかに逃がそうと思っているのだろうか。喧嘩と押し込みはまったく違う。そんなこともわからないのか、ときよは頭が痛くなりそうだった。

　だが、清五郎が言い出したのは、逃げる手伝いをする話ではなかった。

「お咎めは免れないにしても、ちょっとでも軽く済むほうがいいだろ？」

「そりゃまあ……」

「俺、聞いたことがあるんだ。悪さをしても、お縄になる前に自分で名乗り出たらお咎めも軽くなるらしいぜ」

　さも得意そうに清五郎は言う。だが、清五郎の『聞いたこと』は実は正しくない。というか、あまりにも中途半端だった。

「清五郎、それって自訴の話でしょ？　だったら悪さが明るみに出る前じゃなきゃ意味がないの。人相《にんそう》書きまで出回ってちゃ手遅れもいいところなのよ」

　しかも今回は人の命まで奪っている。たとえ自訴で罪を減じられたとしても、重いお咎《とが》めを受けるに違いない。

「へ……？　そうだっけ？」

清五郎はきょとんとしている。きよは思わず、弟の頭を張りたくなった。

「どこで生かじりしてきたか知らないけど、いい加減なことを言っておよねさんたちを惑《まど》わすんじゃないの！」

「姉ちゃん、声が高いよ」

うっかり上げた声を清五郎に窘《たしな》められ、きよは口を手で覆う。やれやれ、という感じでよねがはなを促す。

「はな、やっぱり矢七親分のところに行っておいで。このままにしとくと、長屋のみんなにまで迷惑がかかる」

「うん……」

誰かが悪さをした者を匿《かくま》うと、お咎めは長屋全体に及ぶ。そうなっては大変だ、と言われ、はなは今度こそ観念して番所に向かった。

程なく矢七親分がやってきて、眠りこけていた長治の面相を確かめ縄をかける。

姉ちゃんひでえよ、という悲痛な声を響かせながら、長治は番所に連れていかれた。

目に涙を滲ませながらも、弟に罪を償わせようとするよねは、さすがはものを教えている人だった。

もしもきよがよねの立場だったとしたら、清五郎を番屋に引き渡すことなどできなかった。口では、喧嘩と押し込みは全然違う、なんてわかったようなことを言いながらも、いざ血を分けた弟となったら、道理なんて吹っ飛んでしまう。ましてや人まで殺《あや》めている。捕まったら良くて遠島、最悪死罪になりかねない。庇いに庇って遠くに逃がし、なんとか生き延びてほしいと願ったに違いない。

「およねさんは、立派な人ですね……」

ため息まじりに告げたきよに、よねは恥ずかしそうに言った。

「立派なんておこがましいよ。あたしも最初は匿おうと思った。でも、どう考えたって無理だ。あの子、昨日までは家にいたみたいだけど、たぶん足がつきそうだと思ったんだろうね。暗闇に紛れてうちに来た。姉ちゃん、助けてくれって……」

よねは、弟が悪さをしたのも、元はといえば自分が無心を断ったせいだと思ったらしい。それで、一時は匿おうと思ったが、朝一番に出会ったきよにはすでに弟が来ていることがばれていた。その場はなんとかごまかしたものの、この長屋は住民の付き合いが深いし、いつまでも隠れていられるわけがない。到底匿いきれないと察し、はなを番所にやることにしたという。

「そこまで考えて……やっぱり立派ですよ」

「弟を売る姉のなにが立派なもんか」

そう言うと、よねはしょんぼりと腰を下ろす。狭い部屋に、今日は三味線《しゃみせん》指南もお休みさせてもらおうかね……と呟く声が切なく響いた。

騒ぎが収まったあと、きよと清五郎は『千川』に向かった。少々遅れてはいたが、事情が事情だから話せばわかってもらえるはずだ。なにより、浅草の押し込みが捕まったと聞けば、『千川』の人たちも安心するだろう。

『千川』に着いたふたりは、まずは遅れたことを謝り、事情を説明した。源太郎も弥一郎も、それなら仕方がないとあっさり許してくれた。なにより、ふたりになにかあったのではないかと心配していてくれたようで、様子を見に行くところだったという言葉が嬉しかった。

「おきよたちのお隣さんには痛ましいことだったが、これにて一件落着ってとこだな」

源太郎のそんな言葉で、『千川』の一日が始まった。

ところがその夜、またしても『千川』に現れた腰の軽い与力から、実は全然落着していなかったことを聞かされることになった。

「人違い？」

源太郎の素《す》っ頓狂《とんきょう》な声が聞こえた。

上田がやってきたのは、事件のあらましを説明するために違いないと思っていたきよは、通路の端っこ、一番店寄りの場所で聞き耳を立てていたのだ。たまたま客が途切れ、申しつけられていた仕事もやり終えていたため、弥一郎に咎《とが》められることもなかった。なにより、弥一郎自身が気になって仕方がなかったようで、手を止めたまま源太郎と上田の話を聞いている。

「人相《にんそう》書きどおりだったって聞きましたぜ？　そんなにそっくりな人間がふたりも三人もいるもんですかい？」

「その人相書きそのものから違ってたんだ」

あまりにも聞き込みが杜撰《ずさん》すぎる、と部下を罵《ののし》りながら上田が話してくれたところによると、顔を見られたのは長治に間違いなかった。長治が悪さをしでかしたことにも違いはない。だが、長治がやったのは押し込みではなく、ちゃちなこそ泥。大店《おおだな》の人形屋ではなく、裏店《うらだな》の小さな豆腐屋でのことらしい。

「豆腐屋⁉」

今度は源太郎だけでなく、弥一郎まで声を上げた。

「なんだってそんなところに……手間賃を払ったばかりの人形屋よりも金なんてないだろうに！」

「それさな」

上田は盛大にため息をつく。

「長治に聞いたところ、娘に立派な雛人形を買ってやりたいのに金が足りなかった。節句は迫るし、雨続きで稼ぎに出られねえ。家中の銭を掻き集めてみたものの、百六十文《もん》足りなかったんだとさ」

姉への無心は断られた。百六十文ぐらいなら掛け売りにしてもらえるかもしれないと期待して人形屋に行ってみたが、一度も取引したことのない相手に掛け売りはできないと追い返された。がっかりして帰る途中で、豆腐屋の前を通りかかった長治は、銭箱が置いてあるのに気付いた。主《あるじ》は奥に入っているらしく無人、おまけに開けっ放しだったため、つい豆板銀を二枚抜いてしまった。

豆板銀の冷たさで我に返って、なんてことを……と戻そうとしたところで、奥から誰かが出てくる気配がした。今更返したところで盗ったことに違いはない。長治は慌てて駆け出し、逃げる途中で近隣の住人に顔を見られてしまった、ということらしい。

「じゃあ、その長治ってやつは押し込みはしてないってことですか？」

「そういうことだ。盗人《ぬすっと》には違いないが、少なくとも人を殺《あや》めた一味じゃない」

「なんてこったい……」

「それはこっちの台詞《せりふ》だ。せっかく押し込みの件が片付いたと思ったのに……」

源太郎と上田が嘆く。きっと揃って眉間に皺を寄せているのだろう。

考えてみれば、何人もつるんで押し込みを働く一味にしては迂闊《うかつ》すぎる。姿を見られたときに備えて、顔を覆うぐらいはしているだろう。顔を見られて人相《にんそう》書きを作られるなんて間抜けもいいところだった。

娘に雛人形を買ってやりたがっていたことと、よねに無心を断られたことで、やけになって人形屋に押し込んだ、なんてとんでもない誤解をしたものだ。

「それで上田様、長治はどれぐらいの罪に？」

「せいぜい敲《たたき》。入墨になることはないだろう」

「そうですかい……にしても、娘かわいさ故、憐《あわ》れと言えば憐れですね」

「然《しか》り。とはいえ、敲であれば長く稼ぎに出られぬこともない。腕のいい大工だそうだし、幸い身元引受人もしっかりしている」

「身元引受人が見つかったんですか。それはよかった」

「親はないと聞いたから心配はしたが、大家が名乗り出た。おそらく日頃は真面目な男なのだろう」

二度と罪を犯すことはないと信じたいものだ、と上田は少し遠い目で言う。罪を犯したあと更生できず、二度、三度と罪を重ねる者をたくさん見てきた与力だからこそに違いない。

「おきよの話では、かなりしっかり者の姉がいるようです。きっと立ち直ってくれるでしょう」

「そうか……。敲《たたき》は咎《とが》めとしては軽いほうではあるが、罪人であることには違いない。身内にとっては辛《つら》いだろうな……。おまえの言うとおり、娘かわいさの一心。できればお咎めなしにしてやりたいが、手柄でもない限りそうもいかん」

「あの上田様……」

そこで口を挟んだのは、弥一郎だった。

怪訝《けげん》な顔をしつつも、上田は弥一郎に向き直った。

「なんだ？」

「同じ頃合いに浅草にいたのであれば、長治とやらは押し込みの一味と出くわしたんじゃねえんですかい？」

「矢七もそれを疑って訊ねてみたそうだ。そういえば、黒装束の男たちとすれ違ったと申したそうな」

「だったらなんで！　さっさと申し出ていれば、俺たちがあんなに難儀することもなかったのに！」

　滅多に出さない大声に、弥一郎の苛立ちがこもっていた。長治が早く申し出ていれば、押し込みの連中はとっくに捕まっていたかもしれない。そうであれば、この界隈《かいわい》の住人があれほど怯えながら暮らさずに済んだ。源太郎親子も、奉公人の行き帰りにまで気を配る必要はなかったのである。

「おまえたちにも迷惑をかけた。わしが人相《にんそう》書きなど持ち込んだばかりに……」

　悔やむ上田の声に、弥一郎ははっとしたように応《こた》えた。

「いや、滅相もありません。むしろありがたいことでした。今回はたまたま人違いでしたが、本当に押し込みのひとりだったとしたら、気をつけるに越したことはありませんから。それにしても、やっぱり早く申し出てほしかった」

「できるわけがなかろう。申し出たら、おまえはなぜそこにいた、なにをしていたんだ、という話になる。実は豆腐屋で盗人《ぬすっと》を働いてました、などと言えるわけがない」

「でも、押し込み一味と間違えられて、人相書きまで作られちまってたんでしょう？」

「そもそも長治は人形屋の押し込みの件を知らなかったそうだ」

「は……?」

源太郎と弥一郎、そして通路にいたきよも唖然とした。

深川界隈《かいわい》では人形屋への押し込みの件はかなり噂になっていた。人相書《にんそう》きにしても、あれほどあちこちに貼られていたというのに、長治は一度も見なかったのだろうか。

だが、そのあと上田が語ったのは、もっともだと思えるわけだった。

「豆腐屋で盗人を働いたあと、家に帰って子どもの顔を見て気付いたそうだ。盗んだ金で雛人形を買うなんてもっての外《ほか》だってな。考えれば考えるほど、自分のしでかしたことの恐ろしさが増す。仕事はろくに手につかず、外を歩いても周りの景色も目に入らない。そのうち家に引きこもるようになったが、飯も喉を通らず、ろくに眠れない。とどのつまりが、どうしたらいいだろう、って姉のところに相談に行ったそうだ」

「相談に? 匿《かくま》ってもらいに来たわけじゃなく?」

「違ったらしい。姉のところに着いたのは遅かったし、言い出しにくい話でもある。銭欲しさに大変なことをしちまったとだけはなんとか伝えたが、対処に困ったのか姉はなにも言ってくれず、そのまま寝支度を始めてしまった。朝になったらもう一度、と決めて床に就いたが、起きたときには矢七が目の前にいたそうだ」

「てめえに押し込みと殺しの疑いがかかってるなんて、夢にも思わなかったってことですか。そんな話があるんですねえ」

びっくり仰天とはこのことだ。

だが、本人はともかく、さすがに家族は気がついたのではないか。人相書きは永代橋の袂《たもと》にも貼られていた。他にもたくさんあったはずで、見ていないとは思えない。長治の嫁にしても、人形屋の押し込みの話ぐらいは聞いていただろう。

そう思ったきよだったが、どうやら人相書きは、さほどたくさん貼られたわけではなかったようだ。

「長治の住まいのあたりには貼られていなかったらしい。女房は話ぐらいは聞いていたのかもしれんが、まさか自分の旦那だとは思わないだろう。それどころか、毎日上《うわ》の空《そら》で、仕事も手につかないのを心配して、気分を変えて深川の姉さんの顔でも見てきたらどうだ、とすすめたそうだ。逆に、姉のほうは人相書きを見て弟だと思い込んだらしいがな」

朝、井戸端で出くわしたときに、弟など来ていないふりを装ったのは、弟を匿う覚悟を決めたからに違いない。

きよがそんなことを思っている間にも、弥一郎と上田の話はさらに意外な方向に転がっていく。

「それで、長治ってやつが見たのは、押し込みの一味で間違いないんですか？」

「一晩に何組も黒装束にうろうろされては困る。あの夜は、人形屋以外に押し込みにあった店はないし……」

「人形屋以外にない、って、豆腐屋はどうなったんです？」

「豆腐屋からの訴えは出ていない。どうにも杜撰《ずさん》な店らしくてなあ……」

銭箱を開けっ放しで店を無人にするぐらいだから、そもそも金の管理がなっていない。一日の終わりに銭箱を浚《さら》って数えるだけで、日中は気にも留めていない。しかも、手癖の悪い息子がちょくちょく金を抜いていくらしく、たとえ豆板銀が一枚、二枚足りなくても、またか……と思うぐらいだったそうだ。

「はあ⁉ じゃあ、もしも長治が名乗り出なかったら……」

「盗人《ぬすっと》にあったことにも気付かなかっただろうな。だからこそ、せいぜい敲《たたき》、入墨になることはない、と申したのだ」

「なんてこった……」

弥一郎は頭を抱えてしまった。同じ商売人として、そこまでいい加減な店があるなんて信じられないのだろう。一方、脇で話を聞いていた清五郎は、やけに自慢げな顔をしている。きっと、ほら見ろ、やっぱり自訴になったじゃねえか、とでも言いたそうな様子だった。

源太郎が身を乗り出すように訊ねた。

「ってことは、上田様。ここで黒装束のひとりでも割り出せれば、その長治ってやつはお咎《とが》めなしに？」

「丸きり無理な話ではないが、難しかろうな。長治は己《おのれ》がしでかしたことに怯えきって、黒装束を見たことすら、矢七に聞かれてやっと思い出したぐらいだし、顔などろくに見ていないはずだ」

あの夜以降今に至るまで、長治以外の怪しい者を見たという情報は一件もなかった。付近に黒装束がいたこと、向かった方角がわかっただけでも儲《もう》けものだが、さすがにそれだけでは……と上田は渋い顔で言った。

「素性の割り出しに結びつく情報でもあればいいのだが」

「なにか思い出したらお咎めなしになるかもしれない、とか、言ってやれないもんですか？　必死に思い出すかも知れませんぜ」

「矢七が申していると思うがのう……。あるいは、時を置けばなんぞ浮かんでくるやもしれぬ。しばし、様子見とするか。母上のお気に入りが世話になっている者の縁者でもあるしのう」

上田は、それまでよりも一段大きな声でそう言った。おそらく、姿こそ見せないが、耳をそばだてているに違いないきよに聞かせるつもりだったのだろう。

「お心遣い、ありがとうございます。きよもさぞや喜ぶことでしょう。そうだ、上田様、腹は空いておられませんか？」

「なに、腹？　それはもう……」

上田は一日の仕事を終え、その足で寄ってくれたに違いない。当然、食事はまだだろうし、腹が空いていないはずがなかった。

上田の返事を聞くなり、弥一郎の手が動き始めた。醤油や味醂《みりん》、酒を次々に鍋に入れているから、鰯《いわし》でも煮付けるつもりだろう。

伊蔵はちろりから徳利《とっくり》に酒を注ぎ、すぐさま清五郎が上田のところに届ける。

「ささ、まずは一杯……」

源太郎に酒を注がれ、上田は目を細めてずっと啜った。

「おお、これはいい！」

「そうでございましょう。すぐに鰯も煮えます」

「鰯か！　大好物だ！　とはいえ、そうのんびりしておるわけにもいかぬのだ。あまり遅くなると母上が心配なさる」

鯛や平目ではなく、鰯が好きな与力というのは、なかなか愛嬌がある。それに、相変わらず、二言目には『母上』なのだな、と微笑みながら、きよは奥の仕事場に戻る。背を追いかけるように、弥一郎の声がした。

「おきよ、握り飯を作ってくれ。清五郎、さっき炊けた飯を持ってけ」

「へーい！」

お櫃《ひつ》ごと届いた飯を大きめの鉢に取り分けたきよは、そこで手を止めた。

このまま塩で握って海苔《のり》を巻くだけでいいのだが、それでは少し物足りない。雑炊《ぞうすい》や湯漬けではなく、握り飯というのはさっさと食べられる上に、持ち帰りも考えてのことだろう。

あの優しいおふくろ様も口にするかもしれない。ならばもう一工夫……と、きよは梅干しの瓶《かめ》を取り出した。種を抜いて身を刻み、手早く炒った胡麻《ごま》とともに飯に混ぜる。梅干しの塩気が強いので塩はほんの少しで握り、細く切った海苔をくるりと巻く。小振りの握り飯を五つ作ったあと、ふと思い付いてなにも混ぜていない握り飯をひとつ作り、七輪《しちりん》の上の網に載せた。

味噌か醤油か……と一瞬迷ったあと、醤油味の鰯煮を食べているだろうしと味噌を塗る。七輪に炭を足したおかげで、上田が酒を一本飲み終わるころには、味噌握りがこんがり焼きあがった。

「できました！」

通路の端から弥一郎に差し出す。弥一郎は、にやりと笑って源太郎に皿を渡した。

「お、これはまた、上田様のお気に召しそうな……」

そう言ったあと、源太郎はひょいひょいと足取り軽く運んでいく。続いて、上田の嬉しそうな声が聞こえた。

「味噌握りか！　こっちは梅だな。梅は母上の大好物なのだ。持ち帰るゆえ、包んでくれ」

「いいえ、おりょう様の分はこちらに」

そこで弥一郎は、握り飯の包みを掲げた。五つの梅握りのうち、ふたつを皿に、残りの三つは竹の皮に包んで弥一郎に渡しておいたのだ。

「なんと気が利くことよ！　ではこの皿の分は食ってしまってよいのだな」

上田は大喜びで、味噌の風味がなんとも言えぬ、とか、梅と胡麻《ごま》が味を引き立て合って珠玉だ、などと褒めあげる。あっという間に食べてしまったらしく、立ち上がった気配がした。

「旨かった！　この握り飯はきよの手によるものか？」

「そのとおりでございます」

「だろうな。女の手が握った大きさだ。食しやすいし、腹の虫押さえにちょうどよい。

母上がすでに夕餉《ゆうげ》をお済ませだったとしても、これぐらいなら入るだろう。だが、味噌握りのことは内緒にしておこう」

　焼きたての味噌握りのことを聞いたらまた、連れていけとうるさかろうでな、と上田は大笑いし、梅握りの包みを提《さ》げて帰っていった。

　喜んでいただけて良かった、とほっとして戻ろうとしたとき、源太郎の驚く声が聞こえた。

「あのお方ときたら！」

「親父《おやじ》、どうした？」

「皿の下に金が置いてあった。あれほどお代はいらないと言ったのに……」

　押し込みのことを知らせてくれたことに始まり、長治の件に至るまで、上田はたくさんの配慮をしてくれた。今日の料理や酒は、それに対する感謝のつもりだったのに、金を置いていかれては台無しだ、と源太郎は肩を落とした。

　弥一郎は、そんな源太郎を慰めるように言う。

「気持ちはきっと通じてる。だからこそ、置いていかれたんだ。それでこそ与力様じゃないか」

「そうか……そうだな」

「持ち帰った握り飯を、おりょう様が気に入ってくだされば言うことなしだろ」

「ああ……」

息子とのやりとりでようやく納得したのか、源太郎は少し明るい顔になって皿や徳利《とっくり》を片付け始めた。


人形屋に押し込んだ一味のひとりが捕まったという知らせが来たのは、長治がお縄になった翌日の夜のことだった。

予想外に早い展開に、『千川』一同が仰天したことは言うまでもない。清五郎など、成り行きを知りたさに、上田の屋敷に行ってみようかと言い出し、弥一郎にこっぴどく叱られる羽目に陥《おちい》った。本来止めるべき立場の源太郎まで、それがいい、などとけしかけたのには呆れたが、とにかく思い留まってくれてよかった。

いくら親しげに接してくれているとはいえ、上田は与力、おそらく今はお縄にしたひとりから一味をまとめてしょっ引こうと躍起になっているはずだ。邪魔をするなんてもっての外《ほか》だし、上田のことだから、決着すれば子細《しさい》を知らせに来てくれることだろう。

あとは、この捕り物に長治が何らかの手柄を立てていて、少しでもお咎《とが》めが軽くなることを祈るばかりだ。

だが、それから一日、二日と日が過ぎ、半月経っても、上田は現れなかった。

「先日は握り飯を馳走になった。母上もいたくお喜びであったぞ。言い忘れておったが、座禅豆《ざぜんまめ》の煮汁もたいそう効いたそうだ」

満面の笑みとともに上田が現れたのは、皐月《さつき》半ば過ぎ、あと半月で両国の川開きという夜のことだった。

いきなり声をかけられたきよは、あやうく煮物の味を見ていた小皿を落としそうになったものの、上田の母があの梅握りを気に入ってくれたと知ってとても嬉しかった。とはいえ、ぺこりと頭を下げるだけで精一杯。どんな言葉を返すこともできずにいると、すぐに源太郎が現れた。

「上田様、お席をご用意しましたから、あちらでゆっくりなさってください」

夜の書き入れ時のこと、おそらく上田は源太郎や奉公人たちが客の対応に忙しいのを見て、そのまま奥に入ってきたのだろう。

上田は、慌てて追いかけてきた源太郎を振り返りもせずに言う。

「いやいや。今日は先日の顛末を知らせに寄ったまでのことだ。のう、きよ。そちも気になっておったであろう?」

あまりにもざっくりとした『先日』の使い方に、源太郎が少々呆れ顔で応《こた》える。

「先日って……あれからもう二月《ふたつき》近く経っておりますよ」

「まあそう言うな。あれこれ忙しくてな」

「それで、あの人形屋の押し込みの件はどうなったんです? 気にしているのは、おきよばかりではございません」

「そうか、それはすまなかった。わしもひとり捕まえれば、芋づるでなんとかなると思っていたのだ。ところが、そのひとりがなかなか手強くてなあ。どれほど責め立てても口を割らん、というよりも、一切口をきかんのだ」

聞き込みを続けていたところ、不意に押し込みのひとりについての情報が出てきた。それを元になんとか捕らえてみたものの、決め手がない。それどころか、よく調べてみると、情報の出所が怪しい。一味があえてその男についての情報を流し、捕り物方の注意がそちらに向いた隙に、残りの連中は遠方に逃げ出したのではないか、という疑いまで出てきたそうだ。

「おそらく蜥蜴《とかげ》の尻尾切りというやつだな」

「仲間内で一番口が堅いやつを置いて逃げたってことですか。なかなか肝が据わった連中ですな。それで、いったい……？」

そんな調子では取り調べはできない。どうやって、その男が人形屋に押し入ったひとりだとわかったのだろう。

源太郎はもちろん、興味津々のきよの様子を見て、上田はにやりと笑って言う。

「長治のお手柄だ」

「長治さんの⁉」

思わず飛び出した歓声に近い言葉に、上田は満足そのものの表情になった。

「お、やっと声を聞けたな。きよもあの男に負けず劣らず口が堅い。とはいえ、一旦話し始めるとなかなか達者な口ではあるがの」

上田は、いつぞやきよが言い返したことを覚えているらしい。気まずそうにしているきよを見て、源太郎が言った。

「上田様、そんなことはどうでもいいです。早く続きを！」

源太郎にせっつかれ、上田はやれやれ……と話を続けた。

「いつまで経っても口を割らぬから、苦肉の策で長治に面通しさせた」

長治は、あの夜確かに黒装束の男を見たが、顔のほとんどが覆われていたから面相はわからない、それが押し込みの一味かどうかも定かではない、と言っていた。けれど、姿形だけでも、似ているとか全然違うとか判断できるのではないか、ということで会わせてみることにしたのだそうだ。

結果、長治は、あの夜見たのは確かにこの男ぐらいの背丈だった、肉付きもこんな感じだった、と答えた。その上で、より有力な情報をもたらしたという。

「長治はな、その男の面と手の甲を見て言ったのだ。こいつが押し込みのひとりかどうかはわかりませんが、とにかくこいつは口を割りませんぜ、ってな」

「どういうことです？　長治はそいつを知ってたんですか？」

「然《しか》り。長治は子どもの時分、木挽町《こびきちょう》に住んでおったそうだ。だが、大火事で焼け出されたそうでな……」

「大火事ってえと、車町《くるまちょう》の？」

江戸ではたびたび火事が起こる。木や紙でできた家ばかりだから、一旦火がつくと手が付けられない。あっという間に燃え広がり、焼け野原となってしまうのだ。

長治の子どもの時分と言うからには、十年以上前のころだろう。

そのあたりの火事、しかも大火事と言われて思い当たるのは、丙寅《ひのえとら》の年に起きた大火だ。車町から始まり、増上寺の五重塔やら薩摩藩の上屋敷やらを焼いたあと、数寄屋橋《すきやばし》、木挽町をあらかた焼き尽くし、神田、浅草界隈《かいわい》まで燃え広がった。大勢の人が命や住まいを失う悲惨な出来事だった。

　きよは上方《かみがた》にいたから知らなかったが、江戸に来てから何度も聞かされた。それほど丙寅に起こった火事が江戸の人々にもたらした恐怖は大きかったのだろう。

　当時を思い出したのか、上田は痛ましそうな顔になって言った。

「そのとおり。命からがら逃げ出し、しばらくは家族ちりぢりになったようだが、なんとか再会。無事を喜び合ったらしい。とはいえ家がないので、しばらくお救い小屋の世話になったそうだ。長治曰く、引き合わされた男は、あのときお救い小屋で一緒だったやつに違いない、とな」

　なぜそんな決めつけができるのだろう。大人でも五年、十年のうちに面変わりすることがある。子どもであれば、背丈や身幅まで変わるから、見分けることはさらに難しくなるはずなのに、ときよは不思議に思った。

　源太郎も同じ疑問を抱いたらしく、首を傾げつつ訊ねた。

「上田様、その一味のひとりらしいって男は、いくつぐらいなんです？」

「わからん。なにせなにを訊いても答えぬのだからな。だが、まあ見たところ二十歳そこそこ。まず二十五は超えていないという感じだな」

「それなら丙寅の火事のときにはまだ子どもでしょう。長治ってやつは、もう大人だったんですか？」

「そっちも餓鬼、そのころ十歳だったというから、お縄にした男よりは年嵩だろうが」

「それでよく見分けられましたね。もしや、出任せを言ってるんじゃ……」

手柄を立てればお咎《とが》めなしにしてもらえるかもしれない。その一念から、適当なことを言ったのではないか、と源太郎は疑った。出来心とはいえ、豆腐屋の銭箱に手を付けた男の言うことだ。うかうか信じるのは危ないのでは、と言うのだ。

ところが、上田は源太郎の疑いをあっさり退《しりぞ》けた。

「それはない。なぜなら、長治がその男を容易に忘れられなかったのには、それなりのわけがあったのだ」

「わけ……ともうしますと？」

長治によると、お救い小屋で出会ったとき、その男は太助《たすけ》と呼ばれていたという。

車町の裏店《うらだな》に住んでいたが、すぐ近くで火の手が上がった。火の回りは非常に早く、昼前のことで父親は稼ぎに出ていた。やむなく母親はふたりの子どもを連れて逃げ出そうとしたものの、途中で火がついた柱が倒れかかってきて下敷きになった。

なんとか母親を助けようとするも、子どもの力ではどうにもならないことはもちろん、大人ですら火の勢いが強くて手出しできなかった。結局母親は助からず、太助も手の甲に大火傷を負った。長治が太助と会ったのは、その直後だったという。

「探し回った父親と出会えたときには、もう口がきけなくなっていた。目の前で母親が火柱の下敷きになったら、そんなことになっても不思議はない」

上田は目を閉じて、首を左右に振りながら話を続けた。

「長治は、お救い小屋で太助と一緒になった。父親同士の話から事情を知って痛ましくてならず、傷を冷やしたり、膏薬《こうやく》を塗ったりしてやったそうだ」

「ってことは、およねさんもその人を知ってるんですか？」

長治が焼け出されたのなら、よねも一緒に居たはずだ。当然、太助とも面識があるのではないか、というきよの問いに、上田は頷いた。

「ああ、長治の姉か。そういえば、何度か長治に会いに来ておったな。本人には確かめてはいないが、長治が言うには姉とふたりで面倒を見ていたらしい。むしろ、姉のほうが世話を焼いていたのかもしれぬ」

よねと長治はかなり年が離れているらしい。丙寅《ひのえとら》の年に長治が十歳だったとしたら、よねは二十歳かそれ以上だったはず。お縄になった弟を心配して何度も会いに来るぐらい思いやりが深いのだから、母親を亡くした子どもの面倒を見なかったとは思えない――そう上田が言うのを聞いて、源太郎が呟いた。

「姉さんにしてみれば弟が盗人《ぬすっと》を働いた上に、昔面倒を見た子どもまで押し込みの一味になってたなんて、聞きたくもねえでしょうな……」

「だろうな……。いずれにしても、それで男の身元が割れた。だが、口がきけないとあって調べはさっぱり進まん。困り果てていたところ、長治が太助に会わせてくれないかと言い出した」

役人たちは、顔を見られたら恨まれて後々面倒なことになりかねないと止めたのだが、それでもいいと聞かなかったそうだ。

「調べは進めたいが、別な諍《いさか》いが起こるのも困る。係の者も決めかねて、わしの判断を仰《あお》ぎにきた。わしも本当に困ったのだが、とにかく長治が譲らない。ままよ、とばかり会わせることにした」

「それでどうなったんですか？」

「まあ、落ち着け」

詰め寄る源太郎を押しとどめ、上田は話を続けた。

「長治はその男に駆け寄って、『俺だよ』と声をかけた。男は、はじめはきょとんとしていた。だが、続いて長治が『忘れちまったのかい。お救い小屋で一緒だった長治だよ』と言ったとたん、はっとして、さらに泣き出した」

きっと堪《こら》えていたのだろう。いくつもいくつも涙が零《こぼ》れ、しばらく止まらなかった。長治に抱きかかえられても泣き続け、それでも嗚咽《おえつ》すら漏れなかったところを見ると、口がきけないというのは本当に違いない、と上田は言う。

「実を言うと、少々疑っておったのだ。子どものころは口がきけなかったにしても、時が経つうちに治ったのではないか、とな。だが、もどかしそうに何度も口を開けるのに、声はひとつも出てこなかった。ただただ長治を見て、泣くばかりでな……」

かなり痛ましかった、と上田はため息を漏らした。

「じゃあ、お調べのほうは……？」

いくら長治が乗り出したところで、口がきけないことに変わりはない。どうやって調べを進めたのか、と源太郎は訊ねる。それについての上田の答えは、ひどく簡単なものだった。

「いろは歌だ」

「いろは歌って……あのいろはにほへとってやつですか？」

「然《しか》り。長治はいろは歌が書かれた紙を使って、太助から話を聞き出したのだ。あれには驚いた」

長治が訊ねる。太助はいろは歌の文字を指で辿《たど》って答える。その繰り返しで、押し込み強盗の頭《かしら》は誰か、太助がどんな役割だったのか、といった細かい事情がわかった。

どうやら太助は下っ端も下っ端、外で押し込みの最中に人が来ないか見張っていただけらしい。そのうち中から断末魔の叫びが聞こえてきて、これはまずいと逃げ出したところを、長治に見られた、というのが事の次第だった。

感心したように源太郎が言う。

「いろは歌を使うなんて、長治はずいぶん頭が回りますね」

「長治ではなく、その姉のほうだな。子ども時分に口がきけなくなった太助を見かねた姉が考えたやり方だそうだ。そのときに長治も太助も姉から字を習ったらしい。長治はそれを覚えていて、わしにいろは歌を書いてくれと頼んできた。何事かと思ったものの言われるままに書いてやったが、そんなことに使うとは……。太助はまさに、地獄で仏に会ったみたいな顔をしていたな。とまあ、それで頭の名も住まいもわかった。あとは簡単」

押し込みの頭領は、太助が働いていた宿屋の主《あるじ》だった。手下を掻き集めて探らせた結果、宿屋の主は裏の顔を持っている上に、押し込みにあった人形屋の商売敵《がたき》と懇意で、そこから押し込みを頼まれたことがわかったそうだ。

「押し込みにあった人形屋は、実直で、客にも職人にも損はさせない商《あきな》いをしておった。

当然近隣の評判は高く、商売敵は面白くない。もともと利の薄い商いをしているのだから、蓄えはそう多くなかろう。有り金を奪ってしまえば、元手に窮して商いが立ちゆかなくなり、自分の店に客が流れてくるだろう……と、考えたらしい」

　押し込みの一味に、浅草の人形屋を襲わせる。有り金を奪って商いを立ちゆかなくすることが目的だから、奪える金が多くても少なくても関係ない。一味にはあらかじめ仕事料として相当な額を渡していたらしい。

「なんとも浅はかな考えですな……そんな店に客がつくはずがない」

　料理屋と人形屋はまったく異なる商いだが、客を相手にするという意味では同じだ。客や職人のことを第一に考えられる店が繁盛するのは当たり前、それに倣《なら》うことなく、資金を詰まらせて潰そうなんてもっての外《ほか》だ、と源太郎は憤《いきどお》った。

「さもありなん。ともかく、太助の身元が割れるまでは大変だったが、あとはとんとん拍子、一味全部とそそのかした人形屋までお縄にできた。長治のおかげだ」

「あのそれで……長治さんへのお咎《とが》めは……？」

　きよは恐る恐る訊ねる。上田は、右手で首の後ろを掻きながら答えた。

「豆板銀二枚は結局使えず、そのまま豆腐屋に返した。手柄も立てた。お咎めなし、ってことでいいだろう」

「太助さんのほうは？」

目の前で母親が火柱の下敷きになった衝撃で言葉を失った。その後の人生を思うと気の毒でならない。弟がお咎《とが》めなしになったのはいいが、代わりに昔面倒を見た子どもが仕置きを受けるとなったら、それはそれでよねは辛《つら》いのではないか。

そんな心配をするきよに、上田は気の毒そうに言った。

「きよはやさしい娘だな。だが、さすがに人の命を奪うような押し込みの一味とあってはお咎めなしとはいかない。他にもいくつか悪さをしているようでもある。蜥蜴《とかげ》の尻尾切りに使われるぐらいだから、いずれも大役は務めていないと思うが……」

これぱかりは今後の調べ次第だが、憐《あわ》れな身の上でもあるから酌量《しゃくりょう》の余地はある、と上田は言ってくれた。

「よろしくお願いします」

「わかった。では、わしはこれで」

「え、本当にこのままお帰りになるんで？」

「まだ務めが残っておる。この近くに所用があったついでに寄ったまでだ」

そう言うと上田はさっさと歩き始めた。源太郎が慌ててあとを追い、せめて一杯……と言葉をかけていたが、どうやらそのまま出ていってしまったらしい。

「参ったな……それほどお忙しいのか」

「他の悪さも、っておっしゃってましたから、そちらを調べていらっしゃるのかもしれません」

「だろうな……。まあ、いろいろ片付くのはいいことだ。また今度寄っていただいたときに、あれこれ召し上がっていただくことにしよう。そのときは、またおきよの料理を試してもらおう」

源太郎はうんうんとひとりで頷いているが、きよは、それはいかがなものかと思う。来るたび来るたび、修業中の料理人の腕試しに使われては上田もたまったものではない。なぜかきよの料理を気に入ってくれている母親はともかく、上田はまっとうな料理人が作ったものを食べたいに違いなかった。

「板長さんたちが作った料理をお出ししてください。私の料理じゃ、お礼にはなりません」

「なに、お礼になるように腕を上げればいいだけのことだ。そもそも上田様は、あれでおまえの料理を相当気に入っている」

「それは母上様の話です」

「いやいや、ご本人もだよ。そんなことは、食ってる様子を見ればわかる。弥一郎の料理はもちろん、おきよの料理を食ってるときだって、ちゃんと満足していらっしゃる」

その証拠に、と源太郎はきよが知らない話をしてくれた。

「おきよに料理修業をさせるというのは、俺と弥一郎で決めたことだ。だが、本格的に鍛えようと決めたのは上田様の言葉がきっかけだったんだ」

「上田様の？　いつのことですか？」

「お仲間のお侍を連れてきたときのことだ」

「木の芽田楽《でんがく》と菜飯をお出ししたとき……」

「そうそう。あのとき上田様は、相当感心していらっしゃった」

江戸の料理屋では地物の味噌を使った田楽が多いとはいえ、上田家の料理方は上方《かみがた》で料理修業をしたこともあるので、時折木の芽田楽が出される。鮮やかな碧《あお》は目にもご馳走だということで、春が来ると必ず一度や二度は膳に載る。ただその味付けはかなり薄口で、これが上方の味だとわかっていても、上田は少々苦手だったらしい。

実は、知人が気鬱《きうつ》のようだと気付いたとき、上田はその男を家に呼んで、上田家の奉公人に作らせた料理を食べさせたらしい。言うまでもなく、上方風の味付けでと念を押してである。だが、知人はありがたい、ありがたい、と喜んで食べはしたものの、心底旨いと思っているようには見えなかったという。

「どんなお料理を出されたのでしょう？」

きよの問いに、やっぱり気になるよな、と頷きつつ、源太郎は答えた。

「俺も気になって訊ねてみた。そしたら浅蜊《あさり》のぬたと湯豆腐だって言ってた」

「ぬたと湯豆腐なら、木の芽田楽と似たり寄ったりですね」

ぬたは味噌を酒や味醂《みりん》で緩めて浅蜊を和《あ》えて作るし、田楽も湯豆腐も豆腐料理であることに違いはない。となると、木の芽田楽を見た上田たちは、もしかしたらがっかりしたのかも、ときよは思った。

「あのときは少々肝が冷えた」

そう言って源太郎は苦笑いを浮かべる。料理を出したときの上田の様子を見て、これはしくじった……と思ったそうだ。

「上田様は、眉間に皺を寄せておられた。もうひとりのお侍も、皿の上をまじまじと見るばかりですぐには手を伸ばさなかったし。だがな、そこからが大逆転。いざ食べてみたら、ふたりとも大満足。お仲間に至ってはおかわりまで欲しがったんだからな」

あの日きよが作った木の芽味噌は、甘みと塩気の兼ね合いが程よかった。上方から来た仲間の男も、江戸の味に慣れた自分も、どちらもが満足できる味だった、と上田は手放しで褒めたそうだ。

「旨いものを食わせて気鬱を晴らしてやりたいと思って連れてきたのだから、自分の口に合わなくても仕方がない。その男さえ気に入ってくれれば、と思っていたそうだよ。ところが、食ってみたら旨い。そこで、木の芽田楽《でんがく》を出した理由をお訊ねになった上田様は、おきよの案と聞いておっしゃったんだよ。下働きにしておくのは惜《お》しい、きよにも料理をさせよってな」

上方《かみがた》と江戸の豆腐の硬さの違いを考えて田楽にした。しかも、江戸ではなかなか食べられない木の芽味噌を添えて……。上田の母が喉の痛みに悩んでいたときも、わざわざ煮汁を持たせてくれた。持ちやすいように燗徳利《かんどくり》に移して……

その気配りと知恵が、料理人の才を示している、と上田は語ったそうだ。

「正直に言えば、俺は困っちまった。料理人となると店に出ることになる。おきよは預かりものだし、上方のご両親がなんと言うだろう、ってな。そしたら上田様は、なにも料理は店でしか作れぬというわけではないはずだ。女の料理人など聞いたこともないが、何事にも初めというものはある。ものはついでだ。『千川』で初めての、店に出ない料理人にしてしまえばいい。それなら親御に心配をかけることもないはずだ、ってな」

「上田様がそんなことを……」

「いちいちもっともで返す言葉がなかったよ。上田様たちがお帰りになったあと、弥一郎に話をしてみたが、あいつもそれがいいって言った。欣治たちには内緒だが、きよにはあいつらよりずっと才があるってさ。あとで伊蔵にも考えを聞いてみたが、それがいい、俺もできるだけ面倒見るって言ってくれた。そんなわけで、おきよの料理修業が始まった。全部、上田様の考えあってのことだ」

それぐらい、上田様はあの日のきよの料理を気に入ってくれた。おふくろ様は言わずもがな。修業は始まったばかりなのに、少なくともひとり、いやふたりはおまえの料理の贔屓《ひいき》がいる。少しは自信を持っていいぞ、と源太郎はにっこり笑った。

その日、仕事を終えたきよと清五郎は並んで帰途に就いた。

やれやれ……といったふうに清五郎が言う。

「およねさんたちは胸を撫で下ろしただろう。太助ってやつのことは気になるけど、元の暮らしに戻れるのはありがてえ」

姉弟の道行きも、最初は子どものころに戻ったようで楽しかった。けれど、なんだか手綱《たづな》を握られているような気もしていた。これ以上続くと息苦しくなりそうだった、と弟は心情を暴露した。

「仕事して湯屋に寄って、帰ったら旨い飯が出てきて、腹一杯になったら寝る。そういう暮らしが俺には向いてるみたいだ」

「呆れた。それを言うなら、私だって同じよ。湯屋で垢を落としてる間に誰かがご飯仕度をしてくれるなら、それに越したことはないわよ」

「そりゃそうだ……って、俺たちの仕事って、実はそういうことなのかもな」

清五郎は、珍しく考え込みながら言う。

「『千川』に来れば、仕度しなくても飯が食える。しかも、滅法《めっぽう》旨い飯が。考えようによっては、相当な人助けだぜ」

「確かに……あんたも、たまにはいいこと言うわね」

「たまには、はよけいだよ」

押し込み事件がもたらした意外な結論に、姉弟はからからと笑う。

見上げた空では、月に雲がかかっている。明日は雨になるのかもしれない。長く続かなければいいけど、と言い合いながら、ふたりは孫兵衛長屋を目指した。

七夕のご馳走

天高く立ち上っていた雲が薄い縞《しま》に変わり始めるころ、町では『竹やー竹』という声が頻繁に聞かれるようになる。

夏の間強い日差しに照らされて弱った物干し竿を皆して買い換える、というわけではない。年に五度ある節句のひとつ、七夕に使う笹竹を売り歩く声である。

文月《ふづき》六日になると、子どもがいる家庭を中心に庭や物干しに笹竹をくりつけ、様々な飾りや五色の短冊《たんざく》に願いを記して吊り下げる。

風が強い日など、たくさんの竹が一斉になびいて壮観だ。一方で、あれだけあった竹が七日の夜にはきれいさっぱり片付けられてしまうというのは、一抹の寂しさを覚えないではないが、潔《いさぎよ》くてよいとも思える。

本来、縫い物や子どもの手習いが上達するよう願いを込めるものらしいが、きよに子どもがいるわけはないし、幼いころから母や姉にしっかり仕込まれたので縫い物もそれなりにはできる。仕立屋になりたいと思わない以上、上達を願って短冊を書く必要はないのだ。

それでも七夕など関わりない、というのはあまりにも無粋《ぶすい》、ということで、笹竹売りから一本求め、清五郎に物干しにくくりつけてもらったところである。

「ほいよ。姉ちゃん、こんなもんでどうだい？」

「ありがと。これで十分よ。じゃ、いろいろ飾りましょう」

「飾り物も買ったのかい？」

「当たり前じゃない。あ、あんたは短冊を書きなさい」

「え……俺が？」

子どもでも女でもないのに、と清五郎は不満そうにしている。だが、清五郎は親元にいたとき、番頭を目指して修業していた。帳面つけや算盤《そろばん》は番頭の仕事になくてはならないものだし、いつかは上方《かみがた》に戻れる日が来るかもしれない。

読み書き算盤に長《た》けていれば、また番頭を目指すこともできるし、このまま江戸にいるにしても、腕が上がるに越したことはない。今は客に料理や酒を運ぶだけの仕事とはいえ、精進《しょうじん》している姿を見れば、源太郎だって他の仕事をさせてくれるかもしれないのだ。

「あんたは江戸に来て一から出直し。生まれ直したようなものなんだから、手習いもやり直したっていいんじゃない？」

「まあねえ……いっそおよねさんに弟子入りするか。でもなあ……真面目にやらないと尺竹《しゃくだけ》でお尻をぶたれちまうだろうなあ」

「かもね」

からからと笑いながら、姉弟で笹竹に飾り物を付けていく。

吹き流し、網飾り、紙衣《かみこ》、算盤《そろばん》に西瓜《すいか》……いかにも子どもが喜びそうな色や形だが、大人の目にも十分楽しい。普段は地味な色合いの長屋が、七夕飾りのおかげで一気に華やかな風情、同時に秋の訪れがひしひしと感じられた。

飾り物を付け終えたあと、姉弟は家に入って短冊《たんざく》を書く。

読み書き算盤の腕が上がりますように、と書いた弟の字は、大人にしては……と首を傾げたくなるほど拙《つたな》くて、やっぱり願いを掛けることにしてよかった、と苦笑する。

清五郎は清五郎で、きよが書いた、料理が上達しますように、という短冊を見て、畑違いじゃねえの？　などと憎たらしいことを言う。

なんのかんのと姉弟で賑やかに短冊を書き上げ、無事笹竹にくくりつけたところに、大家の孫兵衛がやってきた。

「お、いいのができたじゃねえか。七夕が来ると、あたりがぱあっと賑やかになっていいな。明日の大仕事にも力が入るってもんだ」

明日の大仕事、という言葉を聞いて、清五郎がわずかに眉根を寄せた。

この長屋には十の部屋がある。母ひとり子ひとりのよね、あるいは姉弟で暮らすきよたちを除いてほとんどが所帯持ちで、それなりに男もいるのだが四十近いものが多い。七夕の大仕事は長屋総出で行うとはいえ、やはり清五郎のような若い男は、いの一番で駆り出されることになってしまうのだ。

「清さん、今年も頼んだよ」

そう言うと、孫兵衛は上機嫌で去っていく。おそらくこのあと、長屋中を回り、明日はよろしく、などと声をかけるのだろう。

「あーあ……外で暮らすって大変だなあ……」

親元を出て一年半、清五郎がこんなことを言ったのはたったの二度、いずれも七夕のときだった。それほど清五郎はこの七夕の大仕事が嫌いなのだろう。

親元にいれば、奉公人たちがやってくれたことを、長屋で暮らしているがために自分でやらなければならない。それどころか、働き手の筆頭《ひっとう》にされてしまう。ぬくぬくと甘やかされて育った身には辛《つら》いに違いない。

とはいえ、それこそが大人になるということ、ここは了見《りょうけん》してもらうしかなかった。

「井戸なんて浚《さら》わなくても死にゃしねえだろ」

清五郎は孫兵衛が遠ざかったのを確かめ、それでも小声で文句を言う。すぐに生き死にに関わるわけではないが、そういう問題ではない、ときよは弟を窘《たしな》めた。

「毎年毎年、まあいいか、で済ませてたら、そのうち井戸が腐《くさ》ってしまうわ」

「井戸水なんて洗い物にしか使ってねえんだから、かまやしねえだろ。そもそも塩っ気のあるものは腐りにくいっていうじゃねえか。しょっぱい井戸水だって腐りゃしねえよ」

上方《かみがた》を出る前、江戸は上水が整っているから水の心配はないと聞いていた。だが、江戸自慢の上水も、ふたりが住むことになった深川までは届いていない。なんでも、隅田川を越えることができないらしい。その上、井戸を掘っても海が近すぎて塩まじりの水しか出ず、飲み水は水売りに頼らざるを得ないのだ。

そんなこんなで、日頃から清五郎は、こんな役立たずの井戸、と文句ばかりなのである。だが、そんな井戸でもあるとないとでは大違いだった。

「そんなわけないでしょ！　洗濯に使う水まで買わなきゃならなくなったら、どれだけお金があっても足りないわよ。それに、私たちはこの長屋で一番の新入り。住み始めたときからみんなによくしてもらってるじゃない。恩返しだと思って頑張ってちょうだい」

「わかってるけどさ……」

そう言いつつも、清五郎の不満顔は消えない。やむなくきよは、奥の手を出すことにした。

「せいぜい気張って、ちゃんとお役目を終えたら素麺《そうめん》をたくさん茹でてあげる」

「素麺！　そうか、七夕だもんな！」

清五郎の顔が一気に晴れやかになった。清五郎は子どものころから素麺が大好物で、播州《ばんしゅう》から取り寄せた素麺をもりもりと平らげていた。夏の冷やした素麺も、冬の熱い汁に浸した素麺も、兄や姉に負けない勢いで食べ続け、仕舞いには腹痛を起こして医者を呼んだことまである。

食べ過ぎで痛い目にあったら、次からは量を控えたりするものなのに、清五郎は一切懲りず、同じことを何度も繰り返した。とどのつまり、他の家族は山盛りにした笊《ざる》から食べていたのに、清五郎だけは鉢に別盛り。おまえはこれだけと決められてしまった。

本人は大いに不服で、なんとか量を増やしてもらおうと画策したけれど、腹痛で辛《つら》い目にあうのは気の毒だからと誰も取り合ってくれず、素麺を食べるたびに物足りなそうにしていたのだ。

昨年の井戸浚いのあとも、七夕の倣《なら》いとして素麺を茹でたけれど、十分な量ではなかったらしく、きよの分をあらかたやったのに、物足りなさそうな顔をしていた。井戸浚いでは文句たらたらとはいえしっかり仕事をしていたし、今年もそうなることはわかっている。そのため、きよは前の年の三倍ほどの素麺《そうめん》を買い込んだのである。

「つけ汁も醤油と味噌の両方、薬味もいろいろ。なんなら温かいかけ汁も用意してあげる。だから、気張ってね」

「わかった！　他ならぬ姉ちゃんの頼みだ。頑張るよ！」

なにが他ならぬ姉ちゃんの頼みよ、ときよは苦笑する。

とはいえ、目当てが素麺であろうとなんであろうと、井戸浚《さら》いさえ無事に終わらせてくれればいい。それに、これだけたくさんあれば、少しはきよの口にも入るだろう。清五郎ほどではないが、きよだって素麺は好きだ。お供えしたあと食べる素麺は、七夕の楽しみのひとつなのに、昨年はほとんど食べられなかった。大量の素麺を買い込んだのは、半分は自分のためだが、この際それは黙っておこう、などとこっそり笑うきよだった。

「あー草臥《くたび》れた。肩がいかれちまいそうだ。まったく井戸浚いってのは大変だ」

戻ってきた清五郎が、両肩を交互にぐるぐる回しながら言う。

さも大働きをしたような口ぶりだが、清五郎がやったのは井戸の水を汲み出すために、釣瓶を引き続けただけで、実際に井戸に入って掃除をしたわけではない。それでも井戸浚い職人が足で立てる水嵩になるまで汲み続けるのは大変な作業だ。

交替で釣瓶を引くにあたって、三回に一回は登場した清五郎が大きな口をきくのは当然なのかもしれない。

「お疲れ様。大丈夫？　手ぬぐいでも濡らそうか？」

冷やせば張りが引くのも早いかも、と言ってみたが、そこまでのことではないと清五郎は断った。

「これぐらいは一晩寝たら治るよ」

「一晩寝たらって、その前に仕事に行かなきゃならないでしょ」

七夕は年に五度ある節句のひとつだ。武士や職人の中には日頃の勤めを休みにするものもいるが、商人の休みは毎月何日、と決めていることが多く、『千川』も一日、十日、二十日が休みとなっている。当然、七日の今日は休みではなく、通いの奉公人は、それぞれの井戸浚いが終わり次第勤めに出るように言われていた。

とはいえ、井戸浚い職人の数だって限られている。あらかじめ水を汲み上げたところで、井戸浚い職人がなかなか来なければまた水は湧いてくる。そのため、一旦店に出てきてから、職人が来るのに合わせて井戸浚いに戻る奉公人もいて、七夕の『千川』は出たり入ったりが忙しい一日となる。

今年の孫兵衛長屋は、朝一番で井戸浚《さら》い職人が来てくれることになっていたため、店と長屋を行ったり来たりせずに済んだのは幸いだった。

「まあ、『千川』での俺の勤めは料理を運ぶこと。そこまで重いものじゃないから平気だよ。むしろ、鍋や釜を扱う姉ちゃんのほうが大変だろ」

「私は水汲みはやってないから大丈夫。それに、私は大鍋を使うほどの量は作らせてもらえないし」

修業は始めたものの、まとめて作るのは座禅豆《ざぜんまめ》ぐらい。あとはいつもより売れ行きがよくて少し足りなくなりそうだ、というときぐらいしかきよの出番はない。しかも、作り足した分まで売ることはほとんどなく、奉公人たちの食事に回されることも多い。

おそらく弥一郎は、万が一しくじったとしても少量、しかも食べるのが身内なら大きな問題にはならないとでも考えているのだろう。もっともな判断だと、きよは納得している。

ところが、清五郎は唇を尖らせた。

「しくじりに備えてってのは腹が立つな。姉ちゃんの料理が不味《まず》いわけないのに」

奉公人の食事に回ったときでも、みんなして旨い旨いと食べている。一度たりとも不味いなんて言葉を聞いたことはない、と清五郎は憤《いきどお》る。

自分のためにここまで怒ってくれるのは嬉しいけれど、弟は事の本質を捉え切れていない。そこできよは、自分なりに考えた弥一郎の懸念を話してみることにした。

「旨い不味いじゃない。問題は、『千川』の料理として出せるかどうかなのよ」

その料理が旨いか不味いかは、人のとらえ方次第だ。

十人が十人とも旨いと言う料理もなければ、口を揃えて不味いと言う料理もないのかもしれない。けれど店で出している以上、それが『千川』の味になっているかどうか、というのは大いに問題だった。

「私が作るものだって、不味くて食べられないほどじゃないはずよ。でも、旦那さんや板長さんが苦労して作ってきた『千川』の味が出せているかっていうと、まだまだだと私は思ってるの」

どうやったら弥一郎と同じ味付けになるか——きよは毎日それればかり考えている。

料理人に限らず、職人の技は見て盗め、とはよく言われることだ。忙しい弥一郎が、いちいち手ほどきしてくれるはずがない。だからこそきよは、毎日手が空くや否や、店に繋がる通路の端まで駆けていって、弥一郎の手元を覗き見る。醤油や味噌をどれほど入れるか、どれぐらい火にかけるかに目を凝らすのだ。

ところが、そんなきよの修業ぶりを聞いた清五郎は、怪訝《けげん》そのものの顔をした。

「醤油や味醂《みりん》の量ねえ……。そんなもの見なくても、姉ちゃんは一回食ったものなら、わりとそのまんまの味に作れるだろ？」

「そう……かしら……」

弟の指摘は、きよにとってかなり意外なものだった。だが清五郎には、きよが気がついていなかったことのほうが驚きだったらしい。

「姉ちゃんは、家にいたころから勝手仕事をしてただろ？　たまに親父《おやじ》が外から持ち帰った料理を食っては、自分でも作ってみてた。俺たちにも食わせてくれたけど、あれってかなりの出来だったらしいよ」

清五郎が『らしい』というのにはわけがある。実際に、食べ比べをしていないからだ。

『菱屋』は逢坂ではかなりの大店《おおだな》で、主《あるじ》の父は同業者の寄り合いを開くことが多かった。寄り合いが開かれるのは、大きな料理屋がほとんどだったのは、父自身が食い道楽だったせいだろう。それに同じ話し合いでも、ただ難しい顔を寄せ合うだけよりも、旨いものを呑んだり食ったりしながらのほうがまとまりやすい、と考えていたに違いない。

実家にいた当時、寄り合いがあると、父は決まって折り詰めを持って帰ってきた。その土産《みやげ》をまず勧められるのは、きよだった。

母や兄、姉たちだってお土産のご馳走を食べたかったに違いない。それなのに、いつもいつもきよに譲ってくれた。おそらく、外の料理屋などに行く機会がまったくないきよを思いやってのことだろう。

最初はなにも考えずに食べていたが、そのうち家族の思いやりに気付いた。みんなが自分のために我慢してくれているとわかったので、みんなで分けようと言ってみたが、家族は首を縦に振らない。折り詰めは大きくない。ひとつひとつの料理だってほんのぽっちりなんだからおまえが食べろ、と聞かないのだ。

自分が遠慮したところで、家族も箸を伸ばさない。これは困った、となったとき、母が言った。まずおまえが食べてみて、その味に似せた料理を作ってくれればいい、それならみんなで食べられるから、と……

しばらく前から興味を覚え、母や姉から料理を習っていたきよは、母の言葉に奮い立ち、なんとか似せようと頑張った。同じにはできないとわかっていても、それより他に術《すべ》がなかったのだ。

そのきよの真似料理を、清五郎は『かなりの出来だったらしい』と言う。実際に食べ比べたわけでもないのに、ときよが言い返すと、清五郎は大仰に首を左右に振った。

「いやいや、俺やおっかさん、兄さん、姉さんたちはそうだけど、おとっつぁんは店で食べてる。そのおとっつぁんが感心してたんだから、間違いねえよ」

「おとっつぁん……って、私の料理を食べてくれてたの？」

「食ってたに決まってるじゃないか。娘が丹精込めて作ったものを食わねえ親はいないだろう」

清五郎は、なんでそんなことを訊く？　と言わんばかりの様子だ。

この弟は、きよと父の間にあった微妙なわだかまりを知らなかったのか、と拍子抜けしそうになったが、清五郎は淡々と続けた。

「姉ちゃんは料理ができると、まず俺や兄さん、姉さんに食わせてくれる。もちろんおっかさんにも必ず」

「そうね。毎回、せい姉さん、清太郎兄さん、清三郎兄さんにあんた、そしておっかさんの五つに分けてたわ」

「だよね。で、おっかさんはいつだって自分の皿からおとっつぁんの分を取り分ける。なに、大した量じゃない。それこそほんの味見程度。それでも必ずおとっつぁんの口に入るようにしてたんだ」

上方《かみがた》にいたとき、父は、朝ご飯は家族と取っていたが、昼と夜については奉公人と一緒のことが多かった。その食卓に、母はきよの料理を届けていたらしい。

「奉公人に小皿を持たせては、『旦那様に、これは娘が作りましたって伝えて』って言ってた」

　奉公人の中で、きよの存在を知っていたのは一握り。店にいる奉公人のほとんどは、清三郎に同い年の妹がいることを知らなかった。当然母も『きよが』とは言えず、『娘が』としたのだろう。

　それでも清五郎は、せい姉ちゃんの料理をおとっつぁんの膳に載せることなどなかったんだから、『娘が作った』といえばきよの料理だとわかっていたはずだ、と断言する。

　となると、気になるのは父の反応だった。

「それで……おとっつぁんは……？」

「いっつも、奥まで皿を戻しに来てたよ。膳に載せておけば誰かが片付けるのに、わざわざ小さな皿や鉢をひとつだけ持ってさ。で、おっかさんに言ってた」

「なんて？」

「店で食ったのとほとんど同じだ、きよは料理上手だって。たまに、今日はしくじったみたいだな、って言ったときもあったけど、しくじったわけもわかってたみたいだよ」

「わけって？」

「たぶんもともとの料理に、家にないもの、姉ちゃんが知らないものが入ってたときなんじゃないかな」

食べたことがないものの味はわからない。どれだけ似せようとしても限りがあるということだろう、と清五郎は憶測を語る。そしてさらに、その後の父の行動についても教えてくれた。

「姉ちゃんの料理が今ひとつだったとき、おとっつぁんはその折り詰めを作った店まで秘訣を訊きに行ってたみたいだよ。しかも、わざわざ自分で」

「おとっつぁん、そんなことまでしてくれてたんだ。どうりで……」

どう頑張っても、お土産《みやげ》の折り詰めの味にならない。そんなときは自分でもわかるのに、母や兄弟は旨い、旨いと褒めてくれる。本当はもっと美味しかったのに……と肩を落とした翌日、あるいは翌々日、少なくとも七日のうちには、台所に見慣れぬ野菜や小さな樽が置かれていた。

料理を受け持っていた奉公人に訊ねると、これは江戸のあたりでしか出回らない葱《ねぎ》なんですよ、とか、魚を使って作った醤《ひしお》ですよ、などと教えてくれる。

葱は瑞々《みずみず》しくて甘みがたっぷりありそう。醤を一舐めしてみると、数日前に食べた料理がぱーっと目の前に浮かぶ。これだったんだ……と作り直してみると、まさにあの折り詰めの味……ということが、何度もあったのだ。

「おとっつぁんは難しい顔ばっかりだったけど、いつも俺たちの行く末のことを気にしてくれてたし、姉ちゃんのことはことさらかわいがってたんじゃないかな」

「え、私？　あんたじゃなくて？」

「俺は末っ子だから特別だよ。でも他の兄弟の中では、かなり姉ちゃんが上だったと思うよ」

　そこでさらりと、末っ子だから特別と言い切れるのは、いかにも清五郎だが、間違ってはいない。とはいえ、父がきよをことさらかわいがっていた、と言われれば、首を傾げざるを得ない。

　両親の間にはきよを含めて五人の子があるが、まず大事なのは跡取りの清太郎、続いて最初に生まれた女子《おなご》であるせい、別格で末っ子の清五郎だと感じていた。清三郎は畜生腹の片割れで、手放しにかわいがられているかと言われれば疑問だったが、それでも自分よりは大事にされていると思っていた。

　江戸に来てから、父はきよを蔑《ないがし》ろにしていたわけではない、子のひとりとしての情けはちゃんとあったとわかったものの、それでも兄弟たちのほうが上だと感じていたのである。

　けれど、今の清五郎の話が本当であれば、父はきよのこともそれなりに、いや相当考えてくれていた。旨くできなかったと思い、肩を落としているに違いない娘のために、わざわざ出向いて料理の秘訣を訊ねるほどに……

父のことだから、料理屋がそう簡単に秘訣を漏らすわけがないことぐらいわかっていただろう。それでも、忙しい勤めの合間を縫って出向いてくれた。自分はかなりの上得意だ。奉公人をやるのではなく自分が出向けばもしや……と期待したに違いない。

そこには、なんとか娘を力づけたい、ようやく見つけた楽しみをより大きなものにしてやりたい、という父の思いが表れているような気がした。

きよが思いにふける中、清五郎はどんどん話し続ける。

「ま、おとっつぁんのことはさておき、料理ってちょっとの塩、ちょっとの醤油で全然変わっちまうじゃないか。そもそも上方《かみがた》にいたときだって、その料理がなにで味を付けられているのか、俺にはわからなかった。味噌なんだか、醤油なんだかさっぱりさ。それなのに、姉ちゃんはちゃんと探り当てて、それぞれの割合だって見抜いちまう。けっこうなもんだと思うよ」

『千川』に奉公するようになってからは、少しはわかるようになったけれど、それでもきよの足下にも及ばない。同じ親から生まれたのに、自分ときよの舌は作りが違いすぎる、と清五郎は不満そうにする。そして、やっぱり姉ちゃんは別格だ、と言うのだ。

こんなにあからさまに褒められると、お尻がむずむずする。きよは、なにか目当てでもあるのではないか、とつい疑いそうになってしまった。

だが、特に他意はなかったらしく、なにをねだるでもなく清五郎は出かける仕度をし始めた。そして、洗ってあった前掛けを懐《ふところ》に入れながら呟く。

「苦労して作り上げた味って言ったってさ、ずっと同じ料理を出し続けてたら客だって飽きる。姉ちゃんが新しい味を入れたっていいと思うんだよなあ……」

もともと品書きになかった柔らかい座禅豆《ざぜんまめ》は言うに及ばず、木の芽田楽《でんがく》や菜飯だって、きよが作ったものはもともとの『千川』の味ではない。それを喜ぶ客がいるのだから、馬鹿正直に『千川』の味を辿《たど》る必要などないのではないか、と清五郎は言うのだ。

「旦那さんたちは、新しい味を入れたくて姉ちゃんを料理人に仕立てようとしてる。俺にはそうとしか思えないんだけどな」

「たとえそうだったとしても、やっぱりもともとの味がちゃんと出せてからのことよ。読み書き算盤《そろばん》だって基本が大事でしょ？　なんでも同じよ」

きよは、上方にいたころからずっと料理をしているが、自分勝手にやっていただけで、誰かから手ほどきを受けたわけではない。いや、もちろん母や姉、奉公人たちに教えてはもらったけれど、きちんと修業した料理人に習ったわけではないのだ。

だから、包丁の扱いに始まり、鍋釜、器、野菜や魚の下拵《したごしら》えに至るまで、真っ当な料理人ならこうする、というのが身についていない。今は、立ち居振る舞いまで含めて、料理人のなんたるかを覚える時期なのだ。

店で任せてもらえた料理は、できるだけ家でも作ってみる。『千川』ほど上等な材料は使えなくても、手順は変わらない。いちいち頭で考えなくても手を動かせるようになるまで、何度も繰り返した。

気の毒なのは、同じ料理ばかり食べさせられる清五郎だが、別段文句は言われなかった。弟も応援してくれていると信じ、きよは家でも修業を続けていた。

「あれもこれも覚えなきゃならないことばっかり。ただ美味しければいいってものじゃないのよ」

「そういうもんかねえ……俺は料理なんて旨ければいいと思うけど」

「そりゃあ美味しいに越したことはないわよ。でもね、その美味しいが偶然じゃ困るのよ。商《あきな》いなんだから、たまたま旨くできました、でも同じ味は二度と出せません、じゃお話にならない。少なくとも私は、なんでその味になったか説明できるようになりたい。それが本当の料理人だと思うのよ」

塩や醤油、味醂《みりん》に味噌といったものをいつどの順番で投じるか。ぐらぐら煮立っている鍋に入れては、味噌の風味は飛んでしまう。味醂より先に醤油や塩を入れてしまうと、甘みが染みなくなる。出汁《だし》の取り方ひとつにしても、昆布と鰹節《かつお》では大きく異なる。

そういった細かい知識をしっかり身につけてこそ、何度でも同じ味に作ることができるのだ。

もちろん弥一郎にしても、今日の客は濃い目が好きだから味を足す、ということもある。だが、そうではない客に出す料理はいつも同じ味を保っている。きよが、さすがは板長さん、と思う所以《ゆえん》だった。

「板長さんの仕事はすごいわ。見てるだけで勉強になるの」

幸い、通路の端っこから覗けるしね、と笑うきよに、清五郎は呆れたように言った。

「……やっぱり真面目だなあ、姉ちゃんは。でもまあ、板長さんはそれもわかってるってことだな」

「私が真面目ってこと？」

「じゃなくて、姉ちゃんがこっそり覗いてること」

「そりゃわかってるでしょうけど……」

「気付いてて、その上で見せるべきことを見せてる、って俺は思うよ」

そして清五郎は、きょとんとしているきよに理由を説明した。

「たとえば、魚ひとつ取っても、ある日姉ちゃんが鯖《さば》を捌《さば》くのを覗いてたとする。その翌日は烏賊《いか》、その翌日は鰯《いわし》……って毎日変わってる」

「たまたまでしょ。毎日鯖ばっかり下ろしてるわけにいかないんだから、烏賊だったり鰯だったりするのは当たり前よ」

「そりゃあ『千川』はいろいろな魚料理を出すよ。でも、下拵《したごしら》えまで板長さんがする必要あるかい？　伊蔵さんや欣治さんに任せてもいいだろ。現にこれまでは、もっぱらあのふたりだった」

「言われてみればそうね……」

「これまで下拵えとはいっても、姉ちゃんが扱ってたのは野菜ばっかりだった。そりゃそうだよ。上方《かみがた》の家にいるときだって、魚なんて下ろしてなかったもんな。板長さんは、姉ちゃんが魚を捌けないことがわかってるからこそ、自分で捌いて見せた。姉ちゃんが覗いてることを知ってて、毎日違う魚を、しかも、姉ちゃんの手が空いてる時分を見繕《みつくろ》って始めるんだ」

自分は店にいるから、板場の動きがよくわかる。弥一郎が魚を捌き始めたな、と思うとたいてい通路と店の間にかけられた暖簾《のれん》の下から、きよの着物が覗いている。あれはきっと、きよに見せるためにやっているのだ、と清五郎は断言した。

「……そうだったんだ……」

「そうだったんだよ。それに、姉ちゃんは今までより仕事に減り張りが出てない？」

「減り張り？」

「ばーっと仕事を言いつけられて、それが終わったらしばらく手が空く、みたいな」

「そういえば……」

下拵えばかりやっていたときは、さほど仕事の偏りはなかった。洗ったり、切ったりする野菜の量の多少はあったけれど、やることは毎日似たり寄ったり。手が空いていると別の仕事を言いつけられ、店を覗きに行く暇などなかったのだ。

ところが、料理人修業を始めたあとは、昼までに必要な仕事は朝のうちに申しつけられ、それさえ終わればあとはなにもない。昼が過ぎたらまたまとめて仕事が来て、終わらせればしばらく手が空く。だからこそきよは、言われた仕事をできる限り早く終わらせて、弥一郎の仕事ぶりを見に行くようにしていたのだ。

清五郎は、きよの話に大きく頷いて言った。

「だろ？　それって、板長さんがわざとやってるんだと思わない？　姉ちゃんに『覗く』暇ができるように」

「かもしれない……」

「絶対だよ。姉ちゃんの手が空いた頃合いで、板長さんが前に見たことのある作業をしてたことがあった？」

「ない……わね」

昼前に手が空いて見に行くと、昨日とは違う魚を捌《さば》いている。日の暮れごろに覗くと、煮物を作っている。野菜の飾り切りをしているときもあれば、和《あ》え物を作っていることもあるが、とにかく弥一郎は見るたびに違う仕事をしていた。

「板長さんは口数が少ねえから、教えるのは苦手なのかもしれない。それでも、姉ちゃんがいろいろ覚えられるように段取りを考えるなんてすげえよ」

やっぱり板長さんは大したもんだ、と清五郎はやけに嬉しそうにしている。

そんな清五郎をきよは不思議な思いで見つめる。

なんといっても、清五郎は弥一郎に叱られることが多かった。

上方《かみがた》にいたころの清五郎は、友だちが来れば一緒に遊びに行ってしまうような気ままな勤めぶりで、行儀作法もしっかり身についていたとは言えない。そんな清五郎を躾《しつ》けてくれたのが、源太郎親子だ。源太郎が飴を舐めさせ、弥一郎が鞭を入れる。そうすることで、なんとか清五郎は客の前に出られるようになったのだ。

だからこそきよは、弟が弥一郎を褒めそやしたのが意外だった。

「あんた、いつからそんなに板長さん寄りになったの?」

「うーん……やっぱり、姉ちゃんの座禅豆《ざぜんまめ》を品書きに入れてくれたときからかな」

初めは『柔らかい座禅豆』だったものを、『おきよの座禅豆』にしたのは源太郎が言い出したからだが、弥一郎も異議を唱えなかった。下働きに過ぎないきよが作ったものであっても、客に出して恥ずかしくないと思えば、ちゃんと品書きに載せる。しかも、明らかに自分が作ったものではないとわかる『おきよの』という名を添えて……

料理人の矜持《きょうじ》がどうの、とか、板長と下働きの差がどうの、とか一切言わず、『おきよ』と『弥一郎』を同列に並べた潔《いさぎよ》さに、それまでの苦手な気持ちがどこかに行ってしまった。そのあと、まっさらな気持ちで弥一郎を見ていたら、自分だけではなく他の奉公人に対しても極めて平等で、厳しいことを言うにしても、相手のこれからを考えてのことと頷けるものばかりだったそうだ。

「俺は『千川』に来るまで、ろくに叱られたことがなかった。末っ子で甘やかされてさ。悪さをしても、誰かが尻ぬぐいしてくれてた。江戸に来たのだって、おとっつぁんが逃がしてくれたからだ。おまけに姉ちゃんまで引き連れて。いい迷惑だよな。俺が言うのもなんだけど、おとっつぁんもおっかさんも、俺には甘すぎたんだと思う。でも板長さんは違う。本気で、しっかり叱ってくれた。それって、本当に俺のことを考えてくれた直るとと思うから叱る。言うだけ無駄なら、相手にされなくなるだけだろう。叱られているうちが花だ、とようやく気付けたのは、弥一郎のおかげだと清五郎はしみじみ言った。

「年明けぐらいに入った小僧がいただろ？」

「いたわね……でも、あの小僧さん、夏すぎに親元に戻らなかった？」

「戻されたんだ。要は首。あいつ、何度叱られても睨み付けるだけで、ちっとも直さなかった。それどころか、逆恨《さかうら》みして客に弥一郎さんばかりか店の悪口まで言い始めて、とどのつまりはわざと皿を割ったり……。これはもう駄目だって……」

その小僧が来てから三月《みつき》ぐらい経ったとき、源太郎は早々に見放そうとした。ここまで心根が悪くては、なにを言っても通じない。早めに親元に戻そうとしたのを、弥一郎が止めた。それで、せめて半年様子を見ようということになり、源太郎親子はもちろん、欣治や伊蔵、他の奉公人たちもなんとか一人前にしようと頑張ったけれど、どうにもならなかったそうだ。

「いざ親元に戻されるとなったら、あいつ滅茶苦茶に泣いて、喚《わめ》いて。それでも店の物まで壊すようになっては勘弁しようがないって旦那さんが引導を渡した。板長さんは、辛《つら》そうだったよ。他にやり方があったんじゃないかって」

相手は子ども、言葉の選び方も接し方も自分が初手を誤らなければ、成り行きは違ったのではないか、と弥一郎は欣治や伊蔵に零《こぼ》していたらしい。さらに、一度戻された子どもに奉公先はあるのか、親元に余裕がなく、半ば口減らしで奉公に出されたのに、帰ったら飯も食えなくなるのではないか、と心配までしたそうだ。

奉公に出すのと引き替えに渡した支度金を取り返さなかったのも、弥一郎の進言によるものだったらしい。

小僧がいなくなったあと、後悔にくれる弥一郎を見た清五郎は、この人は本当に相手のことをよく考える人だ。自分に対しても同じように思ってくれているに違いない、と感じたそうだ。

「てなわけで俺は気持ちを入れ替えた。そしたらあんまり叱られなくなった。不思議なもんだよな」

仕事に慣れたせいもあるのかもしれないが、叱られて相手を恨むのと反省して改めようとするのでは雲泥《うんでい》の差だ。素直な気持ちになれたことで、すべてがうまく回るようになったのだろう。

「本当によく考えてくださってるのね。これじゃあ私たち、板長さんに足を向けて寝られないわ。あ、もちろん旦那さんにも……」

「まったくだ。でもよー。うちの布団の敷きようじゃ、どうしたって『千川』に足を向けて寝るしかないぜ」

「あら、それは困ったわね」

「いっそ頭と足を入れ替えようか」

「北枕になっちゃうわよ」

「そいつは縁起悪いな。じゃあ半分だけ回して……いや、それだと足が土間に飛び出しちまう。でもまあ、それぐらいは仕方がねえ」

「いやよ、そんな寝方は」

たわいもない言葉を交わしつつ、ふたりは『千川』に向かう。それでも清五郎の足運びがいつもよりずっと速いのは、遅れているのがわかっているからだろう。

井戸浚《さら》いを終えてからでいいと言われているにもかかわらず、少しでも早く着こうと急ぐあたり、なかなか見事な心構えだ。実家にいたころであれば、これ幸いと一休みしてから出かけていただろうに。そう思うと、きよの目尻は自然に下がる。

素麺《そうめん》をたくさん買っておいてよかった。今夜は気が済むまで素麺を食べさせてあげよう。

胡瓜《きゅうり》や煮た椎茸《しいたけ》や人参《にんじん》を添えれば見栄《みば》えもするし、精もつく。なにより、椎茸の煮物を汁に入れると、ぐっと味が上がるのだ。

干し椎茸は昨日のうちに戻して、朝一番で人参と一緒に煮てある。胡瓜は帰ってからになるが、刻むのにさほど時はかからない。素麺だって、湯さえ沸けばあっという間に茹で上がる。ご馳走なのに手間いらずなんて言うことなし、ときよはご機嫌だった。

ふたりが『千川』に辿《たど》り着いたのは、四つの鐘が鳴るころ（午前十時）だった。勝手口から入ったところで源太郎に出くわし、きよは慌てて挨拶をする。

「おはようございます、旦那さん」

「お、もう済んだのかい？」

「はい。遅くなって申し訳ありませんでした」

「いやいや、うちの井戸浚いもさっき終わったところだし、仕込みはこれから。ちょうどよかったよ」

とはいえ、いつもよりは手早くしてくれよ、と言われ、きよは急いで前掛けの紐を締める。そこで、ふと源太郎の手元を見て声を上げた。

「あ、卵！」

家で清五郎を叱るときならともかく、きよが店で大きな声を出すことはない。たった一度、へっついから下ろしたばかりの鍋をうっかり素手で掴んで悲鳴を上げたことがあるぐらいだ。そんなきよが上げた大きな声に、源太郎は笑い出した。

「おまえがそんな声を上げるなんて！　初めて見たわけでもあるまいに」

「す、すみません……」

慌ててきよは頭を下げた。

もちろん、卵を見たことがないわけではない。上方《かみがた》にいたころ、ごくたまに家で出されることもあった。来客などの特別な場合に限られてはいたが、煮抜き玉子に葛餡《くずあん》をかけた料理は大好物だったし、出汁《だし》で割った溶き卵を筍《たけのこ》を器にして蒸したものが出てくると、春が来たのだと感じた。

父や長兄が具合を悪くしたときは玉子酒が用意されたが、いくらねだってもこれは病人の養生のため、と言われてしまう。そうなると、もともと丈夫だったきよがありつく機会はなく、いつも誰かが呑むのを羨ましく眺めているだけだった。

そんなこんなで、きよにとって卵は、まったく無縁ではないにしてもご馳走、あるいは特別な食べ物として位置づけられている。とりわけ、江戸に来てからは値段が高いこともあって、卵を求める機会はなかった。

源太郎は、籠に入った卵を見下ろして、笑いながら訊ねる。

「おきよは、卵を料理したことはあるのかい?」

「ありません」

卵は特別なものと思っていたから、実家にいたときですら料理することはなかった。江戸に来てみれば、屋台の蕎麦が十六文《もん》で食べられるのに、卵はたったひとつで八文もする。卵をひとつ食べたところで腹が満ちるわけもないから、自《おの》ずと手が伸びなかった。では『千川』ではどうか、というと、たまに品書きに載る卵料理はもっぱら弥一郎が受け持ち、きよは触れたことはなかった。

「そうか……じゃあ、いい機会だから一度試してみるか?」

「滅相もありません。卵なんて高いもの、しくじったら大変です」

「しくじりを怖がっていては、修業なんてできないよ」

そこで源太郎は籠の中から卵をひとつ取り出し、きよに渡した。

「さ、これをおまえにあげよう。持ち帰ってなにか拵《こしら》えてごらん。割れないように気をつけるんだよ。そうだ、手ぬぐいにでも包んでいくがいい」

よく働いてくれるご褒美だよ、と微笑んだあと、源太郎は店のほうに歩いていく。薄茶色の卵を手に、きよは胸が高鳴る思いだった。

——どんなものを作ろう。煮抜き——茹でたものを餡掛けにしてもいいけど、ひとつしかないから清五郎がぱくっと食べて終わりになっちゃうわね。それぐらいなら溶いて蒸そうかな。筍《たけのこ》はないけど鉢にでも入れて作ればいいし、出汁《だし》で割ればふたり分にできそう。あ、でも今日は素麺《そうめん》だった……

素麺と溶き卵の蒸しものの取り合わせはいかがなものか。合わないとも言い切れないけれど腑に落ちない。

どう料理するか決めきれないまま、きよは野菜を洗い始める。滅多に料理できないものではあるが、思い煩《わずら》っている暇はない。いつもより遅れているのだから、とにかく仕事をこなすのが先だった。

そのまま慌ただしい一日が過ぎ、きよが再び卵のことを考えられたのは、帰り道になってからのことだった。

きよが大事そうに持っている手ぬぐいの包みに気付き、清五郎が早速訊ねてくる。

「姉ちゃん、なにを持ってるんだい？」

「卵よ」

「卵！　どうしてそんなもの……」

「よく働くご褒美だって、旦那さんがひとつくださったの」

「ひとつかよ！　どうせならふたつくれればいいのに」

「なにを言ってるの。卵は高いんだから、ひとつだけでもありがたすぎるぐらいよ」

「そりゃそうだけどさ。で、なにを作ってくれるの？　俺、煮抜きの餡掛けがいいなあ」

やはりそれか……ときよは笑いそうになった。自分が好きなのだから、同じ料理を食べて育った弟だって好きで当然だ。正面切って言われてしまえば仕方がない。

自分の口には入りそうにないけれど、井戸浚《さら》いを頑張ってくれたことだし、煮抜きの餡掛けを作ってやろう。

これも修業のひとつ、料理人は自分では食べないものだ、とご褒美の卵を諦めかけたとき、清五郎が慌てて言った。

「いや、煮抜きの餡掛けじゃだめだ。ふたりで分けられるような料理にしないと！」

「別にいいわよ。あんたのほうが力を使ったんだし、精を付けてもらわないと」

「いやいや、ご褒美なんだから、姉ちゃんが食べられないようじゃ意味がねえ。それに、素麺に煮抜きの餡掛けじゃ、冷たいのと熱いので腸《はらわた》がびっくりしちまう」

煮抜きの餡掛けは冬のほうが旨いし、と清五郎は嘘だか本気だかわからないことを言う。なんにせよ姉を気遣っているのは確かで、そんな気遣いができるようになったことだけでも、きよには十分なご褒美だった。

「私はいいわよ。それに、冷たいものばかりより温かいものも食べたほうがいいと思う。

でも、どうしてもっていうなら、ただの煮抜きで食べちゃう？　それはそれで美味しいと思うわよ」

「それじゃあ修業にはならないよ。あ、そうだ！　薄く焼いて刻んで素麺《そうめん》の汁に入れるってのはどう？」

「素麺に？」

「胡瓜《きゅうり》の碧《あお》、人参《にんじん》の赤、椎茸《しいたけ》の茶。そこに玉子の黄色が入れば賑やかでいいじゃないか」

聞いたとたん、鮮やかな色合いが目に浮かんだ。それに薄く焼いて刻むなら、ひとつの卵でも十分ふたりで分けられる。なんとも素敵な考えだった。

「あんたにしてはいい考えね」

「あんたにしては、ってずいぶんだけど、まあいいや」

ただでさえご馳走の素麺に、もうひとつご馳走が重なる。張り切って井戸浚《さら》いをした甲斐がある、と清五郎は大喜びだった。

素麺に焼いた卵を加えた人は他にもいるのだろうか。これを考えたのは清五郎が初めてだといい。手柄の横取りをするつもりはないけれど、こんなふうに食べました、と源太郎に知らせるとき、やはり目新しい食べ方のほうが『ご褒美のあげ甲斐』があるというものだろう。

茹でた素麺に甘辛い椎茸と人参、歯触りのいい胡瓜、そして淡い味わいの玉子。思い浮かべただけで涎《よだれ》が垂れそうだった。

「姉ちゃん、さっさと帰ろう！　俺もなにか手伝うよ。湯屋も後回しでいい！」

「いいわよ。あんたの湯屋なんて、へっついでお湯を沸かしている間に済んじゃうじゃない。帰ってくるまでにはちゃんと作っておくから、さっぱりしておいで」

「ほんと？　じゃあ、急いで行ってくる！」

そこでちょうど湯屋の前に着き、清五郎は中に入っていった。

きよは急ぎ足で孫兵衛長屋に戻り、中に入るなり水瓶《みずがめ》の蓋を取る。鍋に水を張ってへっついにかけ、火消し壺から炭を移した。普段なら一日に二度も火を熾《おこ》すなんてうんざりだが、素麺は茹でたてに限るから、今日はもともと夜も火を使うつもりだった。その上、卵まで料理できるとなったら、面倒な火熾しも苦にならない。

さっさとやってしまおう、と思ったきよは、そこで手を止めた。そういえばへっついの火は強い。米を炊いたり、野菜や素麺を茹でる分には都合がいいが、卵を焼くのはいかがなものか。特にきよは慣れていないから、火が強すぎると焦がしてしまうかもしれない。七輪《しちりん》を使えればいいけれど、七輪はよねのところにある。卵を焼くためにいつもより早めに借りに行く気にはなれなかった。

さてどうしよう、と鍋を見たきよは、上がり始めた湯気を見て、はっとした。

――鉄鍋に溶いた卵を広げて、そのまま大鍋の湯気に当ててみたらどうかしら……溶き卵を筍《たけのこ》に入れて蒸す料理があるのだから、きっと固まる。しかも、へっついの強い火に直接当てるわけではないから、焦げる心配もない。きっときれいな黄色に仕上がるに違いない。

薄く焼いて素麺《そうめん》の汁に入れればいいというのは清五郎の考えだけど、直火《じかび》ではなく湯気に当てて蒸す、というのはきよの工夫だ。たとえ他にもやっている人がいるにしても、きよは知らなかったのだから、少しは胸を張れるはずだ。

ああよかった、と胸を撫で下ろし、きよは胡麻《ごま》油を薄く引いた鉄鍋に溶き卵を流し入れた。

「姉ちゃん、これは旨いよ！」

清五郎の箸が止まらない。

甘みがきいた人参《にんじん》や干し椎茸《しいたけ》の煮物と、ほんの少し塩を入れた薄い玉子焼きの取り合わせは珠玉、そこに胡瓜《きゅうり》の爽やかさが加わって得も言われぬ味わいだそうだ。

「焼くんじゃなくて蒸したってのはすごいよ。油を引いて焼くとどうしたって焦げ目がつくし、その分硬くもなる。それが持ち味って料理もあるけど、素麵に載せるならこれぐらいふわふわで頼りない感じのほうが俺は好きだよ」

「そうね。色も上品に仕上がったしね」

「蒲公英《たんぽぽ》や菜の花は、よっしゃやるぞーって黄色だけど、これは気持ちがほーっと和《やわ》らぐ黄色だ」

「気持ちがほーっと和らぐ黄色……いいわね、それ」

一口に黄色と言っても様々だねえ、と頷き合いながら、ふたりはせっせと素麵を手繰《たぐ》る。同じ卵が、焼くか蒸すかでこんなに変わってしまう。

やっぱり料理は面白い、と思うとともに、面白いと感じることを仕事にできた自分は運が強いのだろうな、などと思うきよだった。


七夕の翌日、きよは『千川』に着くなり、卵の礼を言おうと源太郎を探した。まだ店を開ける前だったため、気軽に店まで行くと、主《あるじ》は弥一郎と話しているところだった。おそらく品書きの相談でもしているのだろう。

話が切れるのを待って挨拶をすると、すぐに源太郎が卵の処遇を訊ねてきた。薄く広げて蒸し、刻んで素麵の汁に入れたと答えたときの主の顔はちょっと見物《みもの》だった。

「刻んで素麺《そうめん》の汁に……しかも焼かずに蒸した……」

源太郎が唖然とする一方で、弥一郎が料理の子細《しさい》を訊ねた。やがて弥一郎の興味は、きよたちの素麺の食べ方そのものに向かった。

「はい。おきよは前から椎茸《しいたけ》や人参《にんじん》を煮たものと一緒に素麺を食ってたのか」

「はい。素麺だけでは弟が物足りない顔をしますし、野菜も一緒に食べたほうがいいような気がして。卵も一緒にしてしまおうと言ったのは弟ですが、おかげでふたりで分けられました」

「ひとつだけだったのが幸いしたのか……」

やけにほっとしたように源太郎が言う。

なんでも源太郎は、きよに卵をやったあと、弥一郎にその旨を伝え、どんな工夫をしてくるか楽しみだ、と言ったらしい。その際、修業というならせめてふたつやればよかったのに、と責められたそうだ。そもそもふたり姉弟にひとつの卵は切ない。弟思いのきよは清五郎に譲って自分は我慢してしまうかも、と……

きよにしてみれば、値の張る卵をひとつ貰えただけでも望外《ぼうがい》の喜び、ふたつなんてとんでもないという気持ちだったが、源太郎はそれもそうだと後悔したらしい。

だが、もしも卵がふたつあれば、ふたりで分ける工夫はいらなかった。七夕の夜、たったひとつだけだったからこそ、素麺の汁に入れることを考えついた。すべてがうまく噛み合った結果だった。

「素麺の汁に入れるのはせいぜいおろし生姜《しょうが》や梅干し。煮物を入れるなんて考えたこともなかった。しかも、胡瓜《きゅうり》……」

弥一郎の渋い顔を見て思い出した。

そう言えば、胡瓜は江戸で、特に侍に嫌われていると聞いたことがある。胡瓜を輪切りにしたときの模様が将軍様の紋所に似ていて不敬に当たるから、というのが理由らしいが、上方《かみがた》、とりわけ逢坂は商人が多く、気に留めたことはなかった。

とはいえ、弥一郎ばかりか源太郎も頷いているところを見ると、江戸の料理人にとって胡瓜は使いづらいものなのだろう。

「彩りがよさそうだし、なにより旨そうだ。店の品書きに載せてみたいものだが……」

「『千川』で素麺を出すんですか？」

もう七夕は終わったのに、と目を見張るきよに、弥一郎は何食わぬ顔で言う。

「なにも素麺は七夕だけって決まったものでもないだろう。茹でた素麺を平皿に盛って、煮た椎茸や人参、薄焼きの玉子なんぞを載せたら人気が出ると思わないか？　だがなあ……」

いかんせん胡瓜《きゅうり》はまずい、と弥一郎は眉根を寄せた。源太郎もため息をつく。

「素麺《そうめん》の白に椎茸《しいたけ》の茶、人参《にんじん》の赤、玉子の黄色。そこに胡瓜が載ったらさぞや五色で美しかろうに、惜《お》しいことだ」

すぐさまきよは、弥一郎が言ったとおりの平皿を思い浮かべてみた。確かに、胡瓜のあるなしで見栄《みば》えはずいぶん変わる。他になにか……と考え、一瞬のちにひらめいた。

「あの……それじゃあ、胡瓜の代わりに三つ葉を載せたらどうでしょう？」

「三つ葉？　確かに碧《あお》は碧だが、少々食いづらくないか？」

弥一郎の眉間の皺は寄ったまま、源太郎も首を傾げて言う。

「蕎麦やうどん、素麺を使うにしても煮麺なら汁の熱でしんなりするが、冷や素麺には難しいだろうな」

「先に茹でておけば大丈夫だと思います」

弥一郎と源太郎は、温かい蕎麦やうどんのように、最後に生の三つ葉を散らすことを考えているのだろう。だが、きよが考えたのは、湯通しして水に晒《さら》したあと、人参や椎茸と同じぐらいの長さに切って載せる、というやり方だった。

「茹でれば碧が引き立ちますし、歯ごたえもしっかり残ります。なによりさっと茹でた三つ葉は……」

「香りが堪《たま》らない、と」

「そのとおりです」

言葉尻を取られたところを見ると、きよが言わんとするところは、ちゃんと伝わったらしい。この考えを弥一郎と源太郎はどう思うのだろう、ときよはふたりの様子を窺う。

まず口を開いたのは、源太郎だった。

「いい考えだ。椎茸や人参はあらかじめ煮ておけるし、玉子もまとめて仕込める。胡瓜を刻んだままにしとくとしなびてしまうが、茹でた三つ葉なら多少置いても問題ない」

弥一郎も満足そうに言う。

「最初に目で楽しみ、次いで食って楽しむ。一皿で二度旨いご馳走。うまくすれば、夏の『千川』の名物料理になるぞ」

「冬になったら、汁を温かく、椎茸は丸のまま、人参は花形で煮て、三つ葉は冬にはないので、代わりに小松菜。卵は茹でて薄切りにしてはどうでしょう?」

夏は平皿で冷たく、冬は丼で温かく、と出し方を変えれば、一年を通しての名物になる。茹でた卵を輪切りにすれば、黄色と白が覗いて、汁に沈む素麺の白を補える。

きよの咄嗟《とっさ》の思いつきに、ふたりは大きく手を打った。

「考えたな、おきよ」

「夏も冬も五色の素麺《そうめん》、こりゃあいい！」

値の張る卵も薄く広げて蒸し焼きにしたり、茹で卵を薄く切ることで、使いやすくなる。客にしても、卵が入っていることで、これはご馳走だ、という気持ちになる。少しぐらい売値を高くしても大丈夫だろう、と源太郎は胸算用に忙しい。

一方弥一郎は、きよの味付けが気になってならない様子で、汁に使ったのは鰹《かつお》か昆布か、煮物の醤油と味醂《みりん》の配合は、卵に入れた塩の量は、など次々と訊ねる。

そして気になることをすべて聞き終え、早速作ってみよう、とへっついに向かった。

普通の家と違って、たいがいのものが揃っている料理屋ならではのことだ。

「こんなものかな……」

茶色がかった陶器の皿に、平たく素麺を盛る。椎茸《しいたけ》、人参《にんじん》、玉子、三つ葉、と載せたあと、弥一郎はなぜか低い唸り声を上げた。源太郎が、怪訝《けげん》そうに問う。

「どうした、弥一郎？」

「気に入らない」

「どこが。滅法《めっぽう》旨そうじゃないか」

「上に載ってるのが四品ってのが」

彩りはきれいに違いないが、『四』というのは『死』に通じて縁起が悪い。もう一品増やせば、盛り付けも梅の花に似せられてさらによくなるのに……と言うのだ。

「なにかうってつけのものがあればいいんだが……」

そう言いながら、親子はきよをじっと見てくる。

これはなにか考えろということだな、ときよはそこらを見回す。素麺に合うことはもちろん、せっかく『五色』を売りにしようとするのだから、赤、碧《あお》、黄色、茶、白のいずれかがいい。探しやすいのは茶、と思ったとき、笊《ざる》に載っていた油揚げが目にとまった。

「油揚げはどうでしょう？」

「なるほど、椎茸や人参同様、煮て刻むってわけか」

「ではなくて、炙《あぶ》るんです」

魚を焼くように七輪《しちりん》で炙る。かりかりになった油揚げを刻めば、また違う歯触りを楽しむことができる。色も薄茶だから、なんとか『五色』と言えるだろう。

「おきよ、おまえは本当にすごいな……」

「おきよもすごいが、そのおきよに料理修業させてるおまえも大したものだ」

弥一郎は感心することしきり。源太郎は弥一郎まで含めて褒め始める。

親子であっても店では主《あるじ》と板長、厳しく接することも多い。だが、そうすることで、息子を手放しで褒めたとしても、親ばかと言われずに済む。もちろん、弥一郎の励みにもなる。他の奉公人にならふたりで飴と鞭を使い分ければいいが、弥一郎については源太郎ひとりで両方を務めなければならない。それを見事にこなす源太郎こそ、大した主《あるじ》だった。

大急ぎで油揚げを炙《あぶ》り、短冊《たんざく》に切って素麺《そうめん》の上に載せる。それまで載っていた椎茸《しいたけ》や人参《にんじん》、玉子、三つ葉を少しずつずらし、玉子と三つ葉の間に油揚げを入れることで、茶、赤、黄色、茶、碧《あお》という円が出来上がった。あえてそれぞれを丸く盛ったので、弥一郎の言うとおり梅の花のようにも見える。美しい一皿に、源太郎もきよもほう……とため息をついてしまった。

「見事だ、弥一郎」

「本当に……」

だが弥一郎はあくまでも、これはきよの手柄だと譲らない。さらに、見てくれも大事だが、肝心なのは味だ、とふたりに試し食いをすすめた。

源太郎はまだしも、自分まで食べる必要はない、と言うきよに、弥一郎は無理やり箸を渡す。

「おきよの舌は確かだ。『千川』に新しい名物ができるかどうかの瀬戸際《せとぎわ》なんだ。是非とも試してほしい」

「わかりました」

そこまで言われては断るわけにはいかない。きよは、作ったばかりでまだ冷め切らない汁に具を少しずつ移す。最後に素麺を入れてくるりとかき混ぜると、思い切って口に運んだ。

「美味しいと思います」

椎茸や人参は他に作っていた煮物から拝借したので、少々柔らかすぎるところはある。だが、それを除けばきよが家で作るのと似たり寄ったりの甘みが勝った味付けで、全体の釣り合いを見るには十分だった。

きよのやり方を真似て食べてみた源太郎も手放しで褒める。

「うん、これは旨い。具を一度に全部入れてもいいし、一品か二品にして違いを楽しんでもいい。食べ方は人それぞれだろうな」

ところが、そのあと源太郎は一瞬だけ眉根を寄せた。きよは、なにか気になることでもあるのだろうか、と思ったものの、主はなにも言わない。弥一郎は、椎茸はともあれ、人参はもう少し歯ごたえを残してもいい、いっそ千切りにしてからさっと煮付けるというやり方もある、などとさらに工夫を凝らそうとしている。

これ以上ここにいる必要はない——そう判断したきよは、奥に戻ることにした。思いの外《ほか》、時が経っている。早く仕事を始めないと、店を開けるのに間に合わなくなってしまう。

「じゃあ、私は奥に……」

「お、そうだな。いいことを教えてくれてありがとよ。七夕は終わったが、まだ暑い日もあるだろう。朝から照り付ける日を選んで、この素麺《そうめん》を出してみよう」

弥一郎は上機嫌でそう言うと、脇に置いていた笊《ざる》から鯖《さば》を一尾取る。頭を切り換えて仕込みにかかるのだろう。

自分たちが家で食べているものが、『千川』の品書きに載るのは初めてではない。柔らかい座禅豆《ざぜんまめ》だって同じだ。だが、上方《かみがた》で作っていたとおりの座禅豆と違い、今回の素麺は清五郎ときよの工夫が入っている。修業は始まったばかりだが、少しだけ本当の料理人に近づいたような気がして、きよはひとりでいるのをいいことに、思い切りにやにやしてしまった。

そこにやってきたのは清五郎だ。勝手口から入ってきた清五郎は、洗い場で大根の泥をごしごし落としているきよを見て、気味悪そうに言う。

「どうしたの？　そんなににやにやして。姉ちゃん、そんなに大根の泥落としが好きだったっけ？」

「泥落としが好きな人なんていないわよ」

「わかんねえよ。泥の中から真っ白な実が出てくるのが愉快、とかさ」

「そういう人がいないとは限らないけど、私は違うの。あのね……」

そこできよは、弟に具をいろいろ添えた素麺が、『千川』の品書きに載るかもしれない、という話をした。

ところが、一緒に大喜びしてくれると思った清五郎は、意外にも難しい顔をした。さらに、なにやら言葉を探している様子……

「どうしたの？　なにか不都合でもあるの？」

「いや、不都合ってわけじゃねえけど、あれってちょっと面倒だよなと思って」

「面倒？　具を作るのが？」

「じゃなくてさ。煮たり焼いたりは俺には関係ないけど、運ぶのは俺たちじゃないか。冬の丼ならまだしも、夏は素麺の上に具を載せた皿に、汁を添えるんだろ？　しかも素麺の汁はけっこうなみなみと入れる。俺は粗忽者《そこつもの》だから、零《こぼ》しちまわねえかって心配だよ」

かといって、具と一緒に手繰《たぐ》るなら汁はたっぷり欲しいに決まっている。零さないようにに半分ぐらいで、などと言えるはずがなかった。

「なるほどね……運ぶのが大変ってことか」

「ま、頑張って慣れるしかないけどね。あと、食い方がわからなくて、具と麺を別々に喰っちまう客が出てくるかもしれない」

「それはあんたたちが説明してよ」

新しい食べ方の説明をするのは、運んでいる清五郎たちの仕事だ。それぐらいやってくれてもいいでしょう、と言うきよに、清五郎は渋々《しぶしぶ》といった感じで答えた。

「まあな。だけど、そういう説明にはどうしたって暇がいる。いろんな客に繰り返し説明をしてる間に、他の料理が冷めちまわないかと思ってさ」

目新しい品書きは人気になりやすい。とりあえず頼んでみる、という人が多いだろう。いちいち説明している間に、他の注文の品を届けるのが遅くなってしまうのではないか、と清五郎は危惧した。

「それはないと思うわよ。素麺《そうめん》を頼む人が増えれば、他の注文は減るでしょ」

「とは限らないよ。素麺は飯だから、酒を呑む客なら最後にする。まずは酒のつまみを頼むって人がほとんどじゃねえの？」

「言われてみれば……」

そのとおり、だった。

「俺たちが頑張って走り回るしかない。でもって、汁は零《こぼ》さねえように……」

あーあ、と清五郎は心底嫌そうにしている。お情けで奉公させてもらったようなものなのに、そんなに文句ばかり言っては罰《ばち》が当たる。ついさっき、ありがたみがわかったようなことを言っていたのに、すぐにこんなことを言い出すところは、やはり甘やかされた末っ子の陰が残っているのだろう。

客を喜ばせるためとまでは言わないけれど、せめて源太郎親子の恩に報いるために身を粉《こ》にして働いてほしい。

きよの思いも知らず、清五郎はまだ文句を連ねようとしていた。

「それとさあ、もうひとつ……」

「まだあるの？」

「うん。まあこれは俺の気持ちだけど、あの素麺、旨いのは旨いんだけど、食うのが面倒くさいんだよ」

「面倒くさい⁉」

清五郎のとんでもない言葉に、きよは二の句が継げなくなってしまった。

子どものころから食いしん坊で、三度の飯を待ちかねている清五郎の口から、食うのが面倒くさい、なんて言葉が出てくるとは思いもしなかったのだ。

「だって面倒じゃないか。ちまちまと具を汁の容れ物に移して、素麺も移して、よっこらしょってまとめて口に入れなきゃならない。一緒に口に入ったほうが旨いってわかってるからやってるけど、箸を行ったり来たりさせるのけっこう大儀だぜ。別に素麺《そうめん》なんて、さーっと食って腹の中から涼しくなりゃいいや、とか思う。江戸の人って、せっかちが多そうだからよけいに心配。酒のあととなったらなおさらだ」

「せっかくのご馳走なのに……」

「ごめん……でもまあ、食うのが面倒くさいってのは、俺だけの考えかもしれないから、そこだけはあんまり気にしないで」

そう言うと、清五郎は店に戻っていく。あとに残ったきよは、考え込んでしまった。彩りもきれい、食べても美味しい。言うことなしだと思っていた。けれど、もしも客たちがこぞって清五郎のように考えるとしたら、新しい名物料理にはなりそうもない。

そこに、清五郎と入れ替わるように源太郎がやってきた。

なにかきよに用事でもあるのか、と思ったがそうではなく、主《あるじ》は真っ直ぐに器がたくさん置いてある棚のところに行く。そこに置いてあるのは普段使わないものばかりのはずだけど……と見ていると、案《あん》の定《じょう》、源太郎は肩を落とした。

「やっぱりないな……」

「なにか捜し物ですか？」

「捜し物というか……汁を入れるのに適当なものはないかと思って」

素麺を出すなら汁を入れる器もいるが、『千川』は蕎麦屋ではないし、これまでに素麺を出したこともないから、相応《ふさわ》しいものがない。先ほど試し食いしたときは、そこらにあった汁椀を使ったけれど、客に出すならもう少し洒落《しゃれ》たい、ということで、源太郎はあちこち探しているのだという。

「和《あ》え物を盛る小鉢でも使おうかと思ったんだが、汁に麺ばかりじゃなく具まで入れるとなると深さが足りない。素麺ぐらいたっぷりの汁で食いたいだろうしな……。やっぱり汁椀を使うしかないか」

ひどく残念そうな源太郎の姿に、きよは自分が情けなくなってしまった。

清五郎も源太郎も器のことを気にしている。食べさせるだけではなく、どうやって客に出すかということを考えているのだ。

料理は舌ばかりではなく、目でも味わうものだとわかっているつもりだったが、器まで気が回らないということは、やはり料理そのもののことしか考えていなかったのだ、と思い知らされた気がした。

——こんなことじゃだめだ。真っ当な料理人になりたいなら、料理にまつわる全部を身につけなきゃ……。器だってあしらいだってその一部、味さえよければいいでは通らない。もっともっといろいろなことを学ばなければ……

志《こころざし》を新たにするきよの脇で、源太郎はさらに器を探す。そして、奥をかき分けていたかと思うと、ようやく嬉しそうな声を上げた。

「うん、これがいい。どうだ、おきよ？」

そう言って源太郎が渡してきたのは、一人前の素麺《そうめん》を盛るのにちょうどいい大きさで、一寸ばかりの深さがある、皿と鉢の間ぐらいの器だった。

「いいと思います。これぐらいの深さがあれば素麺を盛った上に、椎茸《しいたけ》やら人参《にんじん》やらを載せても見栄《みば》えがします」

「だろ？　これなら十五、六枚揃《お》いであるから、注文が押し寄せてもなんとかなる。汁入れが冴えないのは惜しいが、本当に人気が出るようなら新しく誂《あつら》えてもいい」

味に間違いはないし、弥一郎も太鼓判を押している。それでも本当に『名物』になるかどうかはわからない。先に器を揃えて損を出すよりは、とりあえずあるもので始めたいというのは、商《あきな》いをする上で大事なことなのだろう。

味、見栄え、そして算盤《そろばん》勘定……学ぶべきことがどんどん増えていく。修業って本当に大変だ、と思いながら、きよは皿を改めてじっくり見る。そして、ふと思い付いて、水瓶《みずがめ》から柄杓《ひしゃく》で水を汲んだ。

「旦那さん、ちょっとこのお皿を持っていてくださいますか？」

「それはかまわないが……どうするつもりだい？」

驚いている源太郎に皿を返し、両手で捧げ持ってもらったあと、柄杓の水を注いだ。少しずつ少しずつ水を注ぎ、このあたり……と思ったところで、柄杓に残った水の量を確かめる。皿に入ったのは、柄杓に半分ほどの水だった。

「水がこれだけ入るなら、なんとかなるかもしれない……」

「おきよ？」

ひとり胸算用しているきよに、源太郎が焦《じ》れたような声をかけてくる。慌ててきよは、自分の考えを説明した。

「さっき弟と話したんですが、あの子、汁に麺や具を移して食べるのは面倒だって言うんです」

「面倒⁉　それはまた……」

「呆れますよね。でも今、旦那さんが汁を入れるのに適当な器がないっておっしゃっているのを聞いてひらめいたんです。それならいっそ、使わなければいいんじゃないかって」

「おいおい、器を使わないってのは無理な相談だろ。汁なしで食えって言うのか？」

「すみません。器を使わないって言うのはちょっと違いました。私が考えたのは、汁椀や他の器じゃなくて、徳利《とっくり》を使ったらどうかって話です」

「徳利？　あんな口の狭いものじゃ具はもちろん、素麺《そうめん》だって食えやしないよ」

源太郎は、気でも違ったのか、と言わんばかりだった。だが、きよはひるまず説明を続けた。

「つけるんじゃなくて、かけるんです。このぐらいの深さがあれば、素麺と具を盛った上から汁をかけても溢《あふ》れません。柄杓《ひしゃく》に半分の水が入りましたから、十分な量がかけられますし、運ぶときに零《こぼ》す心配もないと思います」

運ぶとき？　と怪訝《けげん》な顔をした源太郎に清五郎の心配を伝え、さらに加える。

「汁を別の器にしなければ、麺や具を移す必要もありません。せっかちなお客さんでも、さっと食べられるんじゃないでしょうか？」

「おまけに、汁の量は自分次第、か……」

「それもありますね」

汁をどれほどかけるかで、味の濃さを加減できる。少々行儀が悪いかもしれないが、好みの量をかけたあと、全部をかき混ぜるというやり方もある。素麺と具の和《あ》え物にして食べられるとなれば、清五郎のような面倒くさがりも大喜びだろう。

「なるほど……それなら食うのに大してかからねえ。昼の客が増えそうだ」

「仕事の合間に駆け込んでくる職人の方々が喜びそうですね」

「素麺の食い方としては邪道だが、悪くない。よし、弥一郎にも相談してみよう」

皿の水を鍋に空け、善は急げとばかりに源太郎は店に戻っていく。その鍋は、いつもきよが青菜を茹でるのに使っているものだ。深川は水に恵まれず、『千川』も水売りから買っている。貴重な水を無駄にしないのはさすがだった。

しばらくして戻ってきた源太郎は満面の笑みだった。きよの考えを聞いた弥一郎はさらに一捻《ひね》り、昼に出す素麺には玉子を載せずに値段を抑えたものも加えることにしたという。

「昼飯にはさっと食えるものを喜ぶ客がいるってのは俺たちの考えどおり。だが弥一郎は、そういう客は少しばかりの玉子より、値が安いほうをありがたがるって言うんだ」

「そうですね……でも板長さんはそれでいいんですか？　玉子がないと彩りが今ひとつですし、梅の花になりませんよ」

「それがな、あいつは、そういう客は多少盛り付けに難があっても気にしやしねえ、って言いやがった。料理人としてどうなんだって返したら、俺は料理人には違いねえが、『千川』の跡取りでもある。潰れられても困るから、算盤《そろばん》だって弾《はじ》くさ、だとよ」

一本取られちまったよ、と源太郎は首の後ろを掻いた。

かくして『千川』の品書きに素麺《そうめん》が加えられた。

昼と夜のどちらの注文が多いかは、かなり気になるところだったが、売り出たばかりのころは夜がもっぱらで、昼に素麺を注文する客は少なかった。ところが、半月ぐらい経ったころから、だんだん昼の注文と客そのものが増え始めた。どうやら、夜の素麺を食べて気に入った客が、昼には玉子を載せずに値を抑えたものを出していると聞きつけてやってくるようになったらしい。同じ素麺、同じ汁、上に載っている具も四つまで同じなら、玉子がなくてもかまわない。それよりは二度三度食べたいというのが、彼らの言い分だった。

その一方で、ご馳走のひとつである卵をほんの少しでも食べたい。滋養を付けたいという客もいて、一月《ひとつき》経つころには、昼と夜の素麺の注文はほぼ同じぐらいになっていた。

「これはもう素麺は『千川』の名物と言っていいだろうな」

源太郎がにんまりと笑う。弥一郎は弥一郎で、昼に値を抑えたものを出したのは正解だった、とほくそ笑む。

さらに源太郎は、きよを見ながら言う。

「たったひとつの卵でこれだけ商《あきな》いが膨らむなら、これからはもっといろいろなものをおきよにやらなきゃな。なにか食ってみたいものはあるか？」

そんなことを訊ねられても、ではこれを……なんて答えられるわけがない。困惑しているきよを見て、弥一郎が助けてくれた。

「食ってみたいものなんていくらでもあるに決まってる。だからっておきよは、『じゃあ、これをください』なんて言える質《たち》じゃないだろ。まさか親父《おやじ》、おきよの質がわかってて言ってるのか？」

ただ、鷹揚《おうよう》な主《あるじ》を気取りたいだけなのでは？　と疑われ、源太郎は気まずそうに笑った。

「そういうわけじゃ……いや、やっぱりそうなのかもな。これで尾頭《おかしら》付きの鯛を、なんて言われたら困っちまうし」

「そんなこと言いません！」

慌てて否定したきよに、ふたりは大笑いだった。

「ま、時々俺が見繕《みつくろ》って使い甲斐がありそうなものを持たせるよ。ただ、同じことがそう何度もあるとは思うなよ」

「どうだろう？　座禅豆《ざぜんまめ》も素麺も元はといえばおきよの考えだし、来年の春にはもう一度、木の芽田楽《でんがく》と菜飯の取り合わせを品書きに入れるつもりだろう？　二度どころか、三度目だ。この先だってないとは限らねえ。だからこそ、おまえだっておきよに料理人修業をさせてるんじゃないのかい？」

「それはまあ……」

言い返す言葉がなかったと見えて、そこで弥一郎は口を閉じる。普段から理屈屋の息子を言い負かしたせいか、源太郎はますます上機嫌だ。

「ってなわけで、またなにかあったら知らせてくれよ。本当に思いつきでかまわねえ。あとは弥一郎がなんとかする」

「おいおい……」

そんな約束はできない、と弥一郎は困った顔になる。きよだって困ってしまう。新しい品書きに繋がるような思いつきなんて、そうそうあるものではない。たまたま二度、三度と続いたのは、これまできよが品書きに一切関わってこなかったせいだ。おそらく今後、弥一郎が困るようなことは起こらないだろう。

その夜、きよは再び素麺《そうめん》を茹で、玉子はなしで汁を直《じか》に具と麺の上からかけてみた。『千川』のようにちょうどいい皿がなかったため、丼を使うしかなかったけれど、深いだけに汁がたっぷり入り、具と麺もまぜやすい。清五郎は、こりゃあいいや、なんて大喜びで啜り込み、あっという間に食べ終わってしまった。挙げ句の果てに、空になった丼を眺めて言う。

「面倒くさくないのはありがたいけど、こんなにさっさと食っちまうと腹がいっぱいにならねえ……」

丼にいっぱいの素麺を食った。普段と同じように汁と麺を別々にしておけば、もっと満腹したのではないか。なんとも不思議な話だ……と首を傾げる弟に、きよは呆れてしまった。

「あんたが面倒くさいって言うから知恵を絞ったのに、今度はお腹がいっぱいにならないって文句を言うの？」

「ごめん。でもまあ、素麺はすぐ茹だるし、具は作り置きができる。その上、さーっと食っちまえるから、客の回転も早くなった」

『千川』はますます商売繁盛だ、と清五郎は嬉しそうに言う。おそらく、自分の思いつき、そして何気なく漏らした不満が、新しい品書きに繋がったことも、喜びのひとつになっているのだろう。

「とにかく、『千川』にしてみれば、姉ちゃんに料理修業を始めさせたのは大成功ってことだ」

「半分はあんたの手柄なんだけど……」

「それだって姉ちゃんが卵をもらってきたからこそ。卵をもらえたのは修業のためなんだから、俺の言うことは間違っちゃいないよ」

そして清五郎は鼻歌交じりに布団を敷き始める。

いくら本人が満腹していないと言っても、食べた量はいつもと同じかそれ以上なのだ。そんなにすぐに寝てしまっては胃の腑に悪かろう、と心配になるが、弟は平気の平左《へいざ》。じゃあお先に、と横になってしまった。

「明日も暑くなりそうだし、きっと素麺《そうめん》が人気だ。どれぐらい売れるか楽しみだな」

「お客さんの注文が増えるかどうかは、あんたたちの腕次第。しっかり頼むわよ」

「任せとけって。『おきよの座禅豆《ざぜんまめ》』に続く『おきよの五色素麺』。『千川』の名物が、江戸ばかりじゃなく上方《かみがた》まで聞こえていくように売って売って売りまくるさ」

「『おきよの』ってやっぱりちょっと……」

「なに言ってんだよ。こうやって、ちょっとずつ『おきよの』がくっついた料理が増えていくうちに、客だって『おきよ』が気になり始める。でもって、料理人に会わせろって始まって、いずれは姉ちゃんも店に出るようになる。一人前の料理人の出来上がりってわけだ」

『千川』は客の前で料理をする店だ。弥一郎はもちろん、欣治や伊蔵だって店で料理をしている。店に出るようになって初めて、一人前の料理人として認められるのだ、と清五郎は言う。

だが、きよに言わせればとんでもない話だった。

「女の料理人なんてまっぴらだって言われちゃうわ。私が店に出たら『千川』の人気が落ちちゃう。それに……」

上方の両親も心配するだろう、と続けたきよを、清五郎は笑い飛ばした。

「今更だよ。『おきよの』って言葉が乗っかってるんだから、女が作ってることぐらい先刻ご承知さ。うちの客はいい意味でも悪い意味でも食いしん坊が多い。誰が作ったって旨けりゃいいんだよ。おとっつぁんやおっかさんにしても、姉ちゃんが店に出てたってどうってことないよ」

『千川』は水茶屋でも出合茶屋でもない。純粋に呑み食いだけで商《あきな》う料理屋だから、女に色を売らせることなどあり得ない。ごく稀《まれ》に、奉公人自ら客を誘うことがあるが、源太郎や弥一郎にばれたらすぐに首にされる。

父にしても、『千川』がそういう堅い店だと知っているから、自分のみならずきよも一緒に預けたに違いない——それが、清五郎の言い分だった。

「姉ちゃんが店に出るとしても滅多なことにはならない。旦那さんや板長さんが目を光らせるに決まってるし、むしろ料理人のひとりと認められたんだ、って喜んでくれるさ」

「たとえそうだとしても、私はお店になんて出たくないわ」

「え、そう？　もし俺が料理人なら、客がどんな顔で自分の料理を食ってるか見たいって思うけどなあ……」

誰が作ったものでも、旨いものを食って嬉しそうにしている姿を見るのは楽しい。それが自分の料理ならなおさらではないか、と弟は言う。だが、それはきよにとっては諸《もろ》刃《は》の剣《つるぎ》だった。

「みんなが美味しいって喜んでくれるとは限らないじゃない」

家族と違って、お金を払って呑み食いする客は正直に決まっている。こんな不味《まず》いものに金が払えるか、と睨まれるかもしれない。きよには、そんな冷たい眼差しに耐える度胸はない。

やっぱり裏がいい、と言い張るきよに、清五郎はため息まじりに言った。

「そりゃあ中には、旨くないって思う客もいるさ。だけど、そういう顔を見るのも修業のうちじゃないの？　なんで旨くなかったんだろ、どうすれば旨くなるんだろ、って考えるのって、大事だと思うけどなあ……」

清五郎の考えに、きよは目から鱗《うろこ》が落ちる気がした。

しくじらないように頑張るのは大事だが、実際にしくじったとしてもそこから学ぶことは多い。それは父や母、兄姉たちからも散々教えられたし、片っ端から読んだ草子にも書かれていた。

　きよはこれまで、しくじって責められることが怖くて、とにかくしくじらないように努めてきた。悪いことではないけれど、始めたばかりの料理修業でまったくしくじらずにいられるわけがない。だからこそ、人の目に留まらぬように裏にいたいと思ったけれど、隠れていては伸びる機会を失うばかり。辛《つら》い思いをして初めて得られるものがある、と弟は言いたいのだろう。

「あんたの言うとおりかもしれない。でも、旦那さんも板長さんも、私は店に出なくてもいいって……。やっぱりもともと一人前にはなれないと思ってたのかな」

　きよはしょんぼりと呟いた。そんな姉を力づけるように清五郎は言う。

「それは姉ちゃんがあからさまに『店には出たくない』って感じだったからだろ」

「確かに、店に出るのはいやだって言った気もする」

「だろ？　一人前になるとかならないとかじゃないよ」

「でも……店に出て、しくじってばかりで毎日叱られたら修業を続ける気が失せちゃうかも……」

「あーもう、姉ちゃんらしくない！　俺がうだうだ言ってるといつだって背中を蹴飛ばすくせに！」

「蹴飛ばしたことなんてないわよ！」

「言葉の綾《あや》だよ。そんなに心配しなくても、しくじってばっかりの料理人を店に出すはずがない。そこは、旦那さんや板長さんがちゃんと見極めるさ。だから、万が一、店に出てみないか、って誘われたら、思い切って受けたらいいよ」

そんなことを言われる日が来るとは思えない。それでも、清五郎の言うことはいちいちもっともだ。心に留めておくべきだろう。

こんなにしっかり考えられるようになったのね、と感心しながら目を遣ると、弟はもう寝息を立てている。穏やかな寝顔を眺めつつ、この子に悩みはないのだろうか、と少々羨ましくなるきよだった。

きよの覚悟

秋もすっかり深まった長月《ながつき》八日、重陽《ちょうよう》の節句を明日にひかえ、きよは『千川』の奥で茄子《なす》を洗ったり、菊の花びらを蒸したりしていた。

ちなみに茄子や菊の仕度をしているのは、秋茄子を九日に食べると中風《ちゅうぶ》を病《や》まない、蒸した菊の花びらを浮かべた菊酒を呑むと長寿になる、という習わしに従ってのことで、このあとご飯に炊き込む栗も剥かねばならない。

栗の皮剥きはとても面倒な仕事ではあるが、重陽は秋の収穫を祝う節句なので、山の実りの代表格である栗を抜きには語れない。おそらく『千川』や他の料理屋だけでなく、江戸のあちこちで栗ご飯が炊かれることだろう。

茄子料理で名高いのは田楽《でんがく》や胡麻《ごま》油を使う鴫《しぎ》焼きではあるが、甘辛く味付けした煮浸しも燗酒《かんざけ》によく合って人気な上に、作り置きができるということで、秋の『千川』には欠かせない。茄子の煮浸しはそう難しい料理ではないので、近頃ではきよに任されることも増えている。

だいぶ慣れてはきたけれど、それでも、節句に関わる料理をしくじるわけにはいかない。きよは、丁寧に煮汁を調《ととの》え、次々と茄子に切り目を入れる。

源太郎がやってきたのは、そんなときのことだった。

「おきよ、ちょいといいかい？」

戸惑い顔で声をかけてきた源太郎は、そのままきよの横に立っている。どうやらきよが手を止めるのを待っているらしい。

いつもなら、そのまま話し始めるのに珍しいこともあるものだ、と思いつつ、きよは細かく切り目を入れた茄子を笊《ざる》に移した。

「なにかありましたか？」

「ああ。ちょいと相談……というか、おまえさんの気持ちが聞きたくてな……」

叱ったりはしないから、本当のところを教えてほしい、と前置きし、源太郎は話し始めた。

「実は、近々欣治が国に帰ることになった」

「え……藪入《やぶい》りでもないのに？」

欣治は住み込みの奉公人で、正月と盆には藪入りで国に帰る。この夏も、二日の休みをもらって里帰りをしたはずだ。次の藪入《やぶい》りは正月過ぎのはずだが……と首を傾げるきよに、源太郎は、藪入りならいいんだけどね……とため息をついた。

「藪入りじゃない……。じゃあいったい……」

「暇《いとま》を取りたいそうだ」

「どうして⁉」

『千川』には修業を始めたばかりのきよを除いて、三人の料理人がいる。板長で主《あるじ》の息子である弥一郎は別にして、年で言うなら伊蔵、欣治の順になる。とはいえ、料理修業を始めたのは欣治のほうが早く、『千川』の中では弥一郎に次ぐ料理人だ。

三人の料理人はのべつ幕なしにつるんで仲良く、というふうではないが、それなりにうまくやっていた。特に欣治は性格も穏やかで、取り立てて不満を抱いているようには見えなかっただけに、いきなり暇を取りたいと言われて、源太郎も困惑したのだろう。

欣治は上に兄がいると聞いたが、親が身体を壊したとか、長男が早逝して次男が跡を取らざるを得なくなったとかは、わりとよく聞く話だ。やむにやまれぬ事情があったのではないか、と考えていると、源太郎はもっと辛《つら》そうに答えた。

「詳しい話はわからねえ。なんせ本人がさっぱり口を開かないんだ。俺も弥一郎も何度も話してみたが、本人はただ暇がほしい、国に帰りたいと繰り返すばかりで埒《らち》があかねえ。これ以上止めても無駄だと諦めるよりなかった」

親の跡を取るとかであれば、誰だって納得するだろう。残念ではあるが、止められる話ではない。だが、なにも言わないところを見ると、そういうことではないのだろう、と源太郎はため息をついた。

「そうなんですか……」

「ああ……それで、相談なんだが……。おきよは店に出る気はないか？」

「え……!?」

「今までは料理人が三人いたから、おきよを裏に置いたままでも平気だった。だが、ひとり欠けるとなると店のほうが回らなくなる」

客の注文をいちいち裏にいるきよに伝えるのは大変だし、できた料理を運ぶのも難儀だ。きよが店に出るのを嫌がっているのはわかっているが、なんとか堪《こら》えてもらうことはできないだろうか、というのが源太郎の話の中身だった。

「でも、私はまだ……」

修業は始まったばかり。たとえ伊蔵が二番手に繰り上がったとしても、彼が受け持っていた仕事をこなせるとは思えない。とてもじゃないが、料理人でござい、なんて店に出られる腕ではないのだ。

「私なんて、下働きに毛が生えたようなもの。使いものになりません。欣治さんの代わりを入れたほうがいいと思います」

「それも考えた。実際、何人か当たってもみたんだが、腕も気立てもいい料理人ってのはなかなかいなくてね。すぐに来てくれそうな人はもっといない。それぐらいなら、去年の正月から奉公してて、『千川』の味を覚え始めてるおきよにやらせてみたほうがいいんじゃねえか、って弥一郎が言うんだ」

「板長さんまで……。私の腕がどれほどのものか、一番わかってるはずなのに……」

「わかってるからこそ、表に出せって言ってるんだと思うよ。あいつはいつも、おきよは、古雑巾《ふるぞうきん》みたいだって言ってる」

「古雑巾……」

弥一郎のたとえを聞いたきよは、思わず首を垂れてしまった。確かに娘らしい華やかさはないが、そこまでみすぼらしいのか。それにしたって、そこまではっきり言わなくても……と恨めしくさえなる。

見るからにがっかりしているきよに気付いたのか、源太郎は慌てて言い足した。

「いや、古雑巾ってのは本当に言葉が悪いな。勘弁してくれ。でもな、古雑巾ってのはものすごく水を吸う。弥一郎は、きよはそれぐらい物覚えがいい、って言いたいんだと思う」

どれだけ取り繕《つくろ》われても、褒められている気がしない。だが、弥一郎はもともと口数が少ないし、人と話すこと自体が苦手そうだ。そんな彼にしてみれば、心からの賛辞なのかもしれない。

「とにかく、弥一郎はおきよならやれると思ってる。それだけはわかってくれ」

「板長さんがそう言ってくださるのは嬉しいですが、私には買いかぶりとしか思えません」

「いやいや、あいつはそう簡単に買いかぶったりしないよ。疑い深いし、どっちかっていうと、粗探《あらさが》しのほうが得意だ。それは親の俺が請け合う」

「板長さんは、私の粗についてはどんなことを？」

粗探しが得意なら、きよの粗だって気がついているはずだ。面と向かって言われた覚えはないが、源太郎に漏らしたことはあるかもしれない。

真っ正面から訊ねたきよに、源太郎は一瞬言葉に詰まった。それでも、きよの気持ちが聞きたいなら、こちらも本当のところを伝えたほうがいいと思ったのか、弥一郎の言葉を伝えてくれた。

「おきよは細かいことを気にしすぎる、って言ってた。あ、いや、俺にはそれが悪いことだとは思えないけどな」

料理を作る上で、繊細さは宝だ。素材選びや味付けはもちろん、盛り付けだって細やかな心遣いがなくてはならない。それに、野菜や魚を雑に扱う料理人が作った料理なんて危なくて食いたくない。腹痛を起こして医者に駆け込むなんて、まっぴらごめんだ、と源太郎は一生懸命擁護《ようご》した。

「でも、板長さんがおっしゃるのはそういう意味じゃないんでしょう？　きっと料理を作る上で悪い作用があるからですよね？　私がなにか拙《まず》いことをしてるってことでしょう？」

「……おきよは聡《さと》いな」

「やっぱり……。板長さんがおっしゃったことをそのまま教えてください」

「仕方がねえ……。ただし、これはあくまでも弥一郎の考えだって心得てくれよ」

しつこく前置きし、源太郎は弥一郎が言っていたことを聞かせてくれた。

「野菜、特に葉物を洗うのに暇がかかりすぎる。根っこと葉の間に泥がついてるから、しっかり落とさなきゃならない。念には念を入れたいのはわかるが、茹でて使うものについては鍋から上げたあと水に晒《さら》す。そこでもまた洗うことになるんだから、三度四度と水を替える必要はない、って言ってた」

「私……そんなに水を使ってましたか？」

「ああ。野菜を洗うのは買った水じゃねえからかまわねえが、暇がかかるのはまずい、ってことだろう」

「すみませんでした……」

「さっきも言ったが、これはあくまでも弥一郎の考えだ。それに、あいつだっておきよが下働きだったころならこんなことは言わなかった。むしろ仕事が丁寧だって褒めてたぐらいだ。ただ、今は他にやってほしいことがたくさんあるってことだろ」

「……切り替えなきゃ駄目なんですね」

　野菜を洗ったり切ったりだけで済んでいたころと異なり、今は少しずつではあるが任される仕事が増えてきた。とりわけ、七夕のあと売り出した『五色素麺《そうめん》』が源太郎親子の目論見《もくろみ》どおりに人気の品となってからは、具の用意もきよの仕事になっている。椎茸《しいたけ》や人参《にんじん》を煮込んだり、三つ葉を茹でたり、油揚げを炙《あぶ》ったり、卵を蒸し焼きにしたり、とひとつひとつは大して難しくもない仕事だったが、五品分となると暇がかかる。

　しかも、きよがそれまでやっていた仕事を誰かが代わってくれたわけではないから、手際よく片付けないとそれだけで一日が終わってしまう。それでは新しい料理を覚えるどころではない。

弥一郎はそのあたりを心配してくれているのだろう。

「仕事の量をわきまえて、ひとつひとつにかける手間暇を考えなきゃ……」

「そういうことだ。やっぱりおきよはものわかりがいい。一を聞いて十を知るとまでは言わねえが、四まで言えば十までわかる。そもそも粗《あら》がないやつなんていねえ。誰かに言われたとき、改めていこうって心構えがあればいいんだよ」

肩を落としたきよを力づけるつもりなのか、源太郎はしきりに持ち上げる。そして、ようやっとのように話を本題に戻した。

「とにかく、あの文句屋の弥一郎ですら、おきよの粗なんてそれぐらいだと思ってる。だから欣治がいなくなったあと、おまえを店に出すことに問題はねえ」

「それであの……欣治さんはいつまで？」

「今月の末まで。本当はすぐにでも暇《いとま》を取りたいって言ってたんだが、いくらなんでもそれは困るって譲ってもらった」

「あと二十日……」

料理人修業を始めたことで仕事の中身が変わった。だがそれは、弥一郎の計らいもあって少しずつ少しずつの変化だった。いや、今の問題は仕事の中身ではない。裏にこもっていた者が客の前に出なければならない、という変化だ。確かに清五郎にそのことを言われてから、少しずつ考えるようになった。だが、二十日後に店に出られるほどの心構えはできていなかった。

しかも、欣治が暇を取ったあと、それまでの欣治の仕事を伊蔵が、伊蔵の仕事をきよが……と玉突きになるはず。三人のうちふたりが不慣れな状態で、店が回せるのかきよには疑問だった。

「やっぱり無理だと思います……私にはとても……」

「まあそう言わないでくれ。あと二十日もある。一日にひとつずつでも、二十の仕事が覚えられる。それに、欣治と違って伊蔵は店にいるんだ。あいつは気のいい男だから、困ったときは助けてくれるさ」

「伊蔵さんだって手一杯かもしれないじゃないですか」

「そのときは弥一郎が助けるさ。なあに、あいつが本気になれば、一日や二日はひとりで店を回せる。どうしてもってときは俺も手伝う」

「だったら、いっそ私がお運びに……」

「そいつはいけねえ」

きよの言葉を聞いたとたん、源太郎が厳しい顔になった。

「きよは料理人になりたい。俺たちもきよならできると思って始めさせた。途中でやめさせるなんてありえねえ。ましてや、客の相手をさせるなんて……」

『千川』は色を売る店なんかじゃない。それでも、客の中には料理を運ぶ女の尻をつるりと撫でるような不埒者《ふらちもの》がいる。目に余るときは源太郎や他の男たちが庇いに入るにしても、相手は客だ。厳しいことばかりも言っていられない。

世慣れた女なら笑って受け流せるだろうが、きよには無理だ。同じ店にいるにしても、客が立ち入ることのない料理場とはわけが違う、と源太郎は言うのだ。

「上方《かみがた》の親父《おやじ》さんたちも、おきよが料理人修業を始めたと聞いて大層喜んでた。よろしく頼むって、今度極上の酒を送ってくれるらしいぜ。酒に釣られたわけじゃねえが、とにかくおきよはうちで引き受けたんだ。棒を折るようなことはさせねえ」

混乱がないとは言えないが、きっと一時のことだ。それさえ乗り切れればあとはうまく行く、と源太郎はやけに自信たっぷりだ。弥一郎にもそういうところがある。親子というのは、似ていないようでやはり似ているのだな、とどうでもいいようなことを考えてしまう。その沈黙を了解の印と取ったのか、主《あるじ》はほっとしたように言った。

「じゃ、よろしく頼むよ。あ、そうだ、明日から少し早めに出てこられるかい？」

「もちろんです」

とにかく伊蔵の仕事を覚えなければならない。いきなり店に出るのは気持ちがついていかないし、欣治はまだいるのだから、きよの場所はない。店を開ける前に来て、伊蔵の仕事を教えてもらうほうがいいに決まっていた。

「じゃあそうしてくれ。なんなら、清五郎も一緒に来てうちで朝飯を食えばいい。なあに、伊蔵は弥一郎ほどつっけんどんじゃないから、食ってる間にもあれこれ手ほどきしてくれる」

そのあと源太郎は、伊蔵はもちろん、自分も弥一郎もきよに仕事を教えるから、と言ってくれた。

技は見て盗め、なんて呑気《のんき》なことを言っている場合ではない。口で説明できることはしたほうが手っ取り早いに違いない。

「やれるだけやってみます。でもあくまでも私は間に合わせ、できるだけ早く新しい人を探してくださいね！」

「わかった、わかった」

源太郎は、上機嫌で店に戻っていった。その背中を見送りながら、きよは考える。

『千川』は評判のいい店だから、奉公したい人はたくさんいるに違いない。今すぐ、というのは難しいかもしれないが、一月《ひとつき》か二月《ふたつき》すれば決まるだろう。

――あくまでも私は繋ぎ、役目を終えたらまた裏に戻れる。それまでの辛抱だ。それに、もしかしたら、長月《ながつき》のうちに決まるかもしれない！
欣治が暇《いとま》を取る前に新しい料理人が見つかれば、きよが店に出る必要はなくなる。その上、伊蔵の仕事は覚えられ、きよにはいいことずくめだ。
清五郎は、旦那さんや板長さんがしくじってばかりの料理人を店に出すはずがないから、誘われたら思い切って受ければいいと言っていた。だが、それはあくまでも何事も
なければの話で、今のように切羽詰まった状況では多少の粗《あら》には目を瞑《つむ》るしかなくなる。
本当の意味であのふたりに認められ、自信を持って店に出られるようになるには、まだまだ修業が必要だ。とりあえず店に出ることになったとしても、新しい料理人が見つかり次第、裏に戻って修業を積みたい。——それが、今のきよの嘘偽りない気持ちだった。

「じゃあ、明日から俺は、起き抜けで空きっ腹を抱えたまま『千川』まで行かなきゃなんねえってこと？」

そんな殺生《せっしょう》な……とあからさまにがっかりした清五郎に、きよは驚いてしまった。てっきり、朝から『千川』の料理にありつける、と喜ぶとばかり思っていたのだ。

だが、空きっ腹を抱えて、という言い分はいかにも食いしん坊の清五郎らしいし、気の毒でもある。自分のせいで弟にそんな苦行を強いるのは申し訳ない。少し早起きすれ

ば、朝ご飯の用意はできるはずだ。

ところが、やっぱり家で食べてから……と言い出したきよに、清五郎は慌てて手を左右に振った。

「いや、いいよ。それじゃあ姉ちゃんが大変すぎる」

「あんたはそれでよくても、あんたのお腹が黙っちゃいないでしょ。それに、よく考えたら朝のうちに仕度をすませないと、帰ってからご飯を炊くことになるわ。それはそれで面倒よ」

仕事から疲れて帰って、一から飯の仕度をするのは大変だ。それよりなにより、清五郎はぐうぐうなる腹を抱えて『千川』に行き、帰ってからも腹を鳴らしながら晩飯を待つことになる。聞くほうもいたたまれない、と笑うと、清五郎は考え込んだ。

「俺の腹の虫はいつだってうるさいんだから我慢してもらうにしても、帰ってから飯の仕度ってのは確かに大変だな。それならいっそ、晩飯も店で食わしてもらったほうがいいかな……」

「そしたら帰りが遅くなっちゃうわ。それに、いくらなんでも甘えすぎでしょ」

清五郎ときよは通いの奉公人だ。帰ってから姉弟だけで気ままに過ごせる代わりに、昼ご飯以外は自分たちで用意してきた。飯は店に任せきり、気楽な暮らしも捨てたくない……では、勝手すぎるというものだろう。

「ずっと続くわけじゃないし、二十日やそこら早起きしても大丈夫。明日は仕方ないにしても、明後日からはこれまでどおり家で食べましょう」

「わかった。じゃあ俺も手伝うよ」

「いったいどういう風の吹き回しかしら。でも、無理に早起きして、店で居眠りしないでね」

「わかってらあ！　それにしても、旦那さんも板長さんもいきなりすぎるよな」

確かに姉ちゃんは店に出るべきだと俺も思うけど、さすがに早すぎる……と清五郎はぶつぶつ言う。

「旦那さんたちも、最初は新しい料理人を見つけようとしたらしいわよ。でも、すぐに来てくれる人がいなくて私にお鉢が回っただけ。私は新しい料理人が見つかるまでの間に合わせよ」

ところが、清五郎はきよの説明に安心するどころか、眉間にことさら深い皺を寄せた。

「新しい料理人を探した？　すぐ来てくれる人がいなかった？　そんなはずは……」

「どういうこと？」

きよが怪訝《けげん》な顔をすると、清五郎は少々戸惑いながら、店であった出来事を話してくれた。

「この間、男がひとり来たんだけどさ……」

男は入ってきたものの、座敷に上がることもなく、店の中をきょろきょろと見回していた。

おそらく昼八つ（午後二時）ごろ、客が多ければ料理を運ぶのに手一杯だが、ちょうど昼飯と晩飯の間で手空きだったため、とらが声をかけたところ、『ご亭主に会いたい』と言ったそうだ。

「旦那さんに？　なにか商《あきな》いの相談だったのかしら……」

「相談といえば相談かな……。旦那さんはちょうど奥に入ってたからおとらさんが呼びに行ったんだけど、そいつ、どうやらうちに奉公したかったらしい」

「あら……そんな人が来てたの」

「そんな人が来てたの、じゃねえよ。旦那さんは欣治さんの代わりを探してたはず。そんなやつが来たら渡りに船だ。それなのに旦那さんときたら、『料理人は探していませんか』って訊かれるなり『間に合ってるよ』って……」

「……いつのこと？」

「四、五日前かな」

「そのときはまだ、欣治さんが暇《いとま》を取りたいって言い出していなかったのかも」

「それはないだろ。だって旦那さんは姉ちゃんに、探してみたけど見つからなかったって言ったんだろ？　人を探すってそんな短い間でやることじゃないよ」

口入れ屋に頼むにしても、もう少しかかるはずだ、と清五郎は言う。言われてみればそのとおりだった。

「だったら、その人がよっぽどいけ好かない感じだったとか？」

源太郎は年もいっているし、今までにいろいろな人を見てきたはずだ。一目で、これは駄目だと見抜いて門前払いをしたのかもしれない。主《あるじ》として、当然の振る舞いだろうときよは思った。だが、清五郎はきっぱり否定した。

「いけ好かないなんてことはなかったよ。それどころか、けっこうな男ぶりで、身なりもちゃんとしてた。着物なんて洗い立てなんじゃねえか、って感じ。だからおとらさんがすっとんでって声をかけたんだ。あの人、いい男に弱いからさ」

「別にいいでしょ、いい男が好きでも。でも変ね、それならどうして……。あ、そうだ、もしかしたらその人も、今から修業を始めたかったとか？」

これまで別の仕事をしていたけれど、料理の道に入りたくなった。修業ができるところはないか、と考えたところ『千川』を思い付いた。なにせ『千川』は深川では有名な料理屋だし、奉公人も多い。料理人だけでも三人もいるのだから、これから修業を始めるにはうってつけだと思ったのかもしれない。

　だが、そんなきよの考えにも、清五郎はすぐさま首を横に振った。

「違うよ。だってその人、台屋《だいや》に五年も奉公してたって言ってたもの」

「台屋……って、吉原《よしわら》とかの？」

　台屋というのは、もっぱら遊郭に仕出しを届ける料理屋である。仕出し料理は、大きな台の上に松竹梅を形取って盛り付けられるため『台のもの』と呼ばれている。きよや清五郎とは無縁の世界だったが、かなり豪華な料理だということぐらいは知っていた。

「そう。でも台のものなんて、きらびやかなだけで大して旨くないって言われてるだろ？　女の手前、取るだけ取って自分じゃろくに食わない客も多い。味よりなにより見栄《みば》え。そういうのにうんざりして、ちゃんと食って喜んでもらえる料理が作りたくなったんだってさ」

「そんなことまで聞いたの？　旦那さん、いきなり断ったんだと思ってた」

「その話をしたのは、奉公させてほしいって言う前。旦那さんも、なんの用事なのかわからないから、黙って聞くしかなかったんだろ。で、いろいろ話した挙げ句、料理人を探していないか、ここで使ってくれないか、ときたから『間に合ってる』ってなったんだ」

「ああ、そういうわけ……」

「いくら台屋《だいや》でも、五年も奉公してたんだから料理の基本は身についてる。飾り物なんて大の得意だろ。駆け出しの姉ちゃんとは比べものに、あ……」

そこで清五郎は、慌てて片手できよを拝んだ。子どものころから変わらない、ごめん、の仕草を懐かしく思いながらきよは返す。

「謝らなくていいわよ。そのとおりだもの。でも、それが本当なら、どうして旦那さんは……断る理由なんてないわよね」

「だろ？　だから言うんだ。きっと旦那さんは、新しい料理人を探すつもりなんてなかった。最初から姉ちゃんを引っ張り出す気だったんだよ」

「そうかなあ……。あ、でももしかしたら！」

そこできよは、はっと気付いた。

源太郎には弥一郎の他にも息子がいる。三年ほど前に上方《かみがた》に料理の修業に行ったと聞くが、修業に出る前も、『千川』の手伝いをしていたらしい。三年も経てばいっぱしの料理人になっているだろうから、源太郎はその息子を呼び戻すつもりなのではないか。

とはいえ、上方にいる息子に今すぐ戻ってこいとは言えない。奉公先だって迷惑する。ある程度時をおいてから、となった。だが、その間に新しい料理人を入れたら、上方から息子が戻るなり、暇《いとま》を出すことになってしまう。それではあまりにも新しい料理人に気の毒、ということで、きよで間に合わせることを思い付いたのだろう。

「なんだ、そう言うことだったのね」

それなら安心、とほっとしているきよを見て、清五郎はことさら大きなため息をつく。

「姉ちゃん、そんなに喜んでていいの？」

「どうして？　私は今すぐ店になんて出たくないんだからそれでいいじゃない」

「でも、いずれはちゃんとした料理人になりたいんだろ？　板長さんの弟が戻ってきたら、姉ちゃんの出る幕がなくなっちまうよ」

「出る幕……」

弟の言葉に、きよは考え込んでしまった。

きよが知っている料理屋の大半は、料理人が店に出ている。客と顔を合わせずに済むのは、それこそ仕出し専門の台屋ぐらいだろう。

きよが料理人になりたいと思ったのは、料理が好きなことに加えて、自分のような者でも料理でなら人に喜んでもらうことができるのだ、とわかったからである。台屋で奉公している料理人が、客に喜んでもらえる料理を作りたい、と暇を取ることを考えているのなら、きよだって同じ気持ちになりかねない。客と顔を合わせずに済むからといって、台屋《だいや》になる気にはなれなかった。

食べた人にしみじみと、旨いなあ……と言ってもらえるような料理を作りたい。自分の料理を食べて喜ぶ人の顔が見たい。あれほど店に出るのが嫌だったのに、料理修業を始めた今、きよの中にそんな気持ちが育ちつつある。もしかしたら、心の中に、店で料理をしている自分の姿が浮かびかけていたのかもしれない。それだけに、新しい料理人が居着けばきよの出る幕がなくなる、という清五郎の言葉は、きよの肝を冷やすものだった。

一気に不安そうになった姉に気付いたのか、清五郎が慌てて話を逸《そ》らした。

「もしかしたら、の話だよ。とにかく旦那さんは新しい料理人を入れる気はなかった。上方《かみがた》に行ってる息子を呼び戻す気かどうかはわからないけど、俺はそれも違うんじゃないかと思う」

「どうして？」

苦労して作り上げた店なのだから、他人よりも息子に店を任せたいと思うのが親というものだろう。ましてやふたりとも料理人、あえて外に出したのは息子自身に世間の厳しさを学ばせるため、そして、これから先、奉公人を使うにあたって、彼らの気持ちに寄り添えるようになるためでもあるだろう。いずれにしてもきよには、いつかは『千川』

に戻すことが前提だとしか思えなかった。

「下の息子さんが戻ったら、旦那さんは板長さんに店を任せて、おさとさんとのんびり暮らすんじゃないかしら」

「いやいや、旦那さんはまだまだ元気だし、楽隠居《らくいんきょ》なんて考えはないよ。なにより、板長さんと下の息子はあんまり馬が合わなかったらしい。外に出したのはそのせいだって、おとらさんが言ってた。『千川』に戻すことはない、あるとしたら暖簾《のれん》分けぐらいだろうってさ」

「おとらさんは本当に事情通ねえ……」

「姉ちゃん……」

　感心したように言ったきよに、清五郎は呆れた声を出す。まさに、そんな話をしたいわけじゃねえ、といったところだろう。

「とにかく、月が変わったら姉ちゃんは店に出る。そこでちゃんとやれるかどうかが正念場《しょうねんば》だよ。料理人になりたいなら、料理の腕を上げる他にも頑張らなきゃならねえことがあるって話だ」

「できるかしら……」

「姉ちゃんならやれるさ」

なんの裏付けもないことを言われても……とため息が出てしまう。それでも、長く続くかどうかは別にして、神無月《かんなづき》が来れば欣治はいなくなる。主《あるじ》の源太郎が、これまでの欣治の仕事を伊蔵に、伊蔵の仕事をきよに、と考えているのなら、それに従う他はない。

「大丈夫、客なんて、自分が呑み食いするのに夢中で料理人なんて見ちゃいない」

きよにとって、そんな清五郎の言葉だけが頼りだった。


朝の支度を俺も手伝う、と清五郎は言っていたけれど、本当のところきよはあてにしていなかった。今まで、すぐ横できよが飯の仕度をしていても白河夜船《しらかわよふね》だったのだ。急に早起きなんてできるはずがない、と思ったし、わざわざ起こすのもかわいそうな気もした。

ところが、一日だけ『千川』で朝ご飯を食べた翌日、きよが起き上がると同時に清五郎も身を起こした。

「姉ちゃん、おはよう。米は研《と》いであったよね？」

「お、おはよう。もちろん、夜のうちに研いだわよ」

「じゃあ、まず火を熾《おこ》して……。あ、七輪《しちりん》にも炭を入れなきゃ」

手早く布団を片付け、清五郎は土間の隅に置いてある火消し壺のところに行こうとする。

　きよは慌てて手ぬぐいを出して言った。

「まずは顔……と手をよーく洗ってからね」

「お、さすがは料理人。手洗いは欠かしちゃなんねえよな」

　合点承知の助、と清五郎はやけに機嫌がいい。きよは、普段の寝起きの悪さはなんだったの？　と首を傾げそうになる。それでも、せっかく手伝う気になってくれたのに水を差すことはない。ということで、ふたりは仲良く顔と手を洗い、飯の仕度を始めた。

　心配しながら見ているきよを尻目に、清五郎は火消し壺からへっついに炭を移す。続いて炭の上に薪《まき》をくべると、程なく薪に火が移った。

「案外上手ね。火なんて熾したことはないはずなのに」

「熾したことはないけど、毎朝姉ちゃんがやってるのを見てたからね」

「見てた？　いつだって寝てたじゃない」

「と、思うだろ？　実は薄目を開けて見てたんだよ」

「そうだったの？」

　全然気付かなかった、と驚くきよに、清五郎は悪びれもせずに言う。

「そりゃそうさ。姉ちゃんは背中を向けてるからね。俺は姉ちゃんが飯を炊くのをこっそり見てて、炊きあがってお菜を作りに行ったあと、飯のいい匂いの中でまたうつらうつら……腹の虫と眠気の一本勝負、これがなんとも……」

「呆れた！　だったら手伝ってよ！」

「姉ちゃんがやったほうが断然早いし、飯だってうまく炊ける」

「もう……それなら見てる必要なんてないでしょ」

「そこはさ……」

そこで清五郎はいきなり声の調子を落とした。そして、やけにしんみりと言う。

「江戸に来たとき考えたのさ。上方《かみがた》でなら、飯を作ってくれる人なんていくらでもいる。料理方の奉公人もいたし、おっかさんもいた。でも、もうふたりきり。俺だって、いつかひとりで暮らさなきゃならないときがくるかもしれない。飯炊きぐらい覚えなきゃならないあ……って」

「ひとりで暮らすって……まさか、私を上方に追い返す気？」

唇を尖らせたきよに、清五郎は呆れたように返す。

「追い返しゃしないよ。でも姉ちゃんは女だし、女は嫁に行くもんだろ？　姉ちゃんが嫁に行ったら俺はひとりになっちまう。飯だって洗濯だって自分でやらなきゃならない」

「お嫁になんていかないわよ」

「そんなことわかんないじゃねえか。それに、嫁に行かなかったとしても、住み込みになるかもしれない」

仕込みをしなければならないため、料理人は住み込み奉公が多い。きよはもともと料理人ではなかったから通っていたけれど、この先はわからない。しかも、料理人として独り立ちをした暁《あかつき》には、『千川』以外の店に奉公するかもしれない。となると、きよは奉公先に住み込み、清五郎は孫兵衛長屋に残る、ということもあり得る。清五郎はそれに備えているのだという。

「じゃあ、俺も手伝うって言ったのは……」

「飯の炊き方の理屈はわかったから、あとは実践。やってみないとわからないこつを身につけようと思って」

「そんなこと考えなくてもいいの！　こんな大年増をもらってくれる人なんていないし、あんたを残して住み込み奉公もしません。そもそも『千川』以外に、女の料理人を使おうなんて店はないわよ」

「それこそわかんないよ。あそこには女の料理人がいる、って評判になれば客が増える、とか考える店があるかもしれない」

「勘弁してよ」

料理の腕ではなく、女の料理人だからというだけで雇われるなんてまっぴらごめんだ。それが平気なら、最初から水茶屋にでも行く。とはいえ、気持ち云々《うんぬん》以前に、きよはやせっぽちだし、髪も細くて黒々とはほど遠い。鼻は低いし、口もどちらかと言えば大きい。せめてもの救いは色が白いことぐらいだが、それだって長年家から出ることもなく過ごしたおかげで、これから先はわからない。とてもじゃないが、水茶屋で人気になれる姿形ではないことぐらいわかっていた。

「私はお客を呼べるような別嬪《べっぴん》さんじゃないの。馬鹿なことを言ってないで、ちゃんとお釜を見てて！」

「へいへい。ぐつぐつ言って吹きこぼれてきたら火を引けばいいんだよな」

「そうよ。焦がさないでね」

そんなやりとりで朝ご飯の支度が始まった。

飯は存外うまく炊けた。大急ぎで作ったおかげで、炊き立ての飯と出来立てのお菜というご馳走にありつき、ふたりはこんな暮らしも悪くない、などと頷きつつ『千川』に向かった。

たいそう腰の軽い与力が『千川』に現れたのは、二十日間の早出を終えたきよが、初めて店に出た日のことだった。

なにかあったらすぐに手を貸せるように、という配慮からか、弥一郎と伊蔵の間に入れられたが、きよにとってはありがた迷惑。客たちよりも、ふたりの視線が気になってならない。びくびくしながらなんとか作業を進め、ようやく一日の勤めが終わりそう……となったところに、上田が現れたのだ。

きよが店に出ていることなど知っているはずもない。それでも上田は、別段驚いた様子もなく、ほんの一瞬きよに目を留めたあと座敷に上がり込んだ。どうやら今日は、しっかり呑み食いするつもりらしい。

「これはこれは上田様。お忙しいでしょうに、ようこそおいでくださいました」

源太郎に揉み手をせんばかりに迎えられ、鷹揚《おうよう》に頷いた上田は、燗酒《かんざけ》を所望した。

「うんと熱くしてくれ。あと、なにか肴《さかな》を」

「今日は小鰭《こはだ》の具合がよろしゅうございます。酢締めでも、餡掛けでも」

「餡掛けと申すと？」

「粉をまぶして揚げたものに、甘みが入った醤油餡をかけております」

「それをもらおう。あと、おふくろ様に……」

「座禅豆《ざぜんまめ》でございますね。ご用意いたします」

「それと、手が空いたら少々訊ねたいことが……」

注文を聞いて戻ろうとした源太郎に、上田がそんな声をかけた。

そういえば上田は、雛祭りのころ、人形屋に押し込みがあったから行き帰りに気をつけるようにと知らせに来てくれた。わざわざ主《あるじ》を呼ぶからには、またなにかあったのかもしれない、ときよは聞き耳を立ててしまった。

手が空いたら、と上田は前置きをしたが、ちょうど一段落したところだし、店には料理を運ぶ奉公人が三人いる。源太郎が多少上田と話し込んでも支障はないはずだ。

店の様子を見ればそれぐらいのことはわかるだろうに、あえて手が空いたらと添えるところに、上田の配慮が窺えた。

源太郎もそれがわかっているのか、微笑んで応《こた》える。

「手は空いておりますが、とりあえず酒と肴《さかな》をご用意いたします。お話はそれから」

「おう。それがよいな」

上田が応えたとたん、弥一郎の声がした。

「清五郎、これをお持ちしろ」

「へーい」

すぐに清五郎が飛んできて、酒と料理を運んでいく。

上田の声はよく通るため、ふたりのやりとりは店の中に筒抜けだ。とらは熱燗《あつかん》と聞くなりちろりに手を伸ばしたし、肴が決まるやいなや、伊蔵は揚げ置きしてある小鰭《こはだ》を小鉢に盛って熱い餡をかけた。おかげで、源太郎が腰を上げるまでもなく、上田の酒と肴の用意が調《ととの》ってしまったのだ。

いくら手空きとはいえ、あまりにも早い。おそらくとらも伊蔵も、弥一郎までも上田の話が気になってならなかったのだろう。

「電光石火とはこのことだな」

上田は苦笑いしながら、源太郎の酌を受けた。だが、それからあとはめっきり声の調子を落とす。どうやら自分の声がどれほど通るか改めて気付いたらしい。

聞き耳を立てていた奉公人たちはがっかりだが、みだりに他に聞かせられないことなのだろう。お役目に関わることなら仕方がない。必要であれば、あとで源太郎が聞かせてくれるに違いない。

その後、上田と源太郎はしばらく話し込んでいた。途中で酒を一本、肴も一品足し、両方が空になったあとも話が終わらない。奉公人たちが、酒をもう一本持っていくべきか、あるいは飯の仕度をすべきか、と相談し始めたころ、ようやく源太郎の声が聞こえた。

「おきよ、上田様に茶漬けを頼む」

「はーい！」

これまで、酒のあとの簡単な腹満たしの料理は伊蔵が拵《こしら》えていたため、今日からはきよの受け持ちとなっている。茶漬けや握り飯は簡単だし、家でも作るから慣れてもいる。きよにとって、気負うことなく作れる料理だった。

ただ『茶漬け』と言われただけで、中身の指定はない。お任せと言うことか、と判断し、茶碗に飯を盛りつつ考える。

『千川』の茶漬けは焼いてほぐした塩鮭や川魚の佃煮《つくだに》を載せることが多い。だが、今日上田が食べたのは小鰭《こはだ》の餡掛けと鯛の付け焼きで、いずれも魚料理だ。茶漬けぐらいは魚ではないほうがいいだろう、ということで、きよは梅干しを取り出した。

梅干しの種を取り、包丁で叩く。形がなくなってねっとりした梅干しを飯の中央に載せ、回りに刻んだ青紫蘇《あおじそ》を散らす。炙《あぶ》った海苔《のり》を揉んで茶をかければ、梅茶漬けの出来上がりだった。

「お、おきよの茶漬けだな」

茶漬けを載せた盆が届くなり、上田がこちらを見て言う。また声が大きくなっているから、大事な話は終わったのだろう。

これは『千川』が前々から出しているとおりの茶漬けだ。なんでもかんでも『おきよの』とつけるのはやめてほしい。これまで作っていた伊蔵の気に障るではないか、ときよはそっと隣を窺った。

伊蔵は黙ったまま上田のほうを見ている。教えられたとおりに作ったはずだし、途中で注意を受けることもなかった。なにより、茶漬けひとつ伊蔵と同じように作れないとしたら、お先真っ暗だ。きよも固唾《かたず》を呑んで、上田の様子を見守った。

「うん、さっぱりとして旨い。魚の後味が洗い流されるようで、いくらでも食える」

「それはなによりです。もう一杯、お持ちしましょうか？」

「いや、もう十分。話も済んだことだし、これで帰るとする」

「では座禅豆《ざぜんまめ》を」

「おう、かたじけない」

母親への土産《みやげ》を受け取り、いつも同様、示されたよりもかなり多めに支払ったあと、上田は腰を上げた。

板場の前を通るときになにか声をかけられるかと思ったが、ちらりと見ただけでそのまま帰っていった。

上田が出ていったあと、伊蔵がぽつりと呟いた。

「一声ぐらいかけていくと思ったんだけどな……」

「小鰭《こはだ》の餡掛け、上出来でしたものね」

魚の脂加減も上等だったし、揚げ方、餡のとろみや味付けも抜群だった。弥一郎ですら、言うことなしだ、と褒めたほどだから、伊蔵も自信を持っていたのだろう。せめて一言褒めてほしかった、という気持ちはよくわかった。

ところが、伊蔵はきょとんとしている。そして、まじまじときよの顔を見て笑い出した。

「いや、料理のことじゃねえ。おきよがここにいることについてだよ」

「私……ですか？」

「そうだ。なんてったって、今日はおきよが初めて店に出た日じゃねえか。上田様はおまえを気に入ってるんだし、料理修業を始めたことだってご存じのはずだ。だったら、『お、とうとう顔見せか』とぐらい、言ってくれそうなもんじゃないか」

「いちいち声なんてかけませんって」

ついさっき、自分でも声をかけられるかと思ったたし、素通りされてがっかりしたことも確かだ。けれど、伊蔵に言われたことで、自分の思い上がりを知らされた。あの小鰭の餡掛けを作った伊蔵に一言もないのであれば、きよが声をかけてもらえるはずがない。

「上田様はいつもお忙しそうだし、私なんかに関わっている暇なんてありませんよ」

「そうかなあ……そのわりには『おきよの茶漬けか！』なんて嬉しそうだったけどな」

「すみません……『おきよの』なんてとんでもないですよね」

「そんなこと気にしちゃいねえよ。おきよが作ったんだから『おきよの茶漬け』に間違いない。それより、上田様はそうやってなんでもかんでも『おきよの』ってつけたくなるぐらいおまえを気に入ってる。にもかかわらず、一言もかけていかねえのは変だって話さ」

なにか思うところでもあったのだろうか、と伊蔵は首を傾げる。そこにやってきたのは源太郎だった。

先ほど上田を送り出したときとは打って変わって、ひどく難しい顔をしている。弥一郎になにかを言いたそうにしたものの、折り悪く、上田と入れ違いにまとまった客が入ってきた。注文を聞かねばならないし、板場も忙しくなる。のんびり話している場合ではないと見て取った源太郎は、諦めて上田が使っていた皿や徳利《とっくり》を奥に運んでいった。

その日、きよはいつもどおりの時刻に仕事を終えた。

実はきよは、店に出るにあたって気がかりがひとつあった。それは、料理人として板場にいる以上、店を閉めるまで残らなければならないのでは、というものだった。

だが源太郎は、きよの気がかりを聞くなり否定した。

「今までだって、おきよが仕事を終える時分には客はずいぶん少なくなってた。おきよは知らなかっただろうが、おまえが帰ったあとは交替で飯を食ってたぐらいなんだ。板場にはふたり残れば十分」

「でも……それだと、交替でご飯というわけには……」

「まあ、なんとかなるさ」

それはおまえが心配することではない、と諭《さと》された上に、弥一郎も、弟と一緒なのは途中までなのだから、あまり遅くなると物騒だ、今までどおりでかまわない、と言ってくれた。おかげできよは、裏で仕事をしていたときと変わらぬ時間に家に帰れることになっていた。

ところが、終わっていいぞ、と弥一郎に言われて立ち上がったきよに、源太郎が申し訳なさそうに声をかけてきた。

「おきよ、ちょっといいかい？」

それだけ言うと、源太郎は裏に入っていく。やむなくついていくと、使い慣れたへっついの脇まで来たところで、源太郎は立ち止まった。

「なにか不始末でもありましたか？」

なんと言っても初日、自分ではちゃんとやったつもりでも、うっかり粗相をしたのかもしれない。店には奉公人がたくさんいるし、弟だって見ている。その前で叱るのはさすがに、ということで裏に呼んだ。源太郎ならそれぐらいの配慮はしてくれるだろう。だが、そんなきよの心配と裏腹に、源太郎が持ち出したのは意外すぎる話だった。

「実は、おりょう様が、おまえに来てほしいとおっしゃっているらしい」

「来てほしい、とは……？」

上田の母とは一度、しかもずいぶん前に会ったきりだ。

心付けをくれたあとも、上田を通じてきよの様子は聞いているはずだが、それでは飽き足らず、会いたいから屋敷に来てくれということだろうか。

そんなに気に入ってくれているなんて、ありがたい話だ。見るからに優しそうな人だったし、心底きよを心配してくれているようでもある。源太郎や弥一郎が許してくれるなら、是非会いに行きたい、ときよは思った。

ところが、源太郎が言っているのは、ただ会いに行くという話ではなかった。

「上田様は、おまえに奉公に来てほしいそうだ」

「奉公⁉」

「これまで上田家に奉公していた女子《おなご》が暇《いとま》を取るらしい。おりょう様は、そのあとをきよに頼めないか、とおっしゃっているそうだ」

上田は嫁を取ってふたりの男子を授かったものの、嫁は運悪く流行病《はやりやまい》で亡くなってしまった。上田の母、上田、そして上田の息子ふたりの暮らしが始まったのだが、上田の母を除けば男子ばかり。勤めもあるし、母の相手ばかりしていられない。世話係というよりも、もっぱら話し相手として女子《おなご》を雇い入れていたという。

「六年ぐらい奉公したそうだ。で、その女子がこの度嫁に行くことになった。めでたいことだし、止めるわけにはいかねえ。誰か代わりを、と考えたとき、おりょう様がきよの名を挙げたんだとさ」

会ったのは一度きりだが、真面目で聡《さと》そうな女子だった。気遣いもあるし、なにより料理上手だ。きよに来てもらえば、『千川』に座禅豆《ざぜんまめ》を買いに行く必要もなくなる、と母親に言われ、上田は相談しに来たらしい。

「顔を見るたびに、『千川』の座禅豆を買ってこい、と言われていたらしいよ。そんな有様じゃ、いっそのこときよを雇おう、となっても無理はねえ」

「そんな……私はもうこちらで奉公させていただいてるのに……」

「それはあちらだって十分わかってるだろうけど、料理屋で働くよりも武家に奉公したほうがいい。嫁に行くにも箔がつく、とでも思ってるんだろう。それに、仕事だって今よりずっと楽になる、って言ってた」

世話係と言っても、上田の母親はまだまだ元気で、たいていのことは自分でできる。掃除や洗濯は別に奉公人がいるし、仕事はもっぱら話し相手。一緒に芝居を見に行ったり、寺に詣《もう》でたついでに茶屋に寄ったりすることも多い。毎日山ほどの野菜を洗ったり切ったりするよりも楽しいに決まっている、とも言っていたそうだ。

上田から聞いた話を伝えつつ、源太郎はどんどん厳しい表情になっていく。いくら与力でも、うちの奉公人を横から攫《さら》いに来るなんてひどすぎる、とでも思っているに違いない。

だが、次に源太郎の口から出たのは、意外な言葉だった。

「確かに……考えてみればおきよには酷だったよな……」

「酷ですか？」

「ああ。弟のお目付役で無理やり江戸に出されただけでも気の毒なのに、いつの間にか料理屋で奉公する羽目に。その上、新しい品書きを考えろだの、料理修業を始めろだの、挙げ句の果ては出たくもねえ店にまで……」

俺たちはきよのことを考えている体《てい》で、その実、自分たちの都合ばっかりだったんだな、と源太郎は肩を落とす。慌てたのはきよだった。

「なにをおっしゃってるんです。どれも、私の先まで考えてくださってのことじゃないですか。旦那さんも板長さんも、私の料理好きを知った上で、なんとかそれで身を立てられるように、修業をさせてくれてるのでしょう？　女の料理人なんて聞いたことないし、店の評判だって落としかねないのに」

「それはいらない心配だ。多少評判が下がったところで、おきよの座禅豆《ざぜんまめ》や木の芽田楽《でんがく》でぐんと上がったあとだから、せいぜい元に戻るぐらい。五色素麺《そうめん》まで入れたら釣りが来る。あ、これは万が一評判が落ちたとしても、ってことで、俺だって弥一郎だって、そんなことはねえって信じてるがな」

現に、今日だって誰からも文句なんて出なかった、と源太郎は言う。けれど、それは今日だけのこと、明日以降文句だらけになるかもしれないのだ。

「私が店に出たのは今日が初めてです。これから先は……」

「だから大丈夫だって。客は、座禅豆や木の芽田楽を作ってるのがきよだってことぐらい承知してる。なにせ『きよの』って書いてあるんだからな」

「たいていのお客さんは『きよが考えた』だけで、作ってるのは男の料理人だって思うんじゃゃないですか？」

「それはねえよ。俺はもちろん、店に出てる連中がしっかり説明してたし」

「説明？」

「ああ、これは裏で作ってます、作ってるのは『きよ』です。だから『おきよの座禅豆』だし、『おきよの木の芽田楽』なんですってな。どうかすると弥一郎のより人気な日もある。清五郎なんてもう得意満面だぜ」

「あの子ってば……」

「かわいい弟じゃねえか。まあ、そんなわけで、客の大半はおまえさんが店に出たところで、ああ、これがおきよか、ってなもんだ。文句なんて出るわけねえし、一見《いちげん》の客が文句を言おうもんなら、箒《ほうき》で尻をぶっ叩いて追い出してやる」

一昨日《おととい》来やがれだ、と源太郎は盛大に笑った。

気持ちは嬉しいが、客を追い出すのはいかがなものか。馴染みなら洒落《しゃれ》で済むかもしれないが、一見の客ではそうはいかない。恨みを買って悪評をばら撒かれるに決まっている。自分のためにそんなことはしてほしくなかった。

「だから女の料理人云々《うんぬん》は気にすることはない。ただ、はっきり言って料理人の仕事はきつい。女ならよけいだ。おりょう様はできたお方のようだし、話を聞く限り、今より楽になるってのは間違いねえ」

「いや、でも、それって住み込みですよね？」

「たぶんな」

「だったら無理です。弟をひとりにはできません」

きよが江戸に来たのは、あくまでも清五郎の世話を焼くためだ。上田家に住み込んでしまったら、ご飯仕度も洗濯も掃除もしてやれない。それでは、なんのために江戸に来たのかわからないではないか。

だが、そんなきよの話に、源太郎は頷かなかった。

「清五郎はいくつになった？」

「二十歳です」

「もう一人前だ。奉公だって二年目、店にも仕事にも慣れた。てめえひとりのことぐらいできて当然。いつまでも姉ちゃんにぶら下がってる場合じゃねえ」

「でも……あの子は今まで……」

「今までは今までだ。このままじゃ、おきよは嫁にも行けねえ。そろそろ独り立ちさせたほうがいい。それに、本人だってそれを見越して飯の仕度を手伝い始めたって聞いたぞ」

「あの子、そんなことまで？」

「俺の飯はけっこういけるんだぜ、なんておとらに自慢してたよ。いいことじゃねえか。独り立ちさせるためには、突き放すことも必要だ」

言っていることは間違っていない。それでも、清五郎を置いて上田家に奉公する気にはなれない。源太郎は、そんなきよの心を読んだように続けた。

「あと、これは本当に言いたくねえけどな……。上田様は、きっときよなら弟のことを気にする。そのときは、弟も一緒に上田家に来てもいいってさ」

「清五郎も？」

「ああ。上田様のお屋敷は、もともと奉公人が足りてないらしい。無理もねえ。与力なんだから、信用できない者を家に入れるわけにはいかないだろう」

「だからって清五郎はないでしょう。だってあの子、上田様相手に騙《かた》りを働いたんですよ！」

「騙りって言うより嘘だな。別に金を巻き上げたわけじゃねえんだから」

「同じようなものです！　どっちにしても信用なりません」

「おきよはきついな。弟じゃねえか」

「弟だからこそ言うんです。なにより、私は奉公先を変える気なんてありません。ましてや、弟まで巻き込んで……」

「まあそう言わず、ちゃんと考えたほうがいい。清五郎にしても、案外上田様にお仕えしたいって言うかもしれねえ。なんせうちに来たのは親父《おやじ》さんの考えだったし」

源太郎の言葉に、きよはぎくりとした。

清五郎は以前から、二十歳にもなるのに小僧と変わらない仕事だ、と嘆いている。こう言ってはなんだが、料理屋よりも武家に奉公しているほうが、聞こえがいいのは確かだ。自分ではなく周りの考えで江戸に来たのも間違いない。自分の一存で、弟が道を選ぶ機会を失わせていいのだろうか……

「……弟と相談してみます」

「まあいろいろ言ったが、肝心なのはおきよの考えだ。俺は、時には自分の気持ちを先にしたっていいと思うけどな」

釘とも言えぬ釘を刺し、源太郎は店に戻っていった。入れ替わりに清五郎がやってきたので、ふたりは揃って勝手口から外に出る。しばらく並んで歩いたところで、清五郎が声をかけてきた。

「姉ちゃん、浮かねえ面してるなあ……。やっぱり店に出るのは辛《つら》かったのかい？」

心配そうな顔で言う弟に、きよは無理に笑ってみせる。

「ううん。お店のほうは思ったより平気だった。あんたが言うとおり、お客さんは私のことなんて気にしてなかったし」

「だろ？　まあ、その分、板長さんは気にかけまくってたけどな」

「やっぱり……」

「うん。板長さん、ずーっと横目で姉ちゃんを見てたよ。あれでよく自分の仕事がこなせるもんだってびっくりしちまったよ。板長さんほどじゃねえけど、伊蔵さんも似たり寄ったり」

「料理を台無しにしないか心配でならなかったんでしょうね……」

「どうだろ？　料理なんざ、作り直せば済むことだし、うっかり怪我でもしたら大変だってほうじゃねえのかな。店を開けたばっかりのとき、姉ちゃんは肩に力が入ってがちがちだったし」

「そんなだった？」

「そんなだったよ」

けらけらと笑ったあと、清五郎はふと我に返ったように訊ね直した。

「店の初日が平気だったんなら、なんでそんな顔してるのさ」

「あのね……」

話を続けようとしたとき、折り悪く湯屋の前に着いてしまった。

やむなくそこで清五郎と別れ、きよは長屋に向かう。話の中身も中身だし、家に帰ってからゆっくりのほうがいいだろう。

「上田様がそんな話を……。俺はてっきり……」

膳に茶碗を戻した清五郎が、少々考え込みながら言った。

湯屋から帰るなり、ひじきの白和《しらあ》えで飯を一膳、そのあと漬け物で湯漬けを掻き込んで、ようやく人心地ついたといったところだろう。

「てっきり？」

「いや、さっき湯屋で妙な話を聞いたから、上田様はその話をしに来たのかなと思ってたんだ」

「妙な話？」

「うん。他の客が話してるのを聞いただけなんだけど、旅籠《はたご》で『千川』そっくりの料理を食ったって……」

「そっくりって言っても、料理なんて案外どれも似たようなものなんじゃないの？」

上方《かみがた》と地廻りの違いはあるだろうけれど、醤油、味醂《みりん》、酒、味噌、塩などを組み合わせて味をつけることに変わりはない。たまたま同じような味付けになることが、まったくないとは言えないだろう。

ところが、よくあることよ、で片付けようとしたきよに、清五郎は憤慨したように言い返した。

「味付けだけじゃねえらしいよ。柔らかい座禅豆《ざぜんまめ》に五色素麺《そうめん》、おまけに盛り付けもそっくり。湯屋の連中は、『千川』は暖簾《のれん》分けでもしたのか、って話してた」

「どこで……？」

「小田原宿《おだわらじゅく》の旅籠だってさ。湯屋にいたやつは四、五日前にそこに泊まって飯を食った。で、あんまりそっくりだったんで、確かめがてら『千川』に来てみたんだってさ。で、食ってみたら瓜ふたつ、同じ料理としか思えなかった、と……」

「不思議な話ね。でも、どうしてそれで上田様が？」

「御用かなんかで小田原に行ったか、俺みたいに噂を聞いたのかもしれない。噂を拾うのも仕事のうちだからな。あの人はうちを贔屓《ひいき》にしてくれてるから、心配になってきてくれたとか……」

　ちょっと味付けが似ているぐらいならそんな話は出ない。ましてや、旅籠で素麺を出すなんて聞いたことがない。味を盗まれたのではないか、と上田なら心配してくれるだろう、というのが清五郎の考えだった。

　相変わらず想像がたくましい、と半ば感心しつつ、きよは話を元に戻す。一度にふたつの話をするのは苦手だったからだ。

「とにかく、上田様はそんな話をしに来たわけじゃないの」

「そうだった……。で、どうするの？」

「どうするって……」

「私が上田様に奉公するとしたら、あんたも一緒に来る？」

「行かねえよ」

清五郎は間髪容《い》れずに答えた。

少しぐらい迷う、あるいは、即答するにしても、一緒に行く、と言うとばかり思っていたきよは、目を丸くしてしまった。

「どうして？　お武家様に奉公するほうが見栄《みば》えがすると思わない？」

「そりゃあそうかもしれないけど、俺は商人の子、根っからの町人だぜ？　武家なんて作法がうるさくて無理。それに、与力ってだけでおっかねえ……」

「そのおっかない人相手に、騙《かた》りを働いたのは誰よ。そんなあんたでも奉公させてやるって言うんだから、上田様はよっぽどいい人よ」

「わかってるけどさ。でもやっぱり俺は『千川』にいるよ。いつかは上方《かみがた》に帰れるかもしれないし、江戸にいるにしてもいつまでも小僧と同じ仕事をさせられるとは限らねえ。現に、旦那さんは近頃、帳簿付けをやらせてくれるようになったし」

売上に関わるものではない。味噌や醬油、味醂《みりん》、青物、魚といった品々が、日々どれぐらい納められたかを記すだけではあるが、それでも料理を運ぶだけに比べれば、一歩進んだ気がする、と清五郎は嬉しそうにしている。

見栄えだけで上田家のほうがいいと考えるかも、なんて、あまりにも見くびりすぎていたと申し訳なくなってしまった。

「そう。じゃあよかった。上田様の話はお断りすることにするわ」

「え、なんで？」

「なんでって……。あんただって、料理人を目指すべきだって言ったじゃないの」

「上田様のところに行ったって料理はできるだろ？　あっちだってそれが目当てだろうし」

座禅豆《ざぜんまめ》だけではなく、きよの料理、味付けが好きだから、いつでも食べられるようにきよを雇い入れる。武家の考えそうなことだと清五郎は言う。さらに、上田家に奉公する利点を並べ立てる。

「まず、今よりずっと仕事が楽。そりゃあ気疲れもするだろうけど、もともと姉ちゃんは行儀作法もちゃんとしてるからすぐに慣れる。料理だって今よりもっと上等なものを使えるし、工夫する暇もたっぷりできそうだ」

『千川』では、弥一郎や伊蔵に言われるままに決められた料理を作るだけ。特に料理人のひとりとして店に出るようになった今は、客の注文を捌《さば》くのに手一杯で新しい料理を考える暇なんてなくなるだろう。上田家には料理専門の奉公人がいるから、そこまで追いまくられることもない。暇に飽かせて思い付いた料理を好きな材料を使って作れる、上方《かみがた》にいたときみたいに暮らせる、と弟は言い張った。

「いやよ、そんなの料理の仕事をしてるうちに入らないわ。私は料理で身を立てたいの」

「えー……絶対、上田家のほうが楽なのに……」

「そもそも住み込みなんてしたら、あんたはどうするのよ」

「俺はここに残るさ。飯の炊き方は覚えたし、お菜は煮売り屋から買えばいい」

清五郎は自信たっぷりだ。確かに、二十日の早出の間、清五郎は毎日きよと一緒に起きて飯を炊いてくれた。初めのうちこそ焦がさないかと心配していたが、七日も経つうちにすっかり慣れて、ぴかぴかの飯が炊けるようになった。

朝一番で長屋に回ってくる振売《ふりうり》から味噌汁用の蜆《しじみ》を買ったり、煮売り屋から総菜を買ったりするのも、間近で見ていた。最後のほうでは、今日は味噌汁を教えてくれ、なんて言われて、手ほどきもした。

飯と味噌汁が作れればあとはなんとでもなる、と言われればそのとおり。特別褒められることではないけれど、とらに自慢したくなる気持ちもわかる。

　掃除なんてたまにすればいいいし、洗濯だってなんとかなる。姉ちゃんがいなくても大丈夫、と清五郎は突き放すようなことを言う。きよは、後悔することしきりだった。

「こんなことなら、手ほどきなんてしなければよかった……」

「なにを言ってるんだよ。それじゃあ、姉ちゃんはずっと俺の世話から抜けられないじゃねえか」

「あんたがお嫁さんをもらうまでは、って思ってたのよ」

「俺の嫁より、自分が嫁に行くことを考えろよ。そうだ、上田様に奉公したら、いい縁談を世話してもらえるかも！」

　与力とまでは言わないが、同心あたりなら町人の娘を娶《めと》るかもしれない。あるいは、同じ奉公人同士で縁組みとか……と清五郎は勝手なことを言っている。きよにしてみれば、そんなことは自分の身に起こってほしくなかった。

「侍の嫁なんてまっぴら。奉公人同士もごめんだわ。私は今のままでいい。そもそもお嫁に行きたいなんて思ってないの！　それとも、年増の姉がくっついてるせいで、あんたに嫁の来手がないってこと？」

「そんなこと言ってないだろ……」

よけいなお世話よ、と怒り出した姉に、清五郎は困り果てている。

これ以上やりとりしても仕方がない。喧嘩になるのがおちだということで、きよは話を打ち切ることにした。

「じゃ、あんたも私も今のままってことでいいわね」

「姉ちゃんがそう言うなら……。となると、あとはやっぱり……」

そこで清五郎は、再び小田原宿の旅籠《はたご》の話を持ち出した。

『千川』そっくりの料理を出している、というのがよほど気にかかるのだろう。味を盗まれたという証拠はない。あったからと言って、なにができるわけでもないのに、弟は厳しい顔で語り続けた。

「あの湯屋の客がそこまで言うんだから、絶対うちの味に違いないんだ。その旅籠の料理人が『千川』に食いに来て、味を盗んでいったに決まってる。江戸と小田原なんてそう簡単に行き来できる距離じゃねえ。ばれやしねえとでも思ったんだろ」

——本当に一度食べただけで、盛り付け方や味を盗めるのかしら……

きよには疑問でしかなかった。

以前清五郎に、『姉ちゃんは一回食ったものならわりとそのまんまの味に作れる』と言われたけれど、それはあくまでも『わりとそのまんま』であって、まったく同じではない。

熟練の料理人だったとしても、そこまで同じに作るためには、二度、三度と食べなければならないのではないか。

一度でそっくり真似られたとしたら、相当腕のある料理人に違いないし、そんな料理人が、わざわざよその味を盗んだりするだろうか。きよには、よほどの駆け出し、あるいは自信がない料理人の仕業《しわざ》としか思えなかった。

そもそも、江戸と小田原は歩いて二日の距離があるのだから、小田原の旅籠に奉公している料理人が、何度も通うのは難しい。それに、見慣れない客が続けて現れたら店の者だって気がつくはずだ。

「そんなに立て続けにやってきたお客さんがいたの？」

「常連以外に覚えはねえ。まさか常連の誰かが……？　いやでも……」

急に姿を見せなくなった客もいない、と清五郎は考え込む。

「待てよ……客とは限らねえか……」

弟の言葉を聞いたとたん、きよの胸の内に嫌な予感が過《よぎ》った。

もしも、本当にその旅籠の料理が『千川』と瓜ふたつで、思い当たる客がいないとしたら、味を盗んだのは客ではなく、店の者ではないか。

だとしたら……と青ざめかけたとき、清五郎があっさり名を出した。

「欣治さんなら……」

「滅多なことを言うもんじゃないわよ！」

「他に考えられないじゃねえか！」

確かに、欣治なら『千川』の味を持ち出せるだろう。けれど、万が一そうだったとしたら、説明がつかないことがあった。

欣治とは、ずっと一緒に奉公してきた。ずいぶん親切にもしてもらった。そんなことをする人だとは信じたくない。その一心で、きよは言い募《つの》った。

「だって、欣治さんは昨日までうちにいたのよ！　私たちが帰るころまで働いてた。あんただって知ってるでしょう？」

さすがに、仕事を終えてすぐには旅立てない。朝一番で出発したとしても、小田原に着くのは明日の遅い時刻になる。湯屋にいた客は、四、五日前に食べたと言っていたのだから、欣治は関係ない。そうに決まっている。

だが、清五郎は憮然として言う。

「自分で作ったとは限らねえよ。欣治さんは絵心があるし、筆も立つ。普段から料理のこつを書き留めてたじゃないか。姉ちゃんも、見たことあるだろ？」

「……あるわ。料理の絵も添えてたし、醤油や味醂《みりん》をどれぐらい入れるのかまで細かく書いてあった」

「だろ。そこそこの料理人なら、あの書き付けがあればそっくりに作れる。欣治さん、あれを渡しちまったんじゃねえのか？　もしかしたら金をもらったかもしれない。暇《いとま》を取るんだからもう『千川』がどうなったってかまいやしない、ってさ」

「まさか……」

欣治を信じたいのに、疑いはどんどん育っていく。さらに清五郎の言葉が、きよの気持ちに追い打ちをかける。

「これは、姉ちゃんには聞かせないでおこうと思ってたんだけど、こうなったら仕方ねえ。実は、欣治さん、どうにも面白くなかったみたいなんだ……」

「面白くないって？」

「欣治さんは長年修業をしてきた。それなのに、ろくに修業もしてない姉ちゃんの料理が品書きに載った。『おきよの』なんて付けられて、客の評判もいい。それを目当てに来る与力までいる。座禅豆《ざぜんまめ》だけならともかく、木の芽田楽《でんがく》や素麺《そうめん》まで……。この先だって増えるかもしれない。その上、旦那さんや板長さんは本腰入れて姉ちゃんに料理修業をさせる気だってわかって、うんざりしちまったらしい」

「それ……欣治さんから聞いたの？」

「まさか」

『千川』に、清五郎がきよの弟だと知らぬ者はいない。わざわざ清五郎にきよへの不満を聞かせるほど性悪《しょうわる》じゃない、と清五郎は言う。

「だったらどうして……」

「おとらさんと話してるのを聞いちまったんだ」

『千川』の奉公人は、昼の書き入れ時が過ぎたころ、交替で昼飯を取る。その日、使いに出された清五郎が戻ってきたとき、ちょうど昼飯を終えた欣治がとらと交替するところだったらしい。客は二、三人しかいないし、注文の品は出し終えているということで、多少話していても許されると思ったのだろう。ふたりは、清五郎が戻ったことに気付かないままに、長話を始めたという。

「気付かないって……そんなことある？」

『千川』の板場の隣に小さな部屋がひとつある。板場から声もかけやすく、店の様子もよくわかるため、急に忙しくなっても対応がたやすい、ということで、奉公人の食事や休憩はそこを使うことになっているぐらいだから、清五郎が戻ってきたのに気付かないとは考えられなかった。

きよの指摘に、清五郎は珍しく決まり悪そうに答えた。

「俺、店に入る前に裏の厠《かわや》に行ったんだ……。しかもしゃがみ込んでた。それで気がつかなかったんだと思う」

清五郎は昼前に使いに出た。他の奉公人は店にいる。おそらく欣治は、そこにいるのはふたりだけだと思い込んだに違いない。無理もない話だった。

「それであんたは盗み聞きしたってことね」

「盗み聞きって言うなよ。しゃがんだまま立つに立てなくなった俺の身にもなってくれ。足がしびれて難儀したんだぞ」

「お生憎《あいにく》様。それで……おとらさんはなんて？」

先ほど聞いた話で、欣治の言い分はあらかたわかった。きよの扱いが気に入らなくて暇《いとま》を取ったにしても、きよにできることはない。済んだことと片付けるしかないだろう。

だが、とらは違う。これからも同じ店で働くのだ。同じように思っているとしたら、いたたまれない。もしかしたら、伊蔵も、他の奉公人もみんな……？　と、きよは気が気ではなかった。

だが、清五郎はあっさり首を横に振った。

「それは心配ない。むしろ、おとらさんは姉ちゃんを庇ってた。たいていの女は物心がついたころから料理修業をしてるようなもんだ、って」

「物心ついたときから……」

「紙で道具を作ったり、摘み草をちぎってままごとをしてるだろって」

「そんなの真似っこ、ただ遊んでるだけじゃない」

「おとらさん曰く、全部の修業は真似っこから始まるんだってさ」

師匠がするとおりに真似る。それこそが修業だ。ままごとで散々遊んだ挙げ句、母親の手伝いを始め、いろいろ仕込まれて一通りの飯仕度はできるようになる。奉公を始めたときが修業の始まり、となる男とは違う。それが、とらの言い分だったそうだ。

「今まで女の料理人なんていなかったから、気がつかなかっただけ。同じ年頃の男と女を連れてきて、せーので修業を始めさせたら、男は女にかないっこない、って言ってたよ」

「道理かもしれないけど……。で、欣治さんはなにか言ってた？」

「ぐうの音《ね》も出ない、って感じだったよ。でもやっぱり気に入らねえって気持ちは抑えられなかったんだろうな。暇《いとま》を取るって聞いたときも、俺はたぶんその絡みだなって」

かといって、姉にそれを告げるのは酷だ。だから、不思議がるきよと一緒に、首を傾げておいた。欣治が一切理由を説明しなかったのは、言うに言えなかったからだ。言ったところで、窘《たしな》められるのがおち。とら以上に、源太郎や弥一郎がきよの味方だとわかっていたからに違いない、と清五郎は語った。

「なんて気の毒……」

「え、姉ちゃんがそれを言うの？」

清五郎の目がまん丸になっている。確かに、理はとらにあるし、きよが主《あるじ》や板長に特別扱いをしてほしいと言ったわけでもない。むしろ、尻込みするきよをあの親子が引っ張り出したのだ。欣治の思いは、ほとんど逆恨《さかうら》みだ。

それがわかっていても欣治が気の毒、いや申し訳なくてならない。

もしも、きよが『千川』に奉公しなかったら、『千川』の主親子が男でも女でも料理がうまければいい、という考え方でなかったとしたら、欣治は暇を取らずに済んだ。何年も奉公して、慣れ親しんだ店を去ることもなかったはずだ。

「人がよすぎるよ、姉ちゃん。どっちにしても、欣治さんが暇を取った裏には、姉ちゃんの扱いが面白くねえって気持ちがあった。そういうふうにした旦那さんや板長さんも気に入らなかった。挙げ句の果てに、自分がいなくなるって決まった途端、これ幸いと姉ちゃんを店に出すとなったら……」

清五郎はそこで言葉を切った。あとは聞かなくてもわかる。

欣治は、腹いせに『千川』の味を余所《よそ》に漏らした。それで金が入るなら一石二鳥と思ったに違いない、と清五郎は考えているのだろう。

　そして清五郎は、腹立たしげに言った。

「どんな理由があっても、秘伝の味を売るなんて料理人のすることじゃねえ。上田様にお願いして、取り締まってもらったらどうかな？」

「秘伝の味？　どれも駆け出しの思いつきに過ぎないのよ？　そもそも、店の味を余所《よそ》に漏らすって、罪になるのかしら……」

「……どうだろう？」

　形のあるものを盗んだり壊したり、あるいは人を傷つけたら罪になる。それはわかっているが、味には形がない。欣治が作った書き付けを盗まれたならまだしも、本人が渡したとか売ったとかであれば、罪の問いようがないのではないか。

　いくら考えてもわからない。姉弟は首を傾げるばかりだった。

「罪になったとしても、漏れちまった味が取り戻せるわけじゃねえ。まさに済んだことってやつだな」

「そうね……」

「せめてもの救いは、これで『千川』に女料理人を面白くないと思う者はいなくなったってことだ」

「伊蔵さんは大丈夫かしら」

「伊蔵さんは心配ない。姉ちゃんを面白く思ってなかったら、あんなによくしてくれないよ」

欣治と入れ替わりに店に出ると決まったあと、伊蔵は本当に親切だった。きよがちょっとでも困った顔をしていると、たいてい助けてくれた。手取り足取りとまでは言わないけれど、きよがわかりやすい言葉を選んで、たくさんのことを教えてくれた。

そして、おそらくそれはこれからも変わらない。弥一郎と伊蔵が両側にいてくれるからこそ、きよはなんとか店に出ていられるのだ。

「ってことで、お疲れさん。姉ちゃんも今日早めに休みなよ」

「早めにって言われても……」

ずいぶん話し込んだせいで、すっかり遅くなっている。明日の米もまだ研《と》いでないし、よねのところに七輪《しちりん》を借りに行かねばならない。湯屋だってこれからだ。早めに休むなんてできそうにない。

食べたらすぐに寝てしまえる弟が羨ましい、と思いながら腰を上げる。同じく立ち上がった清五郎は、珍しく膳を片付け始めた。いつもなら後片付けもせずに、さっさと布団を敷き始めるのに……

珍しいこともあるものだ、と思っていると、さらに清五郎は意外なことを言った。

「片付けも、米も俺がやっとく。姉ちゃんはさっさと湯屋に行っといで。あ、七輪《しちりん》だけは頼むよ」

さすがに俺が行ったら何事かと思われるから、と清五郎は笑う。確かに、きよが行かなかったら、病《やまい》にでもかかったかと思われかねない。事の次第を説明するのも面倒だろう。七輪を借りるだけなら大してかからない。湯屋の前にさっと行ってこよう。

弟の心配りに感謝しながら、きよは隣に向かった。


源太郎や弥一郎に告げるかどうか迷ったものの、やはり知らせておくべきだろう、ということで、姉弟は翌日主《あるじ》に小田原の旅籠《はたご》の話をした。

源太郎は、珍しく難しい顔でやってきた姉弟に驚いたものの、話を聞いて軽く頷いた。その様子を見る限り、どうやらとっくに知っていたらしい。

「そうか……湯屋で聞いたのか。実は、他にも俺にその話を知らせてくれた人がいてな」

「他にも……ってことは、言いふらしてる人がいるんですね」

江戸は言うまでもなく、小田原宿にも旅籠はたくさんある。しかも、こんなに離れたところにある料理屋同士の味がそっくりなんて、そうそう気付くものではない。にもかかわらず、何人もの人が同じ話をしているとしたら、あの湯屋の客は他でも話しているのだろう。

噂には尾ひれがつきやすい。あることないこと言われなければいいが、ときよは心配になってしまった。ところが源太郎は、きよの心配を払うように言う。

「そこまでじゃないとは思ってる。まあ、その人は耳が早いってえか、そういうお勤めだからな」

「耳が早いのがお勤め……っていうと、やっぱり上田様なんですか？」

「ま、そんなところだ」

思わず隣を見ると、清五郎がしたり顔をしている。ほら見ろ、俺の言ったとおりじゃねえか、とでも思っているのだろう。この子の勘は本当に侮《あなど》れない、とため息をつきつつ、きよは源太郎に向き直った。

「そうだったんですね。私は、てっきり上田家に奉公する話をしにいらしたとばかり」

「上田様が来なすったのは、小田原の旅籠の話をするためで、おきよの奉公については、まああれだ、ついでみたいなもんだ」

「旦那さん、ついではひどいですよ」

即座に清五郎に嚙みつかれ、源太郎は気まずそうに盆の窪《くぼ》を掻いた。

「いや、すまねえ。おきよにとっては一大事だよな。それは重々承知してる。ただ、上田様の用向きの一番は、小田原の旅籠《はたご》の話ってのは間違いないんだ」

「そりゃそうかもしれませんけど……」

「清五郎、いい加減にしなさい」

きよは慌てて清五郎を止めた。

昨夜弟は、仮にきよが上田家に行ったとしても、自分は『千川』の奉公を続けると言い切っていた。それならよけいに主《あるじ》への口の利き方を考えなければならない。そもそも清五郎は、上を上とも思わぬところがある。源太郎は父の知り合いだから、という甘えがあるのかもしれないが、図に乗り過ぎると暇《いとま》を出されてしまう。

本当に困った子だ、と思いながら、きよは源太郎に訊ねた。

「それで、上田様はなんと？　ただそういう話を耳にした、ってだけでしたか？」

「いや……店の中でなにかあったんじゃないか、って気にしていらっしゃった。主と奉公人、あるいは奉公人同士で揉め事があって、それが面白くなくて味を売ったんじゃねえかって……。で、店に来てみたら今までいた料理人がいなくなってる。これは間違いないってことだったらしい。その上で、今まで何事もなかったのに急にこんなことになったのは、おきよが料理人を始めたことに関わっているのかもしれない。女の料理人だけじゃなく、おきよを店に入れた源太郎や弥一郎にまで恨みを抱いたのかも……ってな」

「さすが与力様……」

清五郎が感心したように言った。だが、源太郎は、まだ続きがあると言う。

「揉め事の元がおきよなら、これからだって同じことが起こるかもしれない。俺と弥一郎は同じ考え方だからいいにしても、他の奉公人はそうとは限らない、って心配してくださった。その上で、おきよが本腰を入れて料理修業を始めるきっかけは自分が作ったようなものだからって……」

——なるほど、そういうわけだったのね……

きよは、ようやく話が繋がった気がした。

いくらこれまでの奉公人が暇を取るにしても、その後釜をきよにというのはあまりにも唐突だ。行儀見習いのために、娘を他家に奉公させたい侍は少なくないし、与力の家ならことさら安心だ。わざわざ町娘に白羽の矢を立てずとも、なり手はいくらでもいる。

昨日の源太郎の話では、上田の母親が是非にと望んだということだったが、怪しいものだ。本当は、上田がすすめたのではないか。きよは料理もそれなりにこなすし、武家に嫁に行くわけでもないから、うるさく躾《しつ》ける必要もない。なにより、きよを気に入ったからこそ心付けまで渡したのだろう——そんな言葉で、母親を口説く上田の姿が目に浮かんだ。

「それで上田様は、私に奉公しないかっておっしゃったんですね。揉め事の元を『千川』からなくすために……」

「全部が全部そうとは言えねえが……半分ぐらいはそんな気もあったんだろう。相手が上田様じゃなければ、よけいなお世話だ！　って啖呵《たんか》も切れたが……」

さすがに与力相手では難しい。本人そっちのけで断ってしまうわけにもいかず、やむなく伝え、悪い話ではないとも添えた。揉め事が起きたら、誰よりもきよが嫌な思いをするとわかっているからだ。それでも、本音はきよを『千川』から出したいなんてこれっぽっちも思っていない。腕のいい料理人になるだろうし、『千川』で修業を全《まっと》うしてほしいと願っている、と源太郎は語った。

「おきよにしてみれば、もっと腕を磨いて自信を付けてから店に出たかっただろう。それはわかってるが、物事には機会ってものがある。欣治の代わりを入れちまったら、おきよの場所がなくなる。修業を始めたときには『千川』で初めての店に出ない料理人なんて言ったが、やはり料理人ってのは店に出てこそだ。未熟な分は弥一郎と伊蔵で補うって前提でおきよを店に出すって決めた。この先だって揉め事はあるかもしれねえが、そこは俺たちで精一杯気を配る」

だから、おきよも気張ってくれないか、と源太郎に言われ、きよは危うく涙を落としそうになった。源太郎は、もっと腕を磨いてから、というきよの気持ちを理解した上で、店に出ろと言ってくれていたのだ。

「……ありがとうございます。上田様も旦那さんも、私なんかのために、そこまで考えてくださったなんて……」

清五郎も感極まったように言う。

「ありがてえなあ、姉ちゃん。やっぱり『千川』で奉公を続けるって決めてよかったな！」

「そりゃ本当かい？　おきよはこれからもうちにいてくれるのかい？」

「私はお世話になりたいと思っていました。でも……」

昨日の夜は、今のままでいいと思った。料理人になると決めた以上、武家に奉公に行く理由などない。それでも今、きよの中には昨日とは別な思いがある。

昨日の時点で、『千川』の味を余所《よそ》に漏らしたのは欣治だ、というのは清五郎の憶測にすぎなかった。だがわざわざその話をしに『千川』に現れたからには、上田には何か裏付けがあるに違いない。もしかしたら、すでに欣治と小田原の旅籠《はたご》の繋がりまで掴んでいるのかもしれない。

それもこれも、きよが『千川』で料理修業を始めたからだ。悪いのは欣治に決まっているが、大元は自分、取り返しのつかないことをしてしまった——そんな思いが、きよの中に渦巻いていた。

「私がいては、きっとまた揉め事が起きます。やはり私は、お暇《いとま》をいただいたほうがいいんじゃないでしょうか……」

ところが、源太郎はきよの言葉を一笑に付した。

「下らねえことを言うんじゃない。おきよが心底上田家に奉公したいって言うなら別だが、そうじゃねえなら今のままでいいんだよ」

「でも、私のせいで『千川』の味が……」

「そのことはいいんだ。近場にある店なら困りものだが、小田原と江戸は遠い。同じ味だからって江戸にいるやつが、今日は『千川』はやめにして小田原の旅籠《はたご》に行こう、なんてことにはならない。客を取られるわけじゃねえんだから、問題ないってことよ」

それでも肩を落としたままのきよに、源太郎はさらに言う。

「それにな、どうしてもそっくりの料理を出されるのが気に入らねえなら、こっちが変えちまえばいい」

「旦那さん、さすがにそれはおかしいでしょう！」

清五郎が、吠えるように言った。

当たり前である。そっくり同じ料理を出す店が出てきたとしても、もともとは『千川』の料理なのだ。どうしてこちらが変えなければならないのだ、と考えたに違いない。もちろん、きよも同感だ。

だが源太郎は、唇を尖らす姉弟をまあまあ、と諭《さと》す。

「もっともっと工夫して、もっともっと旨くしてしまえばいいんだよ。なあに、あっちは余所《よそ》の料理を真似するぐらいしか能がねえんだ。料理人の矜持《きょうじ》もくそもありゃしねえ。欣治はいるが、矜持はねえ、ってやつよ」

源太郎は、あっけらかんと笑っている。

そこまで吹っ切れるのはさすがだし、主《あるじ》の源太郎がそれでいいと言うなら、きよがどうこう言う筋合いではない。だが、そこで清五郎が首を傾げた。

「欣治はいるが、ってどういう意味です？」

「おっと……うっかり口が滑った……」

先ほどとは裏腹、源太郎は痛恨の極みといった様子になった。

それでも、ふたりにまじまじと見つめられ、言い逃れしようがないと思ったのか、渋々《しぶしぶ》説明を始めた。

「上田様の話では、欣治はその小田原の旅籠に奉公することになったらしい。とはいっても、その旅籠《はたご》そのものってわけじゃなくて、少し離れたところにもうひとつ小せえ宿を作るってんで、そこに世話になるそうだ」

古くから続いている旅籠だし、街道に面しているせいで、もともと客の入りがよかった。春や秋といった旅にもってこいの季節になると、いっぱいで客を断ることもあるほどだった。そろそろ、もう少し手を広げてもいいのでは、と主《あるじ》が考え始めていたそうだ。

そんなある日、街道から一本奥にある旅籠の騒動が聞こえてきた。年の瀬でもないのに、戸口の前で掛け取りが騒いでいるというのだ。

その旅籠の主は近年博打《ばくち》に手を染め、首が回らなくなっているともっぱらの噂。それを聞きつけた掛け取りたちが、逃げられる前にと押しかけたらしい。とはいえ、払う金などあるわけもなく、にっちもさっちもいかなくなった、とのことだった。

同じ小田原、しかも近場とあって、主も奉公人もよく知っている。博打で身を持ち崩した主はともかく、このままでは奉公人たちが気の毒すぎる……ということで、街道沿いの旅籠の主は件《くだん》の旅籠を買い取ることに決めた。

裏手の旅籠の主はその金でなんとか支払いを済ませ、嫁の国元に帰っていった。嫁の実家は信州の農家で、夫婦はその手伝いをするということだった。

その後、あとに残った奉公人をそのまま雇い入れたまではよかったが、どうにも料理人がよろしくない。怠《なま》け癖がひどく、聞けば旅籠の主を博打の道に誘い入れたのは、その料理人らしい。奉公人たちは、こいつが悪の根源だ、と怒っているし、なにより料理の腕が悪すぎる。よくこんなやつに板場を任せていたものだ、と呆れるほどだったという。結局、その男は首にして、新しい料理人を探した。小田原では埒《らち》があかない、と主が江戸に出て来て、欣治を見つけた――それが源太郎の口から語られた、欣治と小田原の旅籠の関わりだった。

「たぶん、奈良茶飯屋か水茶屋あたりで出会ったんだろうな。欣治は酒が入ると口数が多くなるから、不満もまき散らしかねない。欣治の不満を聞きつけた旅籠の主が誘ったのか、料理人を探してるって聞いた欣治が名乗りを上げたのかは聞いてないが、俺はあとだと思ってる。手土産《てみやげ》代わりに『千川』の人気料理をちらつかせて、雇ってくれって頼んだんじゃねえかってさ……」

「欣治さんはそんなことをするような人じゃないと思ってました……」

「おきよは、あいつが酒を呑んだところを見たことねえから、そう言うのも無理はねえ。欣治は酒が入ると人が変わる。普段はいいやつなんだが、それだけに、溜め込んだ不満がばーんと弾《はじ》けちまうんだろう」

「欣治さんに誘われても、一緒に呑みに行く奉公人がいなかったのはそのせいですか？」

清五郎の問いに、源太郎はため息まじりに答えた。

「たぶんな……。欣治は酒が好きだし、奉公人の中じゃ年だって上のほうだ。若い連中に奢《おご》ってやりたいって気持ちもあって誘いをかけるんだが、誰も行かねえ。一度ぐらいは誘いに乗っても、酒癖の悪さに辟易《へきえき》して二度と行かなくなるんだ」

きよと清五郎は顔を見合わせた。欣治にそんな裏の顔があるなんて、思ってもみなかった。

「酒で商《あきな》いをしてる俺が言うことじゃないが、人によっては酒は害なんだろうな……」

素面《しらふ》でそんなことをやらかすとは思えない。欣治が小田原の旅籠《はたご》の主《あるじ》に声をかけたのも、きっと酒を呑んだ勢いでのことだろう。旅籠の主はおそらく『千川』の評判を知っていて、そこの料理人なら渡りに船だと思ったに違いない。一気呵成《いっきかせい》に話を進め、欣治を雇い入れる算段を調《ととの》えてしまった。酔いが醒《さ》めた欣治は、なまじ根が真面目だけに、約束を違《たが》えることもできずに小田原に行くことにした。そんな経緯だったから、暇《いとま》を取るわけも、これからのことも語れなかったのだろう。

酒さえやらなければ……と辛《つら》そうに語ったあと、源太郎は気を取り直したように言う。

「でもまあ、今更言っても仕方がねえ。済んだことと諦めるさ」

「旦那さんはそれでいいのかもしれませんが、板長さんは肝が焼けたりしてないんでしょうか……」

「あいつは大丈夫。小田原の旅籠が真似たって料理はどれも『おきよ』の料理だ。さすがに俺や弥一郎の料理を盗むのは気が引けたんだろう。ひどいことを言うようだが、欣治が気に入らなかったのはあくまでもおきよ。だから、こんなことをやらかした。あっちやこっちで食えるようになったら『おきよの』なんて名前は消えちまう、とでも考えたんじゃねえのかな。それがわかってるせいか、弥一郎はむしろ、おきよが落ち込んじまわねえかって気にしてた」

小田原の旅籠の話も、欣治が関わっているということも、きよには知らせないほうがいい、と言ったのは弥一郎だったそうだ。きっと気にするだろうし、せっかく始めた料理修業も棒を折りかねないと……

「そうですか……」

清五郎も源太郎親子も、同じような気遣いをしてくれていた。きよは心を温められる思いだったが、結局すべて聞いてしまった。うっかり漏らした源太郎は、きよを慰めるつもりであれこれ話してくれたのだろう。だが、源太郎の心遣いの甲斐なく、きよの気持ちはどんどん落ち込んでいく。

恨まれるのはもちろん、誰かに嫌われたこともなかった。

そこまで深く他人と関わったことなどないのだから当然だろう。上方《かみがた》から江戸に出てきて、初めて他人とともに働いた挙げ句、欣治にこんなふうに思われてしまったことが、きよは堪《たま》らなく辛《つら》かった。

――やっぱり私は、逢坂の家の奥でひっそりと暮らしていたほうがよかったのかもしれない。欣治さんは、私がどういうふうに生まれたかを知らない。畜生腹とか忌《い》み子《ご》なんて関係なく、私そのものを気に入らないと思ってる。なんとかして『おきよの』という言葉を消してしまおうとするほど……

考えれば考えるほど辛さが増す。この先も、誰かから同じように恨まれるかもしれない。それに堪《こら》えるのも修業のひとつだと言われたら、きよは続ける自信がなかった。

きよは、無言で項垂《うなだ》れる。清五郎もかける言葉を見つけられないようで、ただ黙って脇に立っている。源太郎が見かねたように言った。

「そんなしみったれた顔をするんじゃないよ。俺も弥一郎も大して心配しちゃいねえ。むしろ、欣治に新しい奉公先が見つかってよかったと思ってる」

胸の内に不満を抱えたまま『千川』で働き続けたところで、本人も周りも辛いだけだろう、と源太郎は懐《ふところ》の深さを見せつけた。

「でも……」

なにかを言いかけた清五郎が、一旦言葉を切った。ちらりときよを見たあと、思い切ったように続ける。

「こんなことをやらかす前に、欣治さんから相談を持ちかけられてたらどうしましたか？　気に入らねえからきよを首にしてくれ、さもなきゃ俺は暇《いとま》を取る、なんて正面切って訊かれてたら……？」

「あいつにそんな度胸はねえよ」

「仮に、の話です」

「そうさなあ……ふたりにひとりってことになれば、俺はおきよを残す。欣治もそれがわかってたから訊けなかった。黙って暇を取ったんだろう」

「どうして⁉　欣治さんは何年も、いいえ十何年も修業してすっかり一人前の料理人じゃないですか！　それを差し置いて駆け出しを残すなんておかしいでしょう！」

「おおっと……」

源太郎が目を見張った。清五郎は清五郎で、恐い姉ちゃんが出た……なんて呟いている。悪さをしでかして叱られるときと同じ調子だったのだろう。

苦笑しつつ、源太郎が理由を説明してくれた。

「そりゃあ欣治は仕上がってる。料理人としてはそこそこだと思うよ。その点、おきよはぜんぜんだ。本当なら店に出せるような状態じゃねえ。それでも俺は、おきよを買う。おきよの伸びしろをな」

「伸びしろ……？」

「ああ。弥一郎が言ったとおり、料理の技や知恵が水だとしたら、おきよは古雑巾《ふるぞうきん》だ。しかもかなりでかい古雑巾で、そこらに散らばった水を片っ端から吸い取っていく」

「それはたぶん……私が料理好きで、料理のことばっかり考えてるからかもしれません」

「だろうな。でも、料理人になる上で料理が好きってのは大事なことだ。その上、おきよは工夫に長《た》けてる。新しい料理を生み出す力を持ってる」

技は修業で身につけられる。けれど、新しい料理、しかも人気が出る料理を生み出す力というのは生まれつきのような気がする。いくら腕がよくても、新しいものを作り出す才がない料理人というのもいる。欣治はその代表みたいなものだ。欣治は自分でもそれがわかっていた。だからこそ、きよを恨んだのだろう——そんな説明のあと、源太郎はきよをじっと見て言った。

「ぐじぐじ考えるんじゃねえぞ。そんな暇があったら、腕を磨いて新しい工夫を凝らしてくれ。欣治や小田原の旅籠《はたご》、いやそこら中の料理屋が思いもつかねえような工夫をな」

「そうだよ、姉ちゃん。姉ちゃんは上方《かみがた》の料理をよく知ってる。その上で江戸の料理を覚えれば恐いものなし。両方を掛け合わせた料理をどんどん生み出せるって！」

「清五郎の言うとおりだ。料理人の中には、味を覚えるためにわざわざ上方に修業に行くやつも多い。おきよはそれがいらねえ。あとは江戸の料理を学ぶだけだ」

修業の三分の一ぐらいは終わっているようなものだ、と源太郎と清五郎は意見を同じくしている。なんて気楽な……とため息が出そうになる半面、ふたりの言葉はあながち間違っていない気もした。

欣治はもう『千川』を去った。一度漏れた味を取り戻すことはできないし、欣治はこれから、小田原の旅籠で他にも『千川』と同じ料理を作るかもしれない。

源太郎は、欣治はきよを恨んでいるから『おきよの』という言葉を消したかったのだろう、と言っていたけれど、小田原の旅籠の主《あるじ》だって、今まで自分のところになかった料理を求めるに違いない。欣治に新しい料理を生み出す力がないとしたら、早晩《そうばん》『千川』の料理を作り始める。それしかやりようがないのだから……

『千川』と同じ料理が小田原の旅籠でも食べられるようになるかもしれない。

――それなら、新しい料理を作るしかない。欣治さんが知らない、思いもつかないような工夫を凝らした料理をたくさん考えよう。私ひとりでは難しいに決まっているけれど、足りないところは板長さんや伊蔵さんがきっと助けてくれる。

後ろ向きになっている場合ではない。ここまで自分を買ってくれた源太郎、そして弥一郎のためにも力を尽くさねば……

そんな思いを込め、きよは源太郎を見る。

源太郎は、きよの決意を感じ取ったように満足げな笑みを浮かべる。清五郎が、そんなふたりを見比べて、うんうんと頷く。そこに響いてきたのは、鐘の音だった。

あれは昼四つ（午前十時）の鐘……いつの間にこんなに時が経ったんだ、と慌てているところに、弥一郎の声が飛んできた。

「おーい、おきよ！　仕事が山積みだ、早く来い！」

また一日が始まる。きっと忙しく、心を張り詰める一日だろう。

まずは野菜や魚の下拵《したごしら》え、それが済んだら今日の品書きに載っている料理を確かめ、あらかじめできることはしておく。最初はどこまでやっておけばいいのかわからなかったけれど、弥一郎や伊蔵を見ているうちに見当がつくようになってきた。たとえば揚げ物の場合、天ぷらのように揚げたままで出すのか、小鰭《こはだ》のように熱い餡をかけて出すのかによって異なる。野菜料理にしても、冷めたら台無しになるものと、そうではないものがある。そのあたりの勘所《かんどころ》が、徐々に育ってきたのだ。

本当ならとてもじゃないが店に出せる状態じゃない。それでも、源太郎はきよの『伸びしろ』を信じてくれた。その気持ちに応《こた》えるためにも、焦らずに一歩一歩進んでいこう。

「はーい、ただいまー！」

張り上げた声が、いつになく明るい。心の中で、きっとやれる、やり抜けると信じる気持ちがどんどん大きくなっていった。

【参考文献】

『近世風俗志（守貞謾稿）1～5』喜田川守貞　宇佐美英機・校訂　岩波書店
『本朝食鑑1～5』人見必大　島田勇雄・訳注　平凡社
『三田村鳶魚　江戸生活事典』稲垣史生・編　青蛙房
『楽しく読める江戸考証読本一、二』稲垣史生　新人物往来社
『江戸時代　武士の生活』進士慶幹・編　雄山閣出版
『江戸は夢か』水谷三公　筑摩書房
『武士と世間』山本博文　中央公論新社
『江戸城―本丸御殿と幕府政治』深井雅海　中央公論新社
『武士の家計簿「加賀藩御算用者」の幕末維新』磯田道史　新潮社
『村　百姓たちの近世』水本邦彦　岩波書店
『商人道「江戸しぐさ」の知恵袋』越川禮子　講談社
『幕末武士の京都グルメ日記「伊庭八郎征西日記」を読む』山村竜也　幻冬舎
『居酒屋の誕生　江戸の呑みだおれ文化』飯野亮一　筑摩書房
『幕末単身赴任　下級武士の食日記　増補版』青木直己　筑摩書房
『お江戸の意外な生活事情　衣食住から商売・教育・遊びまで』中江克己　PHP研究所
『江戸の食卓　おいしすぎる雑学知識』歴史の謎を探る会・編　河出書房新社
『日本人なら知っておきたい江戸の商い朝から晩まで』歴史の謎を探る会・編　河出書房新社

『間違いだらけの時代劇』名和弓雄　河出書房新社
『時代劇の間違い探し』若桜木虔　長野峻也　KADOKAWA
『実見　江戸の暮らし』石川英輔　講談社
『大江戸えねるぎー事情』石川英輔　講談社
『大江戸テクノロジー事情』石川英輔　講談社
『大江戸生活事情』石川英輔　講談社
『大江戸リサイクル事情』石川英輔　講談社
『大江戸長屋ばなし　庶民たちの粋と情の日常生活』興津要　PHP研究所
『大江戸商売ばなし』興津要　中央公論新社
『一日江戸人』杉浦日向子　新潮社
『大江戸美味草紙』杉浦日向子　新潮社
『江戸へようこそ』杉浦日向子　筑摩書房
『大江戸観光』杉浦日向子　筑摩書房
『絵でみる江戸の町とくらし図鑑』善養寺ススム　廣済堂あかつき株式会社出版事業部
『深川江戸資料館展示解説書』江東区深川江戸資料館

※本作はフィクションであり、その性質上、脚色している部分があります。

人情あふれる居酒屋譚、大好評発売中
居酒屋ぼったくり
1～5
【原作】秋川滝美
【漫画】しわすだ
シリーズ累計120万部突破！(電子含む)
なんとも物騒な名前のこの店には
旨い酒と美味しい肴暖かい人情がある!
東京下町にひっそりとある、居酒屋「ぼったくり」。なんとも物騒な暖簾のかかるその店では、店を営む姉妹と客達の間で日々、旨い酒と美味しい料理、誰かの困り事が話題にのぼる。そして、悩みを抱えて暖簾をくぐった人は、美味しいものと義理人情に触れ、知らず知らずのうちに身も心も癒されてゆく――。
居酒屋ぼったくり 5
【原作】秋川滝美
【漫画】しわすだ
物騒な名前のこの店は
来た時よりも少しだけ心が軽くなる!
117万部突破!!
傑作居酒屋人情譚、コミカライズ第5巻
◉B6判 ◉各定価:本体680円+税
Webにて好評連載中!
アルファポリス 漫画
検索

時は天保十四年。中山道《なかせんどう》の板橋宿《いたばししゅく》に「つばくろ屋」という旅籠《はたご》があった。病床の主にかわり宿を守り立てるのは、看板娘の佐久《さく》と個性豊かな奉公人たち。他の旅籠とは一味違う、美味しい料理と真心尽くしのもてなしで、疲れた旅人たちを癒やしている。けれど、時には困った事件も舞い込んで――？
旅籠の四季と人の絆が鮮やかに描かれた、心温まる時代小説。

◎定価：本体670円＋税　◎ISBN978-4-434-24347-9

●illustration:ゆうこ

この作品に対する皆様のご意見・ご感想をお待ちしております。

おハガキ・お手紙は以下の宛先にお送りください。

【宛先】

〒150-6008 東京都渋谷区恵比寿4-20-3 恵比寿ガーデンプレイスタワー 8F
(株) アルファポリス　書籍感想係

メールフォームでのご意見・ご感想は右のＱＲコードから、
あるいは以下のワードで検索をかけてください。

アルファポリス　書籍の感想　検索

ご感想はこちらから

アルファポリス文庫

きよのお江戸《えど》料理日記《りょうりにっき》

秋川滝美（あきかわたきみ）

2020年　11月 25日初版発行

編集－塙 綾子
発行者－梶本雄介
発行所－株式会社アルファポリス
〒150-6008東京都渋谷区恵比寿4-20-3 恵比寿ガーデンプレイスタワー8F
TEL 03-6277-1601（営業）　03-6277-1602（編集）
URL https://www.alphapolis.co.jp/
発売元－株式会社星雲社（共同出版社・流通責任出版社）
〒112-0005 東京都文京区水道1-3-30
TEL 03-3868-3275
装丁イラスト－丹地陽子
装丁デザイン－AFTERGLOW
印刷－中央精版印刷株式会社

価格はカバーに表示されてあります。

落丁乱丁の場合はアルファポリスまでご連絡ください。

送料は小社負担でお取り替えします。


ISBN978-4-434-28122-8 C0193